家守

歌野晶午

角川文庫
18653

目次

人形師の家で

1

ピグマリオンは、世の中の女という女にすっかり幻滅していました。どいつもこいつも、顔や歌声の美しさとは裏腹に、心の中はわがままで、傲慢《ごうまん》で、恥知らずだからです。だから彼は一生独身でいようと心に決め、笑顔をふりまく女たちには目もくれず、毎日黙々と働いていました。彼はなかなか腕のたつ彫刻職人でした。

あるとき彼は、誰に頼まれたわけでもないのに、とびきり上等な象牙《ぞうげ》を使って一体の立像を彫りあげました。若い女性の立像です。女のことをあんなに忌み嫌っていたのに、いったいどうしたことでしょう。勝手に手が動いてそんなものができあがってしまったのです。

ところがその像は、それはそれは見事なできばえでした。これまでピグマリオンが作ったどんな彫刻よりも立派で、美しく、まるで本当に生きている乙女のようでした。そのふっくらとした頰にさわってみれば、硬く、冷たく、それが作りものであることは疑いようもないのですが、ピグマリオンにはどうしても信じられません。やさしげな唇が今にも開いて、何かを話しかけてくるような気がしてなりません。

ピグマリオンはいつしか彫刻の乙女を真剣に恋するようになりました。なにしろ彼女は、世のどんな女よりも美しいばかりか、世の女のようにわがままを言うことは決してないのです。

恋に落ちたピグマリオンは、彼女の姿に恥ずかしさを覚えるようになりました。彼女が生まれたままの恰好《かっこう》だったからです。そこで彼は町に出かけていき、彼女のために服を揃えました。服を着せてみると、それがまた彼女によく似合って、美しさがいっそう引き立ちました。首飾りや指輪をつけてやると、もっともっと美しくなりました。彼は町へ出かけるたびに彼女への贈り物を買い求めました。立ったままでは疲れるだろうからと、一日の終わりにはベッドに寝かせてやることにしました。彼はそうやって全身全霊を注いで彼女をいつくしみました。

けれどピグマリオンはしあわせではありませんでした。どれだけ心をつくしても、彼女はにこりともしないからです。

やがてアフロディテのお祭の日がやってきました。アフロディテは愛と美の女神様です。ピグマリオンは祭壇の燃えさかる炎の前で女神様に祈りを捧《ささ》げました。

「彼女を、その、私の……」

ピグマリオンはもじもじするばかりで、願いごとをうまく口にすることができません。けれど女神様は何もかもお見とおしです。そして日ごろからピグマリオンの仕事ぶりに感心していらっしゃったので、彼の願いを叶《かな》えてやることにしました。

お祭から帰ったピグマリオンは、ベッドに寝かせておいた彼女のところへ行き、いつものようにおやすみの口づけをしました。するとどうしたことでしょう、いつもなら冷たい感触しか伝わってこないのに、今日はなんだか彼女の唇にあたたかみが感じられるのです。

ピグマリオンはびっくりして、彼女の腕に触れてみました。するとそこにもぬくもりがありました。そしてその象牙色の肌はなんともやわらかく、彼が指で押してみると、生きた人間のようにへこみました。

彼は驚きの声をあげ、喜びにふるえながら、アフロディテに感謝の言葉を捧げました。そして今一度ベッドの上の彼女を抱きしめると、その血の通った唇に自分の唇を押し当てました。すると彼女はハッと身をよじり、頬を赤らめ、そしてぱっちり開いた二つの目で彼のことを見つめたのでした。

二人はアフロディテに見守られてめでたく結ばれ、末永くしあわせに暮らしました。

2

彼は生まれつき女性が嫌いだったわけではない。

幼いころは隣家の娘と手をつないで川の土手を歩いたし、少年時代は、気になる女の子にちょっかいを出しては教師にビンタを食らっていた。男子がみな戦闘機乗りにあこがれていた時分にそうだったので、むしろ彼は女好きといえた。妾《めかけ》を二人囲っていた父親の血を確実に引いていた。

女性を嫌悪するようになったのは母親を亡くしてからだ。

終戦直後の混乱の中、美しくやさしかった母が亡くなり、その悲しみが癒えないうちに新しい母親がやってきた。彼女も美しい人だったが、その美しさは妖《あや》しげな雰囲気を漂わせていた。

彼の予感は的中した。新しい母親は獣だった。女性ではなく雌だった。身をもってそれを知らされた彼はやがて、世の女という女はきたならしい生き物だと考えるようになった。同級生の女子に話しかけられたり、満員電車の中で女と体が接触するたびに、義母のおぞましい姿や声を思い出し、胸が悪くなった。

戦後の混乱も収まり、若い男女は自由恋愛を謳歌《おうか》していたが、彼は恋などごめんだった。端正な顔をしていた彼はよく女子学生からラブレターをもらったが、すべてその場で破り捨てた。彼は一生独り身を貫くつもりだった。

しかし彼はその一方で、この世のどこかには聖母のような女性がいるに違いないという、相矛盾した考えを抱いていた。

ギリシア神話のピグマリオンを知ったのはそんな折である。

胸が熱くなった。瞼《まぶた》を閉じるとその情景が鮮明に想像され、異国の人形師と自分の姿が二重写しとなって、知らぬうちに涙が湧いてきた。

彼はそれから人形を集めはじめた。休みのたびに骨董屋《こっとうや》をめぐり、日本人形やフランス人形を買いあさった。

それまで彼は、人形なんておもちゃだろうと高をくくっていたのだが、いざ興味を持って眺めてみると、時に人と見まがうばかりの精巧なものと出会った。

髪に人毛を使い、それを丁寧に結いあげているもの。瞳《ひとみ》に人間用の義眼をはめ込んであるもの。唇と唇の間から象牙で作った歯が覗《のぞ》いているもの。指の関節が動くもの。手の皺《しわ》の一本一本を刻み込んでいるもの。

そういうリアルな人形を次々と買い求め、自分の部屋に並べていった。高校、大学と進んでも、彼は生身の女には見向きもせず、人形にだけ心を許し、毎日毎日その頭をなでたり話しかけたりして過ごした。だが、いつになっても人形に命は宿らなかった。

原因は二つ考えられた。一つは、他人が作った人形だということ。ピグマリオンのように、自分の手で心を込めて作らなければならないのではないか。もう一つは人形の年齢だ。等身大の人形はみな幼く、彼はどうしても子供をあやすような態度でしか接することができなかった。逆に大人の女性をモデルにした人形はみなミニチュアで、しらけた気持ちが先立ってしまう。

悩むうちに学生生活も終わりに近づいた。経済を学んでいた彼は、卒業後は二人の兄同様、父親の会社に入るつもりでいた。

ところが父親は彼に、遠い町にある別荘で暮らすよう命じた。息子の人形好きが良くない噂として流れていたので、所払いをはかったのである。三男坊の息子に事業を継がせる必要はない。だったら会社に置いてめんどうを起こされるよりも、と考えたのである。

彼はひどく落ち込んだ。けれどそれはすぐに喜びに変わった。これからは思うぞんぶん人形を愛することができる。学校にも仕事にも出なくてよいのだから、自分の手で人形をこしらえることもできる。そう、あのピグマリオンのように。

何百というコレクションはすべて捨て、彼は決意も新たに、遠く離れた土地に旅立っていった。

ピグマリオンの最愛の人は象牙《ぞうげ》から生まれた。しかし等身大の女性を彫れるほどの象牙を手に入れるのは、現在では難しい。彼はそこで石膏《せっこう》像を作ることにした。石や木を彫るという手もあったが、石膏のほうが白く美しく仕あがると思ったのだ。別荘が石灰岩採掘の現場に近かったことも、彼に石膏という素材を選ばせたのかもしれない。

彼は生活のために何をする必要もなかった。毎月、使いきれないほどの金が郵便為《かわ》替《せ》で送られてきた。父親が手配した家政婦が週に一度やってきて、料理を作り置いてくれた。彼はそれをアメリカ製の大きな冷蔵庫から取り出し、やはりアメリカから取り寄せた電子レンジという便利な機械で温めればよかった。洗濯物も、放っておけば、家政婦がまとめて洗ってくれた。

彼はただひたすら石膏像に取り組んだ。別荘のほかの部屋には、先祖が集めた骨董品や古今東西の古書が並べられていたが、彼はそれらには見向きもせず、一日のほとんどを地下の作業場で過ごした。

美術に関してはずぶの素人の彼だったが、毎日毎日作業を続けていれば、それなりに技術も向上する。やがて一体の女性像が完成し、彼はそれをいつくしんで過ごした。抱きしめ、なでさすり、語りかけた。地下室にベッドを持ち込み、夜はそこに彼女を寝かしつけた。都会までたびたび車を走らせ、彼女のためにきらびやかな服を見つくろった。化粧品や鬘《かつら》を買い求めると、デパートの店員は決まって、「贈り物ですか？」と尋ねてきた。彼はそれに胸を張って、「妻が使うので簡単に包んでください」と応《こた》えた。彼はそれほど真剣に彼女を愛していた。

ところが彼女はいっこうに微笑んでくれず、彼はその石膏像に見切りをつけ、新しい人形作りに取りかかった。

二体目にも血が通わなかった。三体目もだめだった。それでも彼はあきらめなかった。自分の腕が未熟なだけだと、裸電球の下で石膏との格闘を続けた。

そうして何年かが過ぎたある日のことである。

地下室には何体目かの石膏像が完成していて、彼はその日も彼女と語らいながら、時を送っていた。だが彼は前日より体調を崩しており、お喋《しゃべ》りに身が入らなかったので、まだ陽は高かったが休むことにした。

寝室のベッドに入ってうとうとするうちに、悪い夢を見た。地震が起きて石膏像が倒れるのだ。彼女は倒れながら唇をわずかに動かし、彼の名前をつぶやき、そして床に砕け散る。

彼はハッと飛び起き、よろよろした足取りで寝室を出た。先ほど地下室を出ていく際、彼女をきちんとベッドに寝かせただろうかと心配になったのだ。

だいじょうぶだった。彼女はベッドの中にいた。先日新調した羽根布団も肩までかけてある。彼は安心し、去りぎわに、おやすみの軽い口づけをした。

と、彼は妙な気分になった。彼女の唇からぬくもりが伝わってきたような気がしたのだ。熱がある自分の触覚が変になっているのだろうか。

きっとそうだろうと彼は立ち去ろうとしたのだが、先ほどの夢を思い出し、足を停めた。夢の中では、彼女は倒れながら唇を動かした。自分の名前を呼んだ。あれは予知夢ではなかったのか。

彼は掛け布団をのけ、緊張しながら彼女の腕に手を当ててみた。温かみを感じた。ナイトウェアの袖《そで》をたくしあげ、ピグマリオンがそうしたように、彼女の腕の内側を自分の指先で押してみた。白い肌に彼の指先が食い込んだ。

彼は呆然《ぼうぜん》とし、やがて落涙した。子供のように泣きじゃくりながら、とうとう命を吹き込まれた彼女を強く強く抱きしめた。


気がつくと、彼はベッドの中だった。地下室のベッドではなく寝室のベッドだ。

あれは何だったのだろうと、彼は半身を起こしてぼんやり考えた。石膏像に口づけしたら彼女に血が通った――あれは夢だったのだろうか。

彼はそれを確かめるために地下室に降りていった。

愕然《がくぜん》とした。

ベッドは空っぽだった。人間になった彼女が歩いて外に出ていったのではない。彼女はベッドの横の床に倒れていた。手足が砕け、首もぽろりともげていた。そしてそれはまぎれもなく石膏の塊でしかなかった。

夢だと思っていた地震が現実で、それで石膏像が砕けたのだ。現実だと思っていた彼女のぬくもりこそ、熱病の中での幻だったのだ。

彼はその場に泣き崩れ、彼女の首を胸に抱いた。肌はあくまで硬く、冷たくて、抱きしめても抱きしめてもぬくもりを取り戻すことはなかった。

3

何度目かのトンネルを抜けてまぶしさに顔をしかめた時、かすかな潮の香が鼻腔《びこう》の奥に広がった。

車窓の向こうに広がる白い輝きは玉泉灘《ぎょくせんなだ》だ。防波堤に囲まれた狭い湾内に、小さな漁船が一艘《そう》、二艘、今日の漁を終えて、凪《な》いだ海面をしずしずと滑り込んでくる。男たちを港で迎える女たちの姿が現われ、消え、スレート屋根の選魚場も後方に飛び去ると、車掌の朴訥《ぼくとつ》なアナウンスとともに、列車は徐々に速度を落としていく。

ホームに降り立った私はボストンバッグを足下に置き、コートに腕を通しながら、清冷な空気を胸の深奥に送り込んだ。もう海は見えないけれど、たしかに懐かしい匂いがする。

だが駅の風景はずいぶん変わっていた。石畳のプラットホームと木製の跨線橋《こせんきょう》はそのままだったが、いつも綺麗《きれい》に刈り込まれていたサツキの植え込みは踏みにじられ、改札口横の弁当屋に人の気配はなく、引き込み線のあたりには、冬じたくをはじめた雑草が力なく茂っているばかりである。景気のよい警笛をあげながら雄々しく行き交っていた貨物列車はどこに行ってしまったのだろう。

改札を出ると、私のとまどいはいっそうつのった。

海風を受けてしじゅう土埃《つちぼこり》をあげていた駅前広場はアスファルトで固められている。街道への出口に暖簾《のれん》を出していた土蔵造りの蕎麦屋《そばや》の影はなく、それに代わって、できそこないのパルテノン神殿のようなパチンコ屋が、まだ陽があるというのに原色のネオンを無遠慮に放っている。

そう、まだ陽があるのだ。なのにこの閑散とした空気はどうしたことか。書店の店先では誰も立ち読みをしておらず、薬局のシャッターはなかばおり、タクシー乗り場の看板は撤去されている。そういえば今の列車から降りてきたのは自分一人だけではなかったか。そう思って振り返ると、待合室に座っているのは一組の老夫婦だけだった。

愕然というほど大げさではないが、少なからず脱力して駅頭でたたずんでいると、白いバンが街道からこちらに曲がってきた。車体の横には「後藤《ごとう》工務店」の文字が見える。

「タッキー？」

「ゴッちゃん？」

車から出てきた男は懐かしい呼び名を口にした。

私も昔どおりに彼を呼び、そして二人は歩み寄って、やあやあと肩を叩《たた》き合った。

「タッキー、でかくなったなあ」

ゴッちゃんはこちらを見上げ、目をしばたたかせた。

「やだなあ。あれから何年経ったと思ってるんだ」

「でもあのころは俺よりずっと小さかった」

「うん。学校で一番小さかった」

「俺なんか、あれから十センチしか伸びてない。たまんないよ」

ゴッちゃんは苦笑しながら自分の頭をてんてんと叩いて、

「しかし、でかくなったことを除けば、タッキーはあのころのまんまだ。たとえ東京で待ち合わせしたとしても、すぐに見つけられただろうね」

「ゴッちゃんも変わらないよ」

そう応じたものの、実のところ彼の変貌《へんぼう》は相当なものだった。頭頂部は円形に禿《は》げあがっていて、そのコンプレックスからか、横と後ろをかなり伸ばしているので、どことなく落武者を思わせる。目尻《めじり》の皺《しわ》は深く、下瞼《まぶた》は黒ずみ、頬の肉はだらしなく垂れている。

「おとしあたりまでは、ここまでひどくなかったんだよ」

こちらの心中を見透かしてか、彼は信楽焼《しがらきやき》の狸のような腹をさすりながら首をすくめた。

「ずいぶん変わってしまったね」

私は視線をはずしてつぶやいた。

「そう、すっかりオヤジさ」

「いや、そうじゃなくて……」

とあたりを手で示す。

「そうかぁ？」

「長寿庵《ちょうじゅあん》、いつなくなったの？　この広場だって綺麗に舗装されてるし」

「長寿庵？　ああ、そこの蕎麦屋。じいさんが死んで、それでおしまい。でも、あそこが潰《つぶ》れたのはタッキーが越す前だったろう」

それは彼の勘違いだ。親戚《しんせき》に連れられこの町を出ていく際、私は長寿庵で最後の食事をとったのだ。そうして誰にも見送られずに、夜の汽車で東京へ旅立っていった。

おじいさんは何で死んだのか、店を手伝っていた孫夫婦はどうして跡を継がなかったのか。私はそれを尋ねようとしたのだが、ゴッちゃんは不機嫌そうに、

「こんなくたびれた町、変わりようがないよ」

とつぶやくと、くるりと背を向け、車に戻っていった。

中から助手席のドアが開いたので、私も車に乗り込んだ。

街道沿いの風景もすっかり様変わりしていた。

私が住んでいた当時も、ここはパッとしない町だった。銀行もデパートも映画館もなく、夜も九時を過ぎると、一番の繁華街も墓場のように静まりかえった。雑誌が店頭に届くのは東京より五日も遅く、新聞は統合版だった。統合版というのは朝刊と夕刊を合わせたものだ。したがって新聞が届くのは一日に一回である。それも印刷所から遠く離れているので、延長に入ったナイターの結果は載っていない。

上京して、それが日本のスタンダードではないのだとはじめて知った。東京にはほかにも私の常識を覆すものがたくさんあった。転校先の小学校では誰もが仕立ての良い服を着ていたし、彼らは放課後も塾という施設に通っていた。電車はあとからあとからやってきて、夜中になっても走り続けていた。東京は何もかもが鮮やかで、進んでいて、実はその姿が日本の今だった。

けれどかつてのこの町は、田舎ではあるけれど変化に富み、生命を感じさせてくれた。バラックのマーケットには朝から威勢のよい声が飛びかい、稲刈りのすんだ田んぼには子供たちが群れ集い、山の畑には一年中何かが植わっていた。

今は、行けども行けども人の気配がない。田んぼでも畑でもない荒れた土地に、ディスカウントストアの看板が寒々しく立っている。街道沿いで海産物を販売していた売店も、壁が破れ、幟《のぼり》が風にちぎれている。

荒涼とした風景に身をまかせていると、本当に自分はここで生まれ育ったのだろうかと疑いたくなる。

「ちょっと早いけど夕メシにしよう。宿の近くに行きつけの小料理屋がある」

しかしその声に顔を転じると、幼なじみの彼がハンドルを握っていた。私はまぎれもなく故郷に戻ってきたのだ。

三十年の人生を清算するために、私は生まれ故郷に帰ってきた。

4

二十年前、父が死んだ。まだ三十半ばの働き盛りだった。赤銅色《しゃくどういろ》の肌がまぶしい偉丈夫だった。一升酒を飲んでも翌朝はけろりとした顔で仕事に出ていっていた。そんな父が、二十年前の秋のはじめに、あっけなく死んだ。

父は殺されたのだ。庖丁《ほうちょう》で胸を刺され、出血多量で死んだ。殺したのは私の母である。

私はそのとき交通事故で入院していて、退院するまで父の死を知らされなかった。

父と最後に会ったのは九月最初の土曜日だった。その日父は午前中の仕事を終えてから私を見舞いにやってきた。病室にはすでに母がいて、

「やあねえ、汗臭くて」

作業着のままの父を見るなり、そう笑ったのを憶《おぼ》えている。

二人は日暮れまで病室にいて、一緒に帰っていった。その数時間後に惨劇が起きると、誰が想像できただろう。

翌日曜日、見舞いにやってきたのは母一人だった。

「おとうさんは？」

と尋ねると、母は、

「ちょっと具合が悪いの……」

と顔を伏せた。

おかしいとは思った。父は頑強な体が自慢の人で、私が知るかぎり一度も仕事を休んだことがなかった。だがそれを問う前に、もっとおかしなことが起きた。母は私の

頭を胸に抱き、痛いほどに頰ずりをして、

「ごめんね、ごめんね――」

と繰り返すのだ。そうして相部屋であるにもかかわらず声をたてて泣き、涙が涸《か》れると私の両手を握って、耳元に囁《ささや》きかけてきた。

「元気でね」

それが別れの一言だった。母は逃げるように病室を出ていった。その足で警察に出頭したと私が知るのは、まだ先のことである。

母はそれきり病室にやってこなかった。父もやってこない。親戚の人たちが日替わりで見舞いにくるだけで、学校の帰りに寄ってくれていた友だちも、ぱったり顔を出さなくなった。

親戚には、もちろん尋ねてみた。けれど返ってくるのは曖昧《あいまい》な言葉ばかりだった。私の不安はつのった。

父も交通事故に遭ったのだろうか。私よりも状態がよくないので、母はそちらにつきっきりなのだろうか。

最初はその程度の想像だった。何日か経つと、父は危篤状態なのだと考えるようになった。さらに時間が過ぎると、「死」という言葉がちらつきはじめた。だが、あんなことが起きていたとは、これっぽっちも想像できなかった。

退院の日になっても両親は現われなかった。迎えに来たのは、東京に住む父方の親戚だった。私はタクシーに乗せられ、そうして着いたのは一か月ぶりのわが家ではなく、駅だった。

長寿庵で蕎麦《そば》を食べ、夜汽車の座席に着いてから、母が父を殺したと知らされた。明日からは東京で暮らすのだ、おまえの荷物はもう運んである、養子の手続きもすませた、おかあさんと呼んでいいのよ——叔母《おば》の言葉は理解の範疇《はんちゅう》をはるかに超えていた。

母は自分の身を守るために庖丁を握ったのだという。酒に酔った父に暴力を振るわれ、それに抵抗するうちに、過って刺してしまったのだという。いつ庖丁を握ったのかも、どうやって刺したのかも、まったく憶えておらず、気がついたらあたりは血の海だったという。

それはおかしいと私は思った。父はたしかに無類の酒好きだ。けれど酒に飲まれるような人ではなかった。母や私に手をあげたことは一度としてない。一升瓶をぺろりとやって、それでも満足いかないと、夜中でも母を酒屋に走らせた。しかしその時の態度も決して高圧的ではなかった。母の前に正座して、「頼むから」と手を拝み合わせるのだ。

東京に連れていかれてしばらく経ったある日、私はその疑問を新しく母になった人にぶつけてみた。すると意外な答が返ってきた。事件当夜、父が野獣のようにわめき散らしていたというのだ。何人もの隣人がそれを聞いていた。そして警察が母の体を調べたところ、最近できた青痣《あおあざ》がいくつも認められたのだという。

私は混乱し、「おかしい、おかしい」と繰り返した。しかし新しく母になった人には、「もう忘れなさい」の一言で切り捨てられた。母に会って話を聞きたいと頼んでも、許しは得られなかった。強く訴えれば願いは叶《かな》ったかもしれない。けれど私は自分自身の境遇の変化についていくのがやっとで、事件について深く追及するだけの余力がなかった。

母は実刑判決を受けた。情状酌量され、刑期は短かった。私は面会に行きたかったが、新しい両親にそう願うと、いつも「そのうちね」とあしらわれた。手紙は何度も書いたが、返事は一度も届かなかった。

中学生の時、母の出所を知らされた。だからといって、もう一度母と暮らすことはできない。私は籍が変わり、彼女の子ではなくなってしまっている。自分自身、彼女との生活を望んでいなかった。新しい両親はいい人で、実子と分け隔てなく育ててくれていた。彼らに対して後足で砂をかけるようなまねはしたくなかった。出所後の母の居所もあえて訊《き》かなかった。

もちろん割りきったのは表向きだ。高校生になっても大学生になっても母の面影を頭に描いて眠りについていた。三十になっても独り身である私を見て精神科医が言いそうなことは想像がつく。

その母が半年前に亡くなった。危篤との知らせが東北の病院から届いた翌日、息を引き取った。

私が駆けつけた時、母はすでに死人の顔をしていた。いや、もしかしたら、その干からびた顔が素顔だったのかもしれない。夫を殺し、獄中生活を送り、出所しても一人息子と会うことができず――そんな二十年が彼女を別人にしてしまったのかもしれない。とにかく、ベッドの上の女性に昔日の面影はなかった。

だが、それはまぎれもなく私の母だった。彼女は私の姿を認めると、やせ細った腕を私の方に伸ばして、

「ご、め、ん、ね、ご、め、ん、ね」

と吸入マスクの中で切れ切れに言ったのだ。わずかに残った意識をふりしぼってそう繰り返したのだ。

私はかつてそうされたように、母の頭を胸に抱き、頬ずりをした。ほかには何もしてやれなかった。

一夜明け、母は亡くなった。

地元の小さな寺で葬儀が行なわれ、母の弟が遺骨を持ち帰った。その際、私は彼か

ら一通の封書を受け取った。母の遺書だった。入院直後に託されていたのだという。

遺書には、出所後の母の足取りが記されていた。日本各地を転々としていたそうだ。ようやく土地と仕事に慣れたと思ったら前科がばれ、新しい土地に移ってもその繰り返しで、最後にこの温泉町に流れ着いたという。

遺書にはそして、父を刺した本当の理由が記されていた。

5

「せっかくだからわが家に招待したかったんだけど、ガキはうるさいし、女房もこれだから」

乾杯のグラスを飲み干すと、ゴッちゃんは出っ張った腹をぽんぽん叩《たた》いた。

「へー、子供が生まれるんだ。いつ？」

「今月」

「おめでとう」

「三人目ともなると、あまりおめでたくないけどね」

彼は苦笑し、煙草に火を点《つ》けた。

「臨月だったら、時期をずらしてもよかったのに。ゴッちゃんも大変だろうし」

「いや、どうしてもいま来てもらわなければならなかったんだ。こっちこそ、無理やり仕事を休ませてしまって申し訳ない」

「ううん。急でびっくりしたけど、今日は土曜だから仕事は休みだった。それに、落とし前をつけるなら早いほうがいいと思ってたし」

「落とし前？」

「あ、いや、薄れていく思い出を補完するなら早いほうがいいかなって」

私はそうはぐらかして刺身に箸《はし》をつけた。近海ものはさすがに味が違う。

「思い出、ね」

彼はふんと鼻を鳴らして、手酌でビールをやりながら、

「山がなくなってから、この町は転げ落ちるいっぽうさ。何千人もの男がいっせいに町から出ていった。それ以上の数の家族を連れてね。一夜明けたら、丘の上に広がっていた社宅はゴーストタウンだ。お客さんがいなくなれば商店も潰《つぶ》れる。町の偉いさんは、社宅の跡地を別荘地にともくろんだんだけど、交通の便の悪さが敬遠されて、一坪も売れやしない。町から人が出ていったものだから、列車は朝夕だけになってしまったんだよ。高速道路も走っていないしね。じゃあ工業団地に鞍替《くらが》えするかとなったんだけど、やはり交通の便がネックになって、そうこうするうちに世の中が不況になってしまった。そんなおり玉泉バイパスの話がもちあがって、これが開通すれば工

場の誘致もうまく進むのではと期待がかかったんだけど、町は借金であっぷあっぷだろ、県の偉いさんを満足に接待してやれず、バイパスは隣の町に取られちまった。おかげで岳南《がくなん》温泉に行く客はみーんな向こうの町を通るようになって、この旧玉泉街道沿いの土産物屋もバタバタ潰れている。万事がこのありさまだ。開発のおこぼれをちょうだいできるはずだった俺も大損害さ。町議に手回しして工業団地の工事に参加できたはいいけど、途中で計画が中止になり、工事代金も払ってもらえない。未払い金はたまりにたまって一千万近いよ」

彼が言う「山」というのは乳房山《ちぶさやま》のことだ。正式名称は違うのだろうが、乳房のような双丘になっていたので、地元ではそう呼ばれていた。「双丘になっていた」と過去形で語ったのは、私がその姿を見たことがないからだ。私がものごころついた時には片方の乳房を失っていた。

乳房山は純度の高い石灰岩質の山で、明治の終わりごろから、旧財閥系の会社によって露天掘りが行なわれていた。そのために多くの者がこの漁村に移り住み、鉄道が敷設された。

だが天然資源には限りがある。戦後間もなく片方の乳房を失い、私が町を出ていったころにはもう片方の乳房もずいぶん低くなっていた。露天掘りなので山そのものが削り取られるのだ。

「それで、サトルの話というのは？」

愚痴もつきたようなので、私は本題を切り出した。

「うん。サトルの話ね……」

彼はふうと息をついて、おしぼりで顔をぬぐった。

「ずいぶん急いでいるようだったけど」

「あいつのところも、山がなくなってからこの町を離れた。今は関西の方だとか聞いている」

彼はそれしか言わず煮物の椀《わん》を抱え込んだので、私は、

「それで？」

とうながした。

「越していく時に、裁判所に失踪《しっそう》宣告の申し立てをしたそうだ」

彼はまたそこで口をつぐむ。

「失踪宣告されることくらい、想像がついていたさ。それっぽっちを知らせるためにわざわざ呼んだんじゃないだろう？」

ゴッちゃんの速達が私を故郷に連れてきたのだ。サトルのことで話があるから、手紙や電話では話せないことだからと、殴り書きされていたのだ。

この町を離れてからもゴッちゃんとは手紙のやりとりをしていた。けれど今回のよ

うに切迫したものは、かつて受け取ったことがなかった。なにしろ往復切符が同封されていたのだ。指定席券の日付は受け取った翌日である。

サトルは私たちの遊び仲間で、二十年前のある日、私たちの前から姿を消した。私も夜逃げ同然にこの町を離れたわけだが、サトルの場合はもっと唐突だった。家族を残し、まるで神隠しに遭ったように忽然《こつぜん》と消えてしまったのである。

「サトルがいたんだよ」

ゴッちゃんがぽつりと言った。

「いた？　見つかったのか!?」

私は身を乗り出した。

「ああ」

「どこに？　どこで何をしていたんだ？」

「そうせかすな」

「のんびり喋《しゃべ》ってられるかよ。どこにいたんだ？」

しかしゴッちゃんはグラスを傾けながら、

「その話は今日はやめておこう。あした連れていってやるから」

「この町にいるのか？」

「ああ。しかし対面は明日だ。今日はもう遅い」

妙な話だ。外はたしかに暮れかかっているが、人と会うのにふさわしくない時間とは思えない。するとサトルは病院に入っているのだろうか。私がそれを質《ただ》すと、

「二十年ぶりなんだぜ。今日は暗い話はよそう」

ゴッちゃんは作り笑いを浮かべて、ビールの追加を注文した。

6

サトルが神隠しに遭うまでは、私の人生はまずまず順調で、ほどほどにしあわせだった。

父は乳房山の現場で働いていた。母は地元の農家の三女で、二人は見合い結婚だった。

父の稼ぎだけで親子三人食べていくことはできたが、彼の酒量が並はずれていたので、母の内職が家計を助けていた。裁縫針を十本ずつ黒い羅紗紙《らしゃがみ》に包んで糊《のり》づけし、一つできれば一円という、おそろしく理不尽な仕事であった。飲み屋のつけがたまって内職でまかないきれない時には、臨時雇いの仕事に出ていった。

といって、母は決して不平をこぼさなかった。夜遅く酒屋に走らされる時も、おさな子の駄々を許すように、しょうがないわねえと笑って出ていった。父も、酒に乱れ

て母に暴力を振るうことはなかったので、この家庭に生まれたことが不幸だとは、私は一度も思わなかった。

父は力自慢で、足も速く、運動会の父兄競技では毎年主役を張っていた。母は、近在には珍しい色白の女性で、目鼻立ちも整っていて、授業参観の日には誇らしく感じたものだ。

おもちゃやお菓子をねだってもなかなか買ってもらえず、そんなときには気持ちが沈んだけれど、しかし周囲の子供たちもおおむね私と同じように耐乏を強いられていた。

あえて不幸をあげるとしたら、ひ弱に生まれついてしまったことだ。雨が続けば腹が痛み、風が吹けば熱が出て、大病こそ患わなかったが、年中どこかを壊していた。夏の日射しにも弱く、すぐに火脹《ひぶく》れができてしまうので、炎暑の日にも長袖《ながそで》を着なければならなかった。

体も小さかった。幼稚園、小学校と、常に列の最前に並ばされた。服を脱げばガリガリで、教室で体操着に着替えるのが恥ずかしくてたまらなかった。父のせいで食が貧しかったのではない。わが家の食卓はわりと豊かだった。分厚いステーキこそ見たことがなかったが、漁港の町なので魚介類は安かったし、野菜や卵は母の実家から頻繁に届けられていた。なのに私は少しも大きくならなかった。食べても食べても太らず、それでも太りたい一心で無理やり詰め込んだら、腹を壊すしまつである。

　虚弱児童は運動もからきしだめだった。どうしてみんなは運動会が近づくと、鼻血を出すほど興奮するのだろう。私は毎年、てるてる坊主を逆さに吊《つ》り下げていた。徒競走では走る前からどんじりと決まっていた。海があんなに近いというのに、水に三秒も顔をつけていられなかった。

　土地柄のせいか、まわりの子はみな色黒でたくましく、なおのこと私のひ弱さは目立った。どうして自分だけがと両親を恨めしく思ったこともある。それを苦に精神が病んでしまわなかったのは、友人に恵まれたからにほかならない。

　私が生まれたのは高度成長期の末で、ガキ大将を頂点とした子供の共同体は全国的に崩壊しつつあった。だが私の周囲にはそれがまだ色濃く残っていた。田舎ということもあるが、特殊な住環境も大きく影響していたのだろう。

　石灰岩採掘に従事する者はみな、乳房山手前の狭い丘陵地帯に住んでいた。そこに長屋造りの社宅が設けられていたのだ。全部で何百棟あっただろうか。乳房山の現場では石灰岩を掘り出すだけでなく、粉砕と精製も行なっていたので、相当な人数が働いていた。

　社宅はいくつかのブロックに分けられ、隣組のようなものを形成していた。そのブロックごとに夜回りの当番を決めたり、盆踊りの練習をしたりするのだ。

大人たちがそうであったから、子供たちもブロック内での結びつきが非常に強かった。小学六年生を頭《かしら》に、就学前の幼児までが一緒になって遊ぶのだ。登校も一緒である。「タッキー、おはよー」と誰かがやってきて、次に、「サトルちゃーん」と二人で呼びにいき、そうして十人ほどの集団で、ぞろぞろ学校へ行くのである。小学校を卒業したらそのコミュニティーも自然と卒業となり、新しい六年生が集団を仕切る。どこのブロックでもそうだった。誰が決めたわけでもなく、そういうシステムができあがっていた。

ピラミッドの上の方の人間は実に面倒見がよかった。年端もいかない子と鬼ごっこをしたところでおもしろかろうはずがない。真剣に走れば一度も鬼にはならず、手を抜けばまるで興奮がない。なのに彼らはいつも先頭に立って遊びの輪を形成した。最初は全力で走り回って力の差を見せつけ、年少の子が泣き出しそうになったら手を緩めて捕まってやる。その手綱さばきは絶妙で、だからひ弱な私も輪の中からはじき出されずにすんだのだ。同年齢の友人しかいなかったら、こうはいかなかっただろう。「おにいさん」たちには本当によくしてもらった。私が逆上がりができないと知ると、それをはやしたてたりはせず、早朝の誰もいない公園で特訓してくれた。自転車に乗れるようになったのも、キャッチボールができるようになったのも、すべて彼らのおかげである。

私はだから、人より劣った体をしていたけれど、疎外感にさいなまれることはなかった。歳を重ねるにつれ、自信のようなものも少しずつ身につけていった。いつの日か自分も小さい子たちから慕われるおにいさんになってやるぞと心に決め、あたたかいコミュニティーの中で過ごしていた。

だが私はおにいさんになりきれぬうちに町を離れることになった。

小学校三年から四年にかけての春休みのことである。

春休みは宿題がないので思うぞんぶん遊ぶことができる。その日も私は朝から、ゴッちゃんとサトルと三人で、集会所前の広場でボール投げをしていた。じきに人が集まってくるだろうから、そうしたら三角ベースをするつもりだった。ところが一時間待ってもほかのメンバーは顔を出さない。いつもならここで各家を回って誘いをかけるのだが、この時は違った。

「怪人二十面相の隠れ家を見にいかない？」

とゴッちゃんが言い出したのだ。

ゴッちゃんは私より一つ年上で、メンバーの中では唯一社宅の子ではなかった。近所の大工の息子だ。父親がおんぼろ長屋の修繕を引き受けていたので、そういう縁で私たちのコミュニティーに加わっていた。

「二十面相の隠れ家？　どこにあるの？」

サトルが目を輝かせた。彼は私と同い年だった。

「山の方。一時間くらい歩く元気があるなら連れていってやる。自転車はだめだぜ。坂がきついから」

「ホントに？　ホントに二十面相がいるの？」

「今日いるかどうかはわからないよ。なにしろあいつは日本のあちこちにアジトを持っているからね」

「行く行く！」

「タッキーは？」

「山に行ったらいけないって……」

乳房山へ続く道は大型車の往来が激しいので、子供だけで歩いてはいけないと学校で決められていた。

「新五年生の俺がついていればだいじょうぶさ」

私はその半年ほど前から江戸川乱歩の少年探偵シリーズを読んでいた。「絶対におもしろいから」とゴッちゃんに強く勧められ、移動図書館で借りるようになったのだ。最初はしぶしぶ手をつけたのだが、これが実におもしろい。いつの間にか自分を小林《こばやし》少年や羽柴《はしば》少年に投影し、床の中にまで持ち込んで読みふけった。これほど痛快な本は生まれてはじめてだった。ただし地下室や洞窟《どうくつ》の場面が苦手で、毎度毎度のパターンとわかっていても、それを読むと夜中に便所に行けなくなった。

ゴッちゃんの誘いを受けた時も、私がまずイメージしたのは、薄暗い西洋館であり、床が抜け落ちる部屋であって、思わず生唾《なまつば》を飲み込んだ。けれど尻込《しりご》みして弱虫のレッテルを貼られるのが嫌だったので、笑顔を作って二人のあとにしたがった。

乳房山に向かって曲がりくねった坂をのぼっていくと、道はやがて二手に分かれる。私たちは採掘現場に続く太い道を離れ、車一台がやっとの未舗装道路を進んでいった。最初こそぱらぱらと農家の屋敷が建っていたが、じきに田畑も消え、あとは左も右もずっと林である。そうして小一時間ほど歩きに歩いた道のはてに目的の建物があった。

煉瓦《れんが》の壁、切り立った三角の屋根、サンタクロースが入れそうな四角く太い煙突、窓にかかったレースのカーテン、建物全体にからみついた濃緑の蔦《つた》——絵本から飛び出してきたような西洋風の屋敷だった。門の扉はアラビアンナイトの物語に出てくるような複雑な模様をしていた。その隙間から中を窺《うかが》うと、遠くに見える玄関先に、黒い箱形の自動車が停めてあった。怪人二十面相のアジトである雰囲気は、たしかにあった。

はじめて見る洋館に感嘆していると、

「入る人」

サトルがすかさず手を挙げたのとゴッちゃんが手を挙げ、二人の部下を見較《くら》べた。サトルがすかさず手を挙げたので、私も仕方なくそれにならった。

「せっかく来たんだもんね。そうこなくっちゃ。山の方に怪しい家があるって、にいちゃんに聞かされたことがあってさ、一度探検したいとずっと思ってたんだ」

ゴッちゃんはそう言いながら体を沈め、柊《ひいらぎ》の生け垣の根本に無理やり頭をこじ入れた。続いてサトルが、そして私も敷地の中に侵入した。

庭の様子にも驚かされた。三角ベースでなく本当の野球ができそうなほど広かった。広さだけなら、母の実家の庭のほうが勝っているかもしれない。けれどこの屋敷の庭は一面芝生だった。はじめて見る芝生の絨毯《じゅうたん》だった。庭の一角にはチューリップの花壇に囲まれた池があり、中央の島には小便小僧が立っていた。

「あれ、なんだろ？」

サトルが建物の方を指さした。テラスの前に何やら白っぽい塊がある。近づいてみると石膏像《せっこう》だった。何体もの石膏像が無造作に転がっていた。どれも人間の女性をモデルにしたものだったが、あるものは手がもげ、またあるものは首が落ち、満足な姿をしている像は一つもなかった。

「やっぱり怪しいぜ、ここ」

ゴッちゃんが腕組みをして唸《うな》った。

「これ、あれだよね。学校の美術室に飾ってある置物」

サトルが言うと、ゴッちゃんはチッチッと人さし指を振って、

「あれは偽物。本物は何百万もするんだぜ」

「ヒャクマンエン!?」

「うん。だからこういう置物はフツー、壊れたからって、じゃあ捨てましょうとはならない。修繕して家の中に飾り続けるよ。それを雨ざらしでほっぽっておくなんて……」

私も不気味さを感じていた。先ごろ読んだ「地獄の道化師」を思い出したのだ。その中に、石膏像から女の死体が出てくる場面があった。そして目の前に転がっている石膏像も、ちょうど大人の女性くらいの大きさだ。しかしゴッちゃんはそちら方面の心配はしていないらしく、

「中にはもっとすごいお宝が眠っているに違いない。探偵団としては調べる義務がある」

などとブツブツ言いながら、中腰の姿勢で玄関に近づいていく。

ゴッちゃんは本気だった。玄関ポーチに達すると、幼い団員に向かってこう囁《ささや》いた。

「ノックして、返事があったら一目散に逃げる。返事がなかったら、開いている窓を探して忍び込む」

彼はそして、大きなドアについた金色のノッカーを叩《たた》いた。私は応答があることを祈り、また応答があるはずだと思った。玄関先に車が停まっているのだ。

ところが二度叩いても三度叩いても誰も出てこない。ゴッちゃんは不敵な笑みを浮かべて玄関ポーチからテラスに移り、床まである大きな窓に手をかけた。ガチャリと音がして、窓はあっけなく外側に開いた。彼は靴のまま躊躇《ちゅうちょ》なく室内に侵入し、こちらを手招く。サトルが応じたので私もあとに続いた。

「お城みたい」

サトルがそう感嘆するのも無理はなかった。床には絨毯が敷かれている。それも毛脚がくるぶし近くまであって、気をつけないと足を取られそうになる。天井は自分たちの背の四倍も高く、細かな模様が一面に刻み込まれている。煉瓦で作った暖炉が設けられ、その上の壁にはひらひらしたドレスを着た女性の肖像画が飾られている。暖炉の向かい側の壁には、床から天井まで達する巨大な柱時計があって、長い長い振り子をゆっくりと動かしている。ソファーは丸みを帯びたデザインで、脚先もくるんとカールしている。複雑な細工を施した戸棚の中には、金の彫像や銀のプレートや色ガラスのポットが所狭しと並べられている。挙げていったらきりがない。

少年探偵団の本によると、子爵とか男爵とかいった人たちが、こういう部屋でパーティーを催す。けれどこんな小さな町の、それも周りに人家がない山奥で、上流階級の夜会が行なわれるとは思えない。ゴッちゃんが言うように、盗賊の隠れ家と考えたほうが、まだ納得できる。

「フツーじゃないぜ、フツーじゃない」

ゴッちゃんは興奮気味に繰り返し、その部屋を出ていった。ドアの板は分厚く、黒光りしていて、私の掌《てのひら》にはあまる金色のノブがついていた。

ドアの向こうは廊下だった。ふかふかの絨毯を横断し、向かいの部屋に入る。

さっきの部屋に較べると、ひどく殺風景だった。中央に大きなテーブルが置いてあるだけなのだ。テーブルの上には三叉《みつまた》の燭台《しょくだい》が載っているので食堂なのかもしれない。

部屋の奥にあるドアを開けてみて、その推理の正しさが証明された。台所だった。いや、調理場と表現したほうがいいのかもしれない。それほど広く、様々な物が置いてあった。

中でも目を惹《ひ》いたのが、アメリカのテレビドラマに出てくるような大型冷蔵庫だ。扉が両開きで、高さは大人の背丈よりもある。ゴッちゃんもそれに惹かれたらしく、早速そちらに近づいていってドアを開けた。中は意外にもがらんとしていたが、様々な色と形の保存容器や瓶が並んでいて、それらを一つ一つ眺めるだけでも胸がわくわくした。

「怪しいよ。怪しいよ、これ」

そう言ってゴッちゃんが手に取った瓶詰めのラベルには、外国の文字と、苺《いちご》のような絵がプリントされていた。だが、苺にしては色が黒い。蓋《ふた》を開けると、ぷーんと甘酸っぱい香りがした。しかしその中身は給食に出てくる苺ジャムのように赤くない。コールタールに似た気味の悪い色だ。

「探偵をしているんだからな」

ゴッちゃんは瓶の中に指を突っ込み、指先についた黒褐色の物体を口に運んだ。

その時だった。

「いらっしゃい」

幽霊のようなか細い声が背後で響いた。

ギョッとして振り返ると、ひょろひょろっとした男が立っていた。髪はぼさぼさ、顔は蒼白《あおじろ》く、頬はこけ、ワイシャツの裾《すそ》はズボンの外にだらしなくはみ出していて、その姿も幽霊のようだった。

「こんにちは」

幽霊男爵はぼそっと言った。私たちがおどおど顔を見合わせていると、彼はふっと頬を緩めて、

「おなかがすいたのかい？」

私たちは一様に、力を込めて首を左右に振った。

「いいんだよ、遠慮しなくて。どれ、おいしいお菓子を探してあげよう」

男はそう言って戸棚の中を覗《のぞ》いた。私たちは壊れた人形のように首を振り続ける。

ゴッちゃんさえも泣き出しそうな顔をしている。

「クッキーは好きかい？」

男は色鮮やかな丸い缶をこちらに差し出した。

「あのう、ノックしたんですけど、誰も出てこなくて……」

ゴッちゃんがわけのわからない言い訳をした。

「それは悪かったね。地下室にいたから聞こえなかった」

「本当なんです。本当にノックしたんです。でも誰も出てこなくて、窓にさわったら勝手に開いちゃって……」

そう言いながらゴッちゃんは靴を脱ぐ。サトルと私もあわてて靴を脱いだ。すると男は手を横に振って、

「うちは靴を履いたままあがっていいんだよ」

「学校に言いつけないでください」

「言いつけないよ。だって君たちは別に悪いことをしていないもの」

男は心からそう思っているように見えた。

「これ、毒が入っているかと思って、それを調べてたんです……」

ゴッちゃんは瓶を差し出し、また意味不明のことを口走った。男はきょとんとし、すぐに笑い出した。

「それで、気分が悪くなったかい？」

ゴッちゃんは黙ってかぶりを振った。

「おいしかったかい？」

ゴッちゃんは首を縦に振る。

「クラッカーにつけて食べるともっとおいしいよ。さあ、これを持って隣の部屋に行ってなさい。いま飲み物を作ってあげるから」

男はゴッちゃんから瓶詰めを取りあげ、代わりにクッキーの缶を手渡し、立ちつくしている私たちの背中を順番に押した。

逃げるならこの時だった。ところがゴッちゃんは男の言葉に素直にしたがい、クッキーの缶を胸に抱いて食堂のテーブルに着いた。団長がそうするのなら、サトルと私も右にならわなければならない。

やがてココアとクラッカーが運ばれてきた。クラッカーの上には先ほどの黒いジャムがたっぷりと塗られていた。

「遠慮はいらないよ」

うなだれたままの私たちに、男はやさしく声をかけてきた。それでも私たちが身を

硬くしていると、

「毒は入っていないよ」

とほほえんで、クラッカーを頬張り、ココアのカップに口をつけてみせた。私たちは顔を見合わせ、うなずきあってから、口々に、

「いただきます」

と消え入りそうな声で言った。

どれもが未体験の味だった。駄菓子屋のクッキーは、噛《か》むとバリバリと音がする。ところがここのクッキーは、歯を当てたかと思うとサクサクッと崩れ、バターの香ばしい味が口の中でふんわり溶けた。ココアは少しの粉っぽさもなく、ミルクの味が豊かだった。黒いジャムはかなり酸っぱかったけれど、クラッカーと一緒に噛んでいるうちに、さわやかな甘みがにじみ出てきた。ブルーベリーという果物だそうだ。それに較《くら》べたら、給食のジャムはただ甘いだけで、苺の味が全然しない。

驚きのあまり、私たちは「おいしい」の一言さえ出せなかった。口の周りをジャムで染め、クラッカーやクッキーの粉をテーブルや絨毯《じゅうたん》に撒《ま》き散らし、飢えた犬のようにガツガツやった。

男はそれをとがめなかった。テーブルに両肘《りょうひじ》を突き、二つの掌の間に顎《あご》を載せ、欠食児童の様子をにこやかに見守っていた。

食べ終え、放心していると、男が言った。

「いつでも遊びにおいで。もっとおいしいお菓子を用意しておくから」

7

長旅で体は疲労していたが、中途半端な酔いで寝つけず、私は独り、宿の部屋で冷や酒の杯を傾けた。

子供のころはあんなに虚弱だったのに、今では風邪ひとつひかない。酒は人並み以上にたしなむし、煙草も一日に二箱は軽い。歳月が変えてしまったのは幼なじみの彼だけではないのだ。

交通事故以来、体が丈夫になったように感じるのは気のせいだろうか。輸血で他人の血が混じって体質が変わったと言ったら科学者に笑われるだろうか。

宿の部屋は建てつけが悪く、どこからか冷えた空気が迷い込み、ときおり潮の香りも連れてきた。カーテンを開けて窓ガラスに顔を押しあてると、木立の合間に夜の港が見えた。停泊する小さな漁船と、その上で漁網を畳んでいる漁師の姿が、月の明かりを受けて薄ぼんやりと浮かんでいた。

遠い昔にも似たような光景を見た気がする。父と夜釣りにでかけた時だっただろうか。それとも、漁師酒場から帰ってこない父を母と二人で連れ戻しにいった時だっただろうか。

そんなふうに記憶を探っていると、ああ故郷に帰ってきたのだなと、ようやく実感がこみあげてきた。

だが私は郷愁にひたるために戻ってきたのではない。三十年の人生を清算するために戻ってきたのだ。

明日、サトルと会わなければならない。どんな顔をして挨拶《あいさつ》すればよいのだろう。何を話せばよいのだろう。

サトルの失踪《しっそう》には私とゴッちゃんが関与していた。誘拐犯の手引きをしたというわけではないのだが、少なくとも失踪直後に事実を語っていれば、彼は間もなく見つかったと思われた。

そういう闇を背負っているからこそ、ほかの幼なじみとはとうに音信が途絶えてしまったというのに、ゴッちゃんとだけは今も文通を続けている。それでいて手紙の中ではサトルについて触れないことが暗黙の了解となっているのだから、異様にねじ曲がった絆《きずな》だ。

けれど実のところ、今の私はサトルのことなどほとんど眼中になかった。今回の旅の目的はあくまで、母の遺書の内容を確かめることにある。

8

山の洋館へは月に二、三度足を運ぶようになった。メンバーはいつも、ゴッちゃんとサトルと私だった。ほかの遊び仲間には口外しなかった。三人で示し合わせたのではない。十人もの集団で押しかけたらおいしいお菓子の取り分が減ってしまうと、それぞれの胸のうちで小賢《こざか》しい計算をしていたのだ。

二度目からは泥棒のようなまねはしなかった。玄関をノックして、男が出てくるのを待った。ノックしても出てこなかったら、おとなしく山を下った。しかしそれはまれなことで、男はたいてい在宅していた。

男の名前は、結局最後までわからなかった。表札が出ていなかったからだ。向こうは私たちの名前を尋ねてきたが、私たちは尋ねようとしなかった。「おじさん」と呼べばそれでこと足りた。

私たちの訪問はいつも突然だったが、おじさんはいつも快く迎えてくれた。そして何の連絡もしていないのに、いつもおいしいお菓子が用意されていた。苺《いちご》をたっぷり使ったショートケーキ、ふんわりやわらかなマドレーヌ、色とりどりの銀紙に包まれたチョコレート――どれも上品な口当たりで、おじさんの家から帰ってしばらくは、駄菓子屋の十円菓子が喉《のど》を通らなかった。

「好きな時にお帰り」というおじさんの言葉に甘えて、私たちは食後も長々と屋敷の中で過ごした。

一階には居間と食堂と台所のほかに、風呂場《ふろば》と書斎があった。

浴槽は大理石でできていて、壁に刻まれたライオンの口から湯が出るようになっていた。いやそれより、風呂場と便所が薄いカーテン一枚で仕切られていることに驚かされた。

書斎は三方の壁が天井までの本棚になっていて、上の方の本はおじさんでも届かないとみえ、脚立が置いてあった。脚立といっても、ゴッちゃんのおとうさんが使うような金属製のものではなく、分厚い板で作られた、それこそ階段をそのまま持ってきたような代物だ。書斎には机と肘掛《ひじか》け椅子も置いてあったが、これも校長室で見たものよりずっとずっと立派だった。

二階への階段は玄関の正面にあった。壁には油絵が、踊り場には西洋の古い甲冑《かっちゅう》が飾られていた。私たちはこの階段でよく遊んだ。手摺《てす》りを滑り台にしたのだ。手摺りは太く、つるつるしていて、なだらかなカーブを描いていたので、体を上手にコントロールすれば、二階から一階まで一気に滑り降りることができた。

二階の寝室でもよく遊んだ。そこに置かれたベッドは、子供三人が並んで寝てもなお余るほど大きく、スプリングがよくきいていた。私たちはその上で跳ね回ったものだ。屋敷への訪問が重なると、そんな無遠慮も平気で行なうようになった。

二階にはもう一つ部屋があった。衣装部屋と呼べばいいのだろうか、箪笥《たんす》がいくつも置いてあって、鏡も、姿見に三面鏡に手鏡と、大小さまざま揃っていた。

私たちは部屋を覗《のぞ》いただけでなく、箪笥の中も引っかき回した。驚いたことに、ほとんどが女物の服だった。中国人の女性が着るようなつるつるのドレス、鳥籠《とりかご》のようなスカート、花柄のブラウス、赤いネッカチーフ、鍔《つば》の広い帽子、レースの下着——。三面鏡の引き出しの中には外国製の化粧品もたくさん入っていた。といって、屋敷の中で女の人を見かけたことはない。

私たちの本来の目的は屋敷の謎をあばくことだった。そして箪笥の中のドレスは、探偵するに値する謎だといえた。すべて盗品で、時期を見て売り払うのだろうかとか、おじさんは奥さんを亡くしたのだろうかとか、隠し部屋に美少女が閉じこめられているのだろうかとか、俗にいう変態おじさんなのだろうかとか、考えられることはいくらでもあった。

けれど私たちは各人の心の中でそう思っただけで、おじさんを問い詰めはしなかった。私たちは卑しかった。彼の機嫌を損ねたら、二度とお菓子をもらえなくなると心配したのだ。

ただ、一度、サトルがこう尋ねたことがあった。

「おじさんはいつも家にいるけど、仕事はしてないの？」

するとおじさんはちょっと困ったような顔をして、

「君たちのおとうさんのような感じで働いてはいないね……」

「バカ、おじさんはお金持ちなんだから働かなくてもいいんだよ。ねえ、おじさん？」

ゴッちゃんが機嫌を窺《うかが》うように言った。おじさんは曖昧《あいまい》に笑い、そしておやつがすんでからこう言った。

「おじさんの仕事を見せてあげよう」

私たちは彼の部屋に連れていかれた。彼の部屋は地下にあった。

それまで私たちは地下室を覗いたことがなかった。屋敷を最初に訪れた際、地下室がどうのとおじさんが口にしたのは憶《おぼ》えていた。また彼はいつも、私たちが食べ終えると姿をくらまし、一階二階の部屋を覗いてもいなかったので、たぶん地下室にいるのだろうとは思っていた。けれど屋敷の中には地下へ続く階段が見あたらなかった。

地下への入口は台所に隠されていた。二十面相の隠れ家のように、床板の一部が上に撥《は》ねあがり、その先に階段が続いていたのだ。

「昔はワイン蔵だったんだよ。頭に気をつけてね」

おじさんはそう言いながら狭い階段を先導した。壁は剝《む》き出しの煉瓦《れんが》で、天井には裸電球がぶらさがっていた。案内されたのは梅雨明けの一番蒸し暑い時期だったが、地下はひんやりしていて鳥肌が立つほどだった。

階段を降りきり、乏しい明かりに目が慣れてくると、別の意味で鳥肌が立った。

奥まったところに人が立っていた。女だ。黒くて長い髪をアップにまとめている。紫色の口紅をひいている。紫色のドレスを着ている。だが不思議なことに、彼女は私たちがやってきてもぴくりとも動かなかった。おまけに顔が異常に白い。花嫁さんのように真っ白けなのだ。

落ち着いて見ると、それは石膏《せっこう》像だった。石膏像がドレスと鬘《かつら》をつけ、口紅をひいていたのである。

「へー、おじさん、芸術家だったんだ」

ゴッちゃんが感心したように言って、石膏像とおじさんを見較《くら》べた。身なりに無頓《むとん》着《ちゃく》なところは、たしかに芸術家を思わせる。

「芸術家なんてたいそうなものじゃないけど、おじさんはここで人形を作っている。それが仕事といえば仕事かな」

巨大なバットにポリバケツ、大小のへら、木型、金型——暗がりのあちこちにそれらしき道具が転がっていた。

しかし美術制作とは明らかに無関係なものも存在していた。机の上にはネックレスとイヤリングが、化粧箱が、石膏像の隣にはベッドが置いてある。ベッドカバーは花柄だ。

「庭に転がっているのもおじさんが？」

「あれは失敗作。なかなかうまくできなくてね」

「ふーん。それってあれだよね、焼き物を作ってるおじいさんが、せっかく焼きあがった壺《つぼ》を、『気に入らん！』って割るのと一緒だよね。芸術家って、やっぱりそういう人なんだ」

ゴッちゃんはしきりにうなずく。

「これは成功だよね？」

サトルが例の石膏像を指さした。

「さあ、どうだろうね」

おじさんは溜《た》め息《いき》をついた。

「すごく上手にできてるよ。本物の人間みたいだよ。ぼくはそう思ったよ」

「ありがとう。でもね、もっともっと上手に作れるはずなんだ。そうすれば動いたり喋《しゃべ》ったりしてくれる」

私たちはきょとんとした。

「ロボット？」

ゴッちゃんが言った。おじさんはかぶりを振って、

「人形はね、心を込めて作って、かわいいかわいいって毎日話しかけてあげると、そのうち人間に生まれ変わるんだよ」

私たちは顔を見合わせた。

「君たちはギリシア神話を読んだことがあるかい？」

私たちが揃って首を横に振ると、おじさんはピグマリオンという彫刻家の話を聞かせてくれた。

「神話って、おとぎ話のことでしょ」

ゴッちゃんがつまらなそうに言った。

「おとぎ話、か……」

おじさんは寂しそうにつぶやいた。

「でもさ、でもさ、本当に人形が人間になったらすごいよね。大発明だよね」

サトルは目をぱちぱちさせた。

「そりゃ大発明だ」

ゴッちゃんが笑った。

「ノーベル賞をもらえるかな？」

「もらえるもらえる。文化勲章ももらえる」

「おじさん、がんばって！」

サトルが手を叩《たた》くと、おじさんは彼の頭を軽くなでて、

「ああ、がんばるよ」

と笑った。

私は笑えなかった。おじさんは冗談を言っているのではないと思った。

彼は自分が作った人形に本気で愛情を注ぎ込んでいるのだ。石膏像に服を着せているのが何よりの証拠だ。マネキン人形じゃあるまいし、衣装を着せた石膏像なんて、見たことも聞いたこともない。二階の部屋にあった女物の服はすべて、人形のために買い揃えられたに違いない。四十をとうに過ぎたような男が、この暗い地下室で着せ替え遊びに熱中しているのだ。

地下室を見せられて以来、私はおじさんと目を合わせられなくなった。ゴッちゃんも、

「ゲージュツカには変人が多いって、本当だったんだ」

と陰口を叩くようになった。

けれど私たちは甘い香りに導かれて屋敷に通い続けた。

そしてお盆が明けて最初の日曜日、サトルが神隠しに遭うのである。

おやつの時間、サトルはまだ私たちの前にいた。赤い野球帽を後ろ向きにかぶって、ニコニコしながらアイスクリームを口に運んでいた。あっという間に平らげてしまうと、もの足りなそうな顔をしてスプーンを舐《な》めまわし、「好きなだけお食べ」とアイスクリームの容器が運ばれてくるやいなや、バケツのように大きなそれをゴッちゃんと奪い合っていた。

おやつのあと、私たちはかくれんぼをした。かくれんぼは以前にも何度かやったことがあった。屋敷は広く、物がたくさん置いてあるので、結構楽しめるのだ。

最初はゴッちゃんが鬼になり、次に私が鬼になり、その回にサトルが消えた。

ゴッちゃんはすぐに見つかった。彼は冷たいものの食べ過ぎで、トイレに隠れるしかなかったのだ。捕まった人間も鬼の仲間になるというルールだったので、私とゴッちゃんは一緒にサトルを探しはじめた。

寝室ではベッドのクッションを取りのけた。衣装部屋では箪笥《たんす》にかかっていた衣装を全部外に出した。台所では冷蔵庫の中を覗《のぞ》いた。地下室も訪ねた。いずれの場所にもサトルはいなかった。

降参しようと口にしたところ、ゴッちゃんに居間に連れていかれた。彼は暖炉を指さしながら、

「俺さ、自分が隠れようと思ったことがある。体が汚れそうだから使わなかったけど」

と囁《ささや》いて、

「サトル！　みっけ！」

と暖炉の中に躍り込んだ。

暖炉は飾りものではなく、煙突の穴が外まで続いていて、その内側には掃除用の足がかりが設けられていた。なるほど、煙突の途中に身をひそめるというのはいいアイディアだ。しかしサトルは煙突の中ではなかった。

「あと捜してないところは……、階段かな」

私もとっておきの場所をばらすことにした。踊り場に飾ってある甲冑《かっちゅう》だ。あの中に隠れたら絶対に見つからないと思っていた。そして、踊り場にさしかかった鬼に向かって槍《やり》を突き出す自分を想像し、わくわくしていた。これまで隠れ場所として使わなかったのは、どうやって中に入っていいかわからなかったからだ。

「サトル！　みっけ！」

私はそう声をあげて鎧《よろい》を叩いた。返事はなかった。鎧に開いた小さな穴から中を覗いてみたが、空っぽだった。ここも違うのなら、私はもうお手あげだった。

「ああ、これは教えたくないんだけど……。ちくしょう、まあいいか。今も腹が痛くならなければ、そこに隠れるつもりだったのに、絶対に見つからない場所なのに、ちくしょう……」

ゴッちゃんにはまだあてがあるようだった。ぶつくさ言いながら階段を降りていき、連れていかれたのは書斎である。ここは一度捜しているが、机の下にもカーテンの陰にもサトルはいなかった。

「二十面相の話の中に、本棚を動かしたら隠し部屋が現われたってのがあっただろう。ここにもその仕掛けがある。先週来たときに偶然発見したんだ。よっかかったら動いてさ」

ゴッちゃんはそう囁いて正面の本棚を指さした。といっても、正面の端から端まで本棚になっているので、どの部分が動くのか見当がつかない。

私は部屋の隅に連れていかれた。どうやら本棚の端を押せばいいらしい。私たちはせーので力を込め、

「サトル！　みっけ！」

と声を揃えて本棚を押した。

意外にも滑りはよく、部屋幅の真ん中あたりを軸に、本棚の半分が向こう側に百八十度近く回転し、隠し部屋が現われた。

隠されていた空間も本棚になっていた。わざわざ隠してあるのだから大切な本なの

かもしれない。ぱっと見たところ、背の文字が金だったり、紐《ひも》で綴《と》じてあったりと、いかにも古そうな本が目についた。しかし肝腎《かんじん》のサトルは見つからなかった。

「タッキー、ほかに知ってる場所は？　自分が隠れる時のために取ってある場所があるだろう？」

疑いのまなざしを送ってくるゴッちゃんに、私は首を横に振って、

「ゴッちゃんこそどうなの？」

「ないよ。ここが切り札だったんだ。なのに自分で使う前にばらしちゃって……。あ、あ、ちくしょう！」

ゴッちゃんはまだあきらめきれない様子だ。

私はふと閃《ひらめ》いた。

「屋根の上じゃない？」

私はふと閃いた。暖炉の煙突から外に出られる。先ほどは暖炉の煙突の中しか調べなかった。

「外に隠れるのは反則だぞ」

「でも、屋根は建物の一部だし」

本棚を元に戻し、私たちは居間に移動した。ゴッちゃんはおろしたてのTシャツが汚れるのを嫌い、私を煙突にのぼらせた。煙突から顔を出すと屋根全体が見渡せた。サトルは見あたらなかった。屋根には体を隠せそうな突起物はなかった。もう白旗を

揚げるしかなかった。

「サトルー！　降参するー！　出てこいよー！」

と声をかけながら、屋敷の中を巡回した。庭にも出てみた。返事はなかった。

「さっき地下室で、おじさんが嘘をついたのかもしれないぜ。あの二人、このごろやけに仲がいいから」

二周目の途中でゴッちゃんが言った。

地下室を見せられてから、私とゴッちゃんはおじさんと距離を置くようになった。サトルは逆におじさんに近づくようになった。一人で地下室を覗きにいくこともあったし、「大発明はまだぁ？」と無邪気に声をかけ、そのたびにおじさんに頭をなでられていた。

「サトル、いますよね？」

地下室に降りてゴッちゃんが尋ねると、おじさんは石膏《せっこう》をかき混ぜる手を休めて、

「おや、まだ見つからないのかい」

と笑った。

「ダンナ、隠すとためになりませんぜ」

ゴッちゃんがおどけた。

「隠してないよ」

おじさんは両手を頭の横に挙げた。ゴッちゃんは疑《うたぐ》り深く、ベッドの下や中を覗いたが、サトルは隠れていなかった。

「この家に屋根裏部屋はありますか？」

私は尋ねた。地下室があるのなら屋根裏部屋があってもいい。しかしおじさんはかぶりを振って、

「いいえ」

「サトル君、先に帰るようなことは言ってなかったの？」

「用事があるとか」

「聞いてません」

「じゃあ、外も捜してみたら」

「庭にもいませんでした」

「敷地の外の林は？　あそこにはカブトムシやクワガタがいるから、案外それを捕っているのかもしれないよ」

そう言われて私たちは林の中に入ってサトルを呼んだ。返事はなかった。

「先に帰ったのかな」

呼び疲れ、ゴッちゃんがぽつりと漏らした。

「いつも三人一緒に帰ってたじゃない。今日だけどうして」

「具合が悪くなって……。ほら、あいつもアイスクリームを食べ過ぎたじゃない」

納得できる答ではなかったが、私とゴッちゃんはそのまま屋敷をあとにした。

その晩八時ごろ、サトルの母親がうちにやってきた。サトルがまだ帰宅していないという。

「今日は一緒じゃなかったから……」

私はつい嘘をついた。本当のことを言ったら、春からずっと隠していたことが自分の親にばれてしまう。正体不明の人にごちそうになっていたと母が知ったら、きっとものすごい剣幕で怒られる。私は自分の心配のほうが先に立った。そして、サトルは案外おじさんのところで夕食をごちそうになっているのかもしれないぞと、そんな都合のよい解釈で自分を納得させた。

翌朝のラジオ体操にもサトルは現われなかった。体操が終わるとゴッちゃんと二人で密談した。彼も私と同じように嘘をついていた。

「夜遅くに帰ってきたから、まだ寝てるんじゃないの、うん」

ゴッちゃんは自分に言い聞かせているようだった。

現実には、サトルはまだ帰宅していなかった。昼になっても帰宅せず、彼の両親は警察に捜索願いを出した。

ここにいたり、さすがの私たちも蒼《あお》ざめた。だが今さら、実は心あたりがありますとは言えない。警察が出てきたとなればなおさらだ。どんなお仕置きをされるかわからない。少年院に送られるかもしれない。そんな恐怖を感じたのはゴッちゃんも同じで、会うたびに指切りをさせられた。

「自分だけいい子になるなよ。ぬけがけしたら絶交だからな」

一週間が経ち、十日が過ぎてもサトルは見つからず、そのうちゴッちゃんがとんでもないことを言い出した。

「あのおっさん、人さらいかもしれないぜ。サトルはもう遠くへ売り飛ばされちゃったかも。あのおっさんのこと、ずーっと怪しいと思ってたんだよ。おまえたちが何も言わないから黙ってたけど」

またこうも言った。

「サトルにいたずらしようとしたところ、サトルが抵抗したので、殺した。今ごろ地下室で、サトルの死体を石膏像の中に埋めてるぜ。庭にあった石膏像の中にもほかの子の死体が隠されているとみた」

夏休み最後の土曜日、私は一人で屋敷に向かった。サトルのことを確かめるためだ。どう確かめてよいのかわからない。おじさんが悪い人なら、私も彼の手にかかってしまう。だが行かなければ気がすまなかった。

そして私は車に轢《ひ》かれたのである。屋敷に向かう途中、乳房山から降りてきたダンプカーに撥《は》ねられた。

罰が当たったのだ。腕からも脚からも血がドクドク流れ出し、ああこれで死んでしまうのかと思った。でも、もし命が助かったら、ゴッちゃんとの約束を破ってでも本当のことを言おうと思った。親に叩《たた》かれようが、少年院に送られようが、何もかも話そうと、激痛に泣きわめきながら決意した。

しかし私は真実を語る機会を失った。

事故の一週間後、母が父を刺し殺した。

9

朝食を終えて一服していたら、ゴッちゃんが迎えに来た。車はかつての社宅の方に向かい、丘の上の一角で停まった。

「ここが集会所」

ゴッちゃんは運転席の横の窓を叩いた。

「で、そっちの広場でいつも遊んでた」

助手席側の窓に顔を向ける。そしてフロントガラスの向こうを指さして、

「タッキーの家はそこだった」

そう示されても、そこは枯れ草の生えた空き地だった。軒を連ねて建っていた長屋は跡形もなく消えていた。廃材さえ残っていない。

四方を見渡すと、二つ三つプレハブの小屋が建っていたが、そこに人の影はなく、何の音も聞こえてこない。これが宙に浮いた工業団地か。

一つだけ記憶と符合するものを認めることができた。「後藤工務店」の看板を掲げた建物が、大草原の小さな家のように存在していた。

「墓場だね」

私は溜《た》め息《いき》をついた。

「墓場のほうがまだにぎやかさ。お彼岸になれば人もやってくる。そうだ、町にかけあって公園墓地でも作らせるか」

ゴッちゃんは捨て鉢に言って車を発進させた。

「映画のロケに使ってもらうというのは？　戦国ものでも火薬を使った特撮でもやりたいほうだいだ」

私も冗談で応じた。

「いいねえ。いっそ撮影所を誘致するか」

「テーマパークも併設すればなおいいね」

車体がガタガタ揺れはじめた。舗道を離れ、細い山道に入ったのだ。

「この道は憶《おぼ》えているよな？」

ゴッちゃんの口調が神妙になった。

「サトルはあの屋敷に……？」

私も笑いをおさめた。

「ああ。俺たちが来るのを待っている」

「まさか……、今までずっと監禁されていたなんて言わないよね？」

「おじさんは何もしちゃいない。昔は疑ったけど、いや、最近までずーっと疑ってたけど、おじさんは無実だ」

「じゃあ、サトルは誰にさらわれたんだ？」

「誰にもさらわれてない」

「誰にもさらわれてないって、おい、天狗《てんぐ》にさらわれたなんて言うなよ」

「まあ、会えばわかる」

ゴッちゃんは片手ハンドルで煙草をくわえた。

「それともサトルは自分の意志で失踪《しっそう》した、つまり家出したのか？」

私はなおも尋ねた。

「行けばわかるって。それより俺、おじさんに謝りたい気分だよ。あんなによくしてもらったのに、人さらいだ殺人鬼だなんて思って。ま、おかしなところがあったのは事実だけどさ。でも、おじさん、死んじまったもんなあ」

「死んだ⁉」

私は思わず腰を浮かせた。

「手紙に書いたじゃないか」

「書いてなかった！」

「そうだったっけ。まあいいだろ、サトルのこととは関係ないし」

「どうして……」

私はつぶやき、そしてゴッちゃんに摑《つか》みかかった。

「どうして死ぬ前に知らせてくれなかったんだ！　いつ死んだんだ⁉」

「おい、よせよ」

車がガクンと停まった。

「半年くらい前だよ。タッキーも謝りたかったのか？　じゃあ今度一緒に墓参りするか。墓は東京だそうだ。そのうち上京するから、案内してくれ」

ゴッちゃんはエンジンをかけ直し、アクセルを踏んだ。

「何年か前に死んだ都島《みやこじま》デパートの会長、あれ、おじさんの親父さんだったんだって。どうりでいい歳して遊んで暮らしていられたわけだ。あの屋敷は実家の持ち物。で、おじさんが死んで、都島の今の会長——おじさんのおにいさん——が、屋敷を取り壊したいから業者を紹介しろと、ここの町議に言ってきて、その仕事が俺のところに回ってきた。こっちは解体は専門外だけど、開発の件で借りがあるから回してくれたのだろうよ。俺も仕事をえり好みできる身分じゃないから引き受けた」

「これじゃあ……、これじゃあ何のためにわざわざ来たのか……」

私は頭を掻《か》きむしった。

「だからぁ、おじさんはいなくてもサトルはいるんだって」

違うのだ。サトルの消息などどうでもよいのだ。私は屋敷に住む男と話をするために故郷に帰ってきたのだ。彼を質《ただ》して、母の遺書の内容を確かめたかった。確かめなければならなかったのだ。

母の遺書には、「おじさん」が私の本当の父親であると記されていた。

10

「俺はいわば現場監督で、実際にぶっ壊すのは専門の職人だ」

ゴッちゃんは屋敷の庭に車を入れた。横には、別の会社の名前が入った特殊車輌《しゃりょう》が停めてあった。

屋敷には週に一度家政婦がやってきて、おじさんの身の回りの世話をまとめてやっていたという。

「今日は日曜日だから作業は休み」

ゴッちゃんは車を降りて建物に向かった。その二階部分はすでに失われていた。

ある時期、うちの近所のおばさんが家政婦をつとめていたらしい。

「足下に気をつけろよ」

落下した二階の壁の重みで、テラスがまっぷたつになっていた。

そのおばさんが体調を崩し、私の母に代理を頼んだ。おばさんに中間搾取される分を差し引いても、針の袋詰めよりはるかに割のよい仕事だったので、母は快く引き受けた。

「ここから忍び込んで、すべてがはじまったんだよな」

ガラスの破れたフランス窓から、かつて居間だった部屋に入り込む。

屋敷の住人は三十前後の男だった。顔立ちは端正で、その澄んだ瞳《ひとみ》にドキリとさせられたが、服装はだらしないし、なによりひどく不愛想だったので、母はあまりいい印象を覚えなかったという。けれど彼は母の仕事に口を出さなかった、というよりその姿さえほとんど母の前に現わさなかったので、母は気ままにつとめをはたすことができた。

「都島の今の会長は芸術方面にはまるで関心がないらしく、お宝はぜーんぶ手放すらしい」

金銀の細工物や調度品はすでに運び出されていて、昔を語るものはアーチ型の暖炉だけだった。

屋敷の男は日がな一日地下室で過ごしていた。彼は彫刻家なのだと、母はおばさんから聞かされていた。制作の邪魔になるから地下に行ってはならないとの注意も受けていた。

人はそう言われると、どんなものを作っているのだろうと好奇心がうずく。母もこっそり覗《のぞ》いてやろうと思った。しかし調理場の床板を開けようとしたところ、内側から鍵《かぎ》がおりていた。

やがて、仕事を紹介してくれたおばさんの体調が戻り、代役を終える日がやってきた。

「隠し部屋を憶《おぼ》えてるか？」

ゴッちゃんは書斎だった部屋に入った。何千冊もの本はきれいさっぱり消えていたが、本棚はそのまま残っていた。造りつけなのだろう。

最後のつとめもあとわずかとなったころ、屋敷の主が地下室から出てきた。そして二階にあがっていったきり、母が帰りじたくをはじめても戻ってこない。最後なので一言挨拶《あいさつ》をと、母は彼の姿を捜した。彼は寝室のベッドの中にいた。ひどく顔色が悪く、額に汗をかいていた。医者を呼ぼうかと声をかけると、彼は目を閉じたまま首を横に振った。気になったが、お世話になりましたとだけ挨拶して、母は寝室を出た。

だが屋敷は出なかった。今なら地下室を覗けると思ったのだ。

「腹を壊さなきゃ、俺が隠れてたんだよな」

ゴッちゃんは本棚の端を押した。回転し、隠し部屋が現われる。そこの本棚も空っぽである。

地下室にはバケツや木枠やへらが散在していて、なるほどアトリエを思わせた。ところが肝腎《かんじん》の「作品」が見あたらない。作りかけのものでもいいからと、母は薄暗い部屋をうろうろした。

突然、人間の顔が目にとまった。すぐ横にあったベッドに若い女性が寝ていたのだ。母は驚き、声をあげて飛びのいた。その拍子にベッドが傾き、あっと思う間もなく女性がベッドから滑り落ち、ガシャンと物が割れる音がした。

母は大声で詫《わ》びながらベッドの向こう側に回り込み、女性を助け起こそうとして、また悲鳴をあげた。手首を摑んだと思ったら、彼女の腕が抜けてしまったのだ。そして抜けた腕には親指がなかった。おそるおそる床に目をやると、彼女の両手両脚はバラバラで、首ももげていた。母はそこでまた悲鳴をあげたが、すぐに事態が呑《の》み込めた。ベッドに寝ていたのは人間の女性ではなく、石膏《せっこう》で作った人形だったのだ。

安心すると、おかしな気分になった。石膏像がどうしてベッドに寝かせてあったのだろう。それにこの像はナイトウェアまで着せられている。鬘《かつら》も転がっている。

笑っていられたのは一瞬だ。母は自分の不始末に気づき、全身の血が退《ひ》いた。主《あるじ》が作った作品を壊してしまったのだ。指先が欠けたくらいなら気づかれないかもしれないが、完全に破壊してしまった。修理はきかないだろう。知らん顔して帰ったところで、誰が壊したのかすぐにわかってしまう。この屋敷には、主のほかには自分しかいないのだから。では素直に詫びればそれですむかといえば、そうはならない。なにしろ自分は、入ってはならない部屋に忍び込んだのだ。泥棒である。自分の品位が下がるだけなら、素直に申し出よう。しかし自分を紹介した人の立場はどうなる。彼女も馘《くび》になるかもしれない。そうなったら今後の近所づきあいに支障をきたす。といって彼女や壊れた人形に対して金銭補償することは、どう考えても無理だ。

「おい、突っ立ってないでこっちにこいよ」

招きに応じ、私は隠し部屋に入った。

パニックに陥っていると、上の方で音がした。コツ、コツ、と重たい足音が響いてくる。近づいてくる。

主がやってきたのだ！　石膏像が壊れた音や自分の悲鳴が聞こえたのだろう。

石膏像は元に戻らない。

自分も隠れなければならない。

足音はだんだん大きくなる。

「そこに立ってちゃ、閉められないだろう」

弧を描いたレールの上に立っていた私を隅に押しやり、ゴッちゃんは本棚を元に戻した。つまり私たちは隠し部屋に閉じ込められた形になった。

母は考えるより先に動いていたという。自分の着衣を脱ぎ捨てると、石膏像が着ていたナイトウェアを身につけてベッドに入った。

間もなく足音が停まった。目を閉じ、息をひそめていると、唇をさわられた。母は観念した。いくら薄暗いとはいえ、子供だましは通用しなかった——。

ところが、起きあがって詫びようとしたら、彼がおんおん泣き出した。大切な作品が壊されて嘆いているのだと母は思い、謝るのは彼が落ち着いてからにしようと、ベッドの中で身を硬くしていた。

だが彼は泣きながら、思いもよらぬ行動に出た。母を抱きしめ、激しく唇を奪ったのだ。

瞬間的に母は悟った。体で償えということなのだ。母はあらためて観念した。それで罪が償えるのならと、黙って彼に抱かれた。そして彼が地下室を出ていくと、母は服を着替えて屋敷をあとにした。

「普通はこうやって隠し部屋の内側から秘密の扉を閉めることはないよね。ここには椅子も机もなかった。ここの本を読むなら表の書斎に持ち出すはずだ。だったら、扉は開けたままで本を探すでしょう。本を運び出す際、開ける手間が省けるからね」

ゴッちゃんは隠し部屋の奥に進んでいく。庭に面した壁には大きな穴が開いていて、外から防水シートで塞《ふさ》がれていた。

その後、紹介してくれたおばさんから苦情は届かなかった。罪は償われたのだと、母はすべてを忘れることにした。

母はそして妊娠した。だがそれが一回のあやまちがもたらしたものだとは思わなかったし、またそう思わないように努めた。

「扉を開けたままだと、隠し部屋の中に入っても、この部分は扉の裏側で死角になってしまう」

ゴッちゃんは隠し部屋の一角にしゃがみ込んだ。表の部屋の、動かない本棚の真裏にあたるところだ。彼の足下には水色のシートが広げられていた。

息子の本当の父親を知ったのは十年後のことである。息子が交通事故に遭い、輸血をされた。息子と父親の血液型が合わなかった。母はそれを父に隠しとおすつもりだったが、すぐに父の耳に入った。

その夜、父は母に詰め寄り、母は一度のあやまちを告白した。父はかつてないほど母を罵《ののし》り、手を出し、足蹴《あしげ》にした。結婚以来はじめて暴力を振るわれ、母は殺されると思ったという。

庖丁《ほうちょう》を握ったのも心臓を刺したのも無意識で、そこだけは警察に真実を語った。

母の遺書はそういうものだった。

読んだ時の衝撃を、私はもう思い出したくない。仕事をひと月休んでも、まだ足下がふらふらしていた。

私はそして、遺書の内容を確かめたいと思うようになった。裏づけを得ないことには、このようなおとぎ話、とうてい信じられない。けれど私は一歩踏み出す勇気がなかった。裏づけが得られたら、今までの三十年が幻になってしまう。

今回ゴッちゃんから手紙をもらったことで、やっと決断がついた。だが決断するのが遅すぎた。尋ねるべき相手はこの世にいない。

「サトルはね、俺たちが呼びに来るのをずっと待ってたんだよ」

そう言ってゴッちゃんは水色のシートをめくった。シートの下には茶褐色の塊がぱらぱらと転がっていた。人骨だった。

小さな頭蓋骨《ずがいこつ》のそばに赤い野球帽が落ちていた。拾いあげ、鍔《つば》の裏側に目を凝らすと、マジックインキで記されたサトルの名前が読みとれた。

「本棚を表から力いっぱい押したじゃない、二人で。本棚の動きは意外と軽くて、勢いよく隠し部屋の中に向かって百八十度近く回転したじゃない。その角が、隠し部屋の中に立っていたサトルの頭を直撃したのだと思う。そして死角の部分に倒れたため、俺たちはそれに気づかず、隠し部屋を出ていってしまった。

サトルは即死ということはなかったと思うけど、瞬時に意識を失った。脳内出血か何かを起こしていて、意識が戻らないまま死んだ。

その後おじさんは隠し部屋に入らなかったため、サトルの死体も今までずっと発見されなかった。いや、入ったとしても、倒れている場所は死角になってしまうから、気づかなかった。事実、隠し部屋の本を運び出した業者は気づいていないんだ」

ゴッちゃんはシートを戻して腰をあげた。

「出ようか」

とつぶやいて、壁に開いた穴から外に這《は》い出ていく。

庭の芝生は特殊車輛《しゃりょう》のキャタピラでずたずたにされていた。柊《ひいらぎ》の生け垣も無惨に崩れている。私の記憶もそのように消滅させることができるのだろうか。

ゴッちゃんは建物に背を向け、煙草に火を点《つ》けた。

「木曜日にサトルを見つけた。そこの壁に穴を開けたら骨が見えてね、その瞬間、すべてを理解したよ。俺はあわてて工事を中断させ、あしたも休みにすると言って、作業員を引きあげさせた。土日はもともと休みだからいいとして、問題は週明けだ。いつまでも休んでいるわけにいかないだろう。タッキーを急《せ》かしたのはそのためだ」

「どうして？」

私はぼんやりと尋ねた。

「決まってるだろう。他人に死体を見られたら大騒ぎになる。警察に届けられる」

「届けないんだ」

「そりゃ、俺たちが屋敷に出入りしていたとは誰も知らないよ。唯一知っていたおじさんは死んでしまった。警察はサトルの死体と俺たちを結びつけられない。万が一結びつけられたとしても、すでに時効だ。しかしな、こういう事件はテレビや週刊誌の恰好《かっこう》の餌食《えじき》だ。警察よりも興味を持ってしゃしゃり出てくる。そいつらにカメラを向けられることを想像してみろ。いちいち応《こた》えるのはたまらないぞ。サトルを哀れむようなことを繰り返し言われたら、こっちの胸も痛んで、そのうち真相をポロリと漏らしてしまうかもしれない」

「じゃあ、最初から本当のことを言えばいい」

母も私もそうしておけばよかったのだ。

「バカ言うな！　警察には捕まらなくても、世間が許しちゃくれないだろうが」

ゴッちゃんは血相を変えた。

「俺はな、おまえと違って、この町を出ていくわけにはいかないんだよ。三人、いや四人の家族を養っていかなければならないんだよ。よその町に行って、はい新しい大工です、注文をください、なんてやっても商売にならないんだよ。それにおまえだって、過去があったと知れたら、なにかと仕事がやりにくいだろう。結婚もまだじゃないか。人殺しに嫁が来るか？」

違うよ、これは殺人じゃないよ、せいぜい過失致死だよ――そう言おうとしたが、もう喉《のど》に力が入らなかった。

「だからさ、タッキー、サトルのことは二人で処理しよう。俺が発見したのも何かの縁だと思う。いや、これはきっと神仏の導きだ」

幼なじみは私の両手を握りしめ、ギラギラした目で見つめてきた。

明日は三十一の誕生日かと、私はそんなことを考える。

家守

1

声がする。
――オマエガイケナイノダ
頭の中で繰り返される。
――オマエガイケナイノダオマエガイケナイノダオマエガイケナイノダオマエガ
唇を嚙《か》みしめる。口の中に鉄の味が広がる。
目の前には安らかな寝顔がある。耳をすますと寝息が聞こえる。すうすうと、穏やかで、規則正しい。
――オマエガオマエガオマエガオマエガオマエガオマエガオマエガオマエガ
右手を伸ばす。指先に無機質な感触が伝わる。薄手の、不透明なビニール。右手で摑《つか》みあげ、もう一方の端を左手で持つ。
目の前の横顔は相変わらず安らかである。こいつはきっと、眠ってしまえば現実から逃げられると思っているに違いない。横を向き、手足を縮め、胎児のように丸まっている。

──オマエガイケナイノダ、ショウコ、オマエガ

左右の手先に力を入れる。均等な力で引っ張る。ビニールの薄い膜の向こうで、すうすうとやわらかな寝息が繰り返される。

寝息に覆いかぶさるようにして、左右の腕を少しずつ伸ばしていく。張りつめたビニールの膜の中央にわずかな膨らみができる。膨らみは徐々に高く、広く、山のように盛りあがっていく。

──ショウコ、オマエガ、ショウコ、オマエガ、ショウコ、オマエガ

小さなうめき声がした。ビニールの向こう側がもぞもぞ動く。鼻と口が圧迫され、不快をおぼえている。

──ショウコ！　オマエガイケナイノダ！

両腕に全身の力を送り込んだ。鼻の突起、口のくぼみ、ビニールが醜く歪《ゆが》む。二本の華奢《きやしや》な腕がこちらに伸びてくる。指を鉤型《かぎがた》に曲げ、生命の続きを摑もうとする。

しかし私と彼女の力の差は歴然としている。

やがて腕は地に落ち、か細い指は動きを止めた。

2

菊池《きくち》康正《やすまさ》が白滝《しらたき》市の富士見《ふじみ》町を訪れたのはこれが二度目だった。

前回の訪問はひと月前、まだ厳しい暑さの残る九月のなかばだった。同市の清掃センターからの通報で、収集した可燃ごみの中からハムスターの死骸《しがい》が三体出てきたので調べてほしいということだった。

公僕が仕事の種類に優劣をつけるのは御法度であると重々承知していた菊池であったが、しかしハムスターの殺害についての捜査とは、なんとも気合いが入らない。いや、殺害されたのではなく、病死したものをたんにごみとして捨てただけなのかもしれないのだ。動物保護管理法違反か軽犯罪法違反かは知らないが、そのような軽微な犯罪は防犯の連中にまかせておけばよいのにと不満に思いながら、菊池は白滝市の南西地区の聞き込みを行なった。この地区を回った清掃車がハムスターの死骸を運んできており、そこに富士見町も含まれていた。

モチベーションが低いので、いきおい聞き込みも形式的なものとなる。お宅でハムスターを飼っていませんでしたか、ご近所でハムスターがいなくなったという話を聞いていませんか、もし心あたりがあったら署まで連絡してください——。

その程度の聞き込みで犯人が見つかるはずもない。本来なら、市内ならびに近郊のペットショップを回ってハムスターの購入者を割り出し、その者たちを一人一人あたってハムスターの生存について確かめるべきなのだろうが、菊池はそこまで力を入れるつもりはさらさらなかった。これが、ハムスターの体内から銃弾が摘出されたとかシアン化物が検出されたとかいうのであれば話はまた変わってくるが、死体にいっさいの外傷はなく、どうやら自然死のようだった。

おおかた、犯人はマンション住まいで、ペットのハムスターが病死したものの、マンションゆえ死骸を庭に埋めることができず、処分に困ってごみとして捨てたのだろう——菊池は捜査二日目にそう決めつけ、あとは完全に放置しておいた。上司も心得たもので、菊池に警察官のあるべき姿を説いたり、経過報告を催促するようなこともなかった。

したがって今回菊池が白滝市の富士見町を訪れた目的はハムスターではない。今回被害に遭ったのはれっきとした人間である。ただし菊池の意気は前回とたいして変わらず、現場に向かう車の中でもいっこうにあがらなかった。消防からの連絡によると、「おそらく事故でしょうが念のため見てください」ということだったからだ。

気持ちが盛りあがらないのは空模様が影響しているのかもしれない。横殴りの雨が降っている。昨晩の予報では、天気が崩れるのは明後日ということだった。衛星やコンピューターを使っているというのに予報の精度が少しもあがらないのはどうしてだろうと菊池は不思議に思う。科学捜査の進歩と検挙率が比例しないのと同じことなのだろうか。

教えられた所番地に到着すると、すでに近所の住民でごった返していた。結構な雨だというのにご苦労なことである。

黄色いテープの向こうには一戸建ての家があった。表札には「苑田《そのだ》」と出ている。どうということのない家である。木造モルタルの二階建てで、適度に庭があり、玄関先が駐車スペースになっており、いかにも地震に弱そうなブロック塀に囲まれている。築三十年、建坪三十、と菊池は値踏みする。家屋は相当くたびれているのに、車が左ハンドルの黒いセダンというのは、ひどくアンバランスであり、滑稽《こっけい》な感じさえ抱かせる。

現場は一階だった。玄関を入ってすぐのところにあるドアが廊下の方に開いている。中は四畳半程度の狭い洋室で、入口のドアの向かいにアルミサッシの掃き出し窓がある。窓はその一方向にしかない。ベッドが置いてあるので寝室なのだろう。先着した数人の係官が窮屈そうに立ち働いている。

「どんな具合なの？」

菊池と一緒にやってきた中沢恭三《なかざわきょうぞう》が鑑識をつかまえて尋ねた。

「消防からの連絡どおりですね」

ベッドサイドにしゃがんでいた細川久《ほそかわひさし》は背を向けたまま応《こた》えた。ぷんとミントの香りがした。

「警務にタレこむぞ」

中沢はニヤリと笑って細川の頬を人さし指でつついた。警務部は警察官の風紀に目を光らせている部署である。

「誰かさんみたいに現場でスパスパやるよりいいでしょう」

細川の口元からはくちゃくちゃくちゃとガムを噛む音がする。中沢はちっと舌打ちをくれて、

「ともかくよぉ、外ではやめとけ。一般市民に見られたら、また警察の態度がなってないと、厄介なことになる」

タバコのパッケージを上着のポケットに戻して細川の横にしゃがみ込む。

「納得できませんよ。どうしてわれわれ警察官だけが聖人君子でないとならないのです。野球選手は仕事中にガム噛んでオッケーじゃないですか。それでリスペクトされる」

「おまえさ、その、『リスペクト』というのはやめろ。うちの息子もよく使うんだが、聞くだけで鳥肌が立つ。日本人なら『尊敬』と言えって」

「ともかく、やつらは勤務中にガム噛んだり唾吐《つば》いたりしてヒーローとあがめられるのに、いや英雄ですか、われわれは非番の時に風俗に行ってとやかく言われる。納得いきませんよ」

「じゃあおまえもメジャーリーグに移籍すれば？　で、どうなのよ。窒息死？」

「ええ」

「これがホトケさん？」

ベッドの上にはパジャマ姿の女性が横たわっている。顔は腫《は》れぼったく、青紫色をしている。上下の歯の間からは舌先が覗《のぞ》いている。肌はそう老化しておらず、歳のころは四十前と見受けられた。

「発見時にはこうなっていたそうです」

ベッドの上にあった焦げ茶色のナイトキャップを手にした細川は、それで被害者の顔面を覆った。

「事故ということは、寝ている間にナイトキャップがずれて、鼻と口が塞《ふさ》がれたということですか？」

菊池は手袋をはめ、ナイトキャップに手を伸ばした。ナイトキャップはビニール製だった。イタリアの有名ブランドのロゴが入っている。

「そう解釈できる状況ではあるね」

「しかし、第三者の手によって呼吸を阻害されたとも解釈できる状況ですよね」

「いや、それがさ、小耳に挟んだだけなんだけど、家の中にいたのはこのホトケさん一人で、外からの出入りも不可能だったらしい」

「いつごろホトケさんになったの？」

中沢が尋ねる。

「ざっと見積もって、死後七時間ないし八時間経過といったところでしょうか」

「今、何時？」

「十時ちょい過ぎですから、死んだのは午前二時から三時にかけてですね」

「性交渉の跡は？」

「ありません」

「外傷は？」

「それも認められません」

「すると、やはり事故ってことでいいのかな」

「外から見たところ、とくに不審な点はありませんよ。いちおう解剖には回しますが」

「ベッドの上は乱れていない。室内も荒れた様子がない。外部からの出入りはできない状況だったという。こりゃ、事故だな、事故。事故ってことで終わりにしよう。明日は非番なんだよ」

中沢はぶつぶつ言いながら被害者の顔からナイトキャップをはずすと、彼女の顔をしげしげと眺めた。

「暗いな。キクイケ、電気をつけてくれ」

花沢署の刑事課には菊池のほかに菊地という同姓異字者がおり、二人を区別するために菊池はキクイケと呼ばれている。

菊池はベッドサイドを離れ、部屋の中央の天井から下がった蛍光灯の紐《ひも》を引っ張った。二度、三度と引いても点灯しなかった。壁の主電源はオンになっている。蛍光管が切れているのだろうかと菊池は首をかしげ、室内を見渡した。ユリの花を模した小さなスタンドが目にとまった。

「中沢さん、枕元のスタンド」

その言葉に中沢は顔をあげ、ベッドの枕元に手を伸ばした。

「つかないぞ」

中沢はスイッチを何度もカチカチいわせるが、ユリの花びらは暗いままである。

「プラグは……、入ってるけど」

細川がスタンドのコードをたどる。

菊池は玄関に行ってみた。ブレーカーが落ちていた。

「どなたか、この家に来て電灯をつけましたか？」

ブレーカーをあげて寝室に戻り、菊池は尋ねた。返事はなかった。

「では、この家の中で電気製品を使った方」

これにも答はない。すると、ブレーカーははじめから落ちていたということか。

「で、彼女はこの家の誰？」

中沢が腰を叩《たた》きながら立ちあがる。

「奥さんです」

室内にいた誰かが答えた。

「誰が発見したの？」

「旦那《だんな》です」

「旦那はどこだ？」

「家の中にいるんじゃないですか」

「じゃ、いちおう話を聞くとしようか。いちおうね」

中沢は菊池の肩を叩き、部屋を出ていこうとする。

「ちょっと待ってください」

菊池は窓際に歩み寄り、最前から気になっていたことを確かめた。

「これ、水ですか？」

窓際の床に透明な液体がうっすらと浮かんでいる。

「雨ですよ」

捜査員の一人が答えた。

「窓が開いていたのですか？」

現在、窓は閉まっている。

「ええ。どんどん降り込んできて作業に支障をきたすので私が閉めました」

「雨が降り込んでいたということは、カーテンも開いていた？」

「ええ、引かれていませんでした」

菊池は不自然なものを感じた。被害者は就寝中に死んだように見えるが、十月なかばのこの時期に窓を開けて寝るものだろうか。おまけに横殴りの雨も降っていた。

「キクイケ、先に行くぞ」

中沢は窓際に寄ってこようともせず部屋を出ていった。彼の頭の中には、本件を事故として処理するプランが組みあがっているようだ。しかし菊池は殺しの方向で捜査を進めようと考えていた。そうでないことには張り合いがない。

3

家の主人は苑田匡史《ただし》といった。四十五歳で大手の印刷会社に勤務している。寝室で死んでいたのは彼の妻で、苑田笙子《しょうこ》、三十七歳。三年前までは白滝市役所に勤めていたが、現在は無職。二人の間に子供はなく、同居する親や親戚《しんせき》もいないとのことだった。

「奥様の異状を発見されたのは何時のことですか？」

中沢は淡々とした調子で尋ねた。中沢と菊池は居間のソファーで苑田匡史と向き合っている。

「ええと、七時に終わって、八時で、九時ごろですか」

菊池が見たところ、苑田は悲しみにくれているというより、ひどく疲れているような感じであった。顔は蒼白《あおじろ》く、唇は赤みを失い、逆に目は充血し、口の周りに髭《ひげ》が青々と浮かびあがっている。メタルフレームの眼鏡と丁寧になでつけられた前髪が神経質そうな印象を与える。

「七時に何が終わったのです？」

「仕事です。うちは三交代で二十四時間機械を回していまして、昨夜は私、夜勤でして、今朝の七時まで現場に張りついていました」

言葉を一つ一つ選ぶようなしゃべり方だ。

「ああなるほど。お仕事から帰ってきて発見されたわけですね」

「はい。いつもは起きているはずなのにおかしいなと寝室を覗《のぞ》いてみると、ああなっていて……」

「発見時には顔の正面をナイトキャップが覆っていたのですね？」

「はい。それで、呼んでも返事がないので、おかしいなと思ってナイトキャップを取ってみたところ、顔の感じが普通でなくて……」

苑田はぐっと唇を噛《か》んだ。洟《はな》をすする音が小さく聞こえた。

「なるほど、大変でしたな。心中お察し申しあげます」

中沢はもう手帳を閉じようとする。

「ご主人、勤務先はどちらです？」

菊池は待ったをかけた。

「大東《だいとう》印刷ですが。先ほど申しませんでしたっけ？」

苑田は首をかしげ、まるで女性がそうするように頰に手を当てた。

「場所です」

「羽戸《はねど》工場です。西守《にしもり》市の」

「西守の羽戸だと、通勤に一時間もかかりませんよね？」

「車で三、四十分です」

「なのにどうして帰宅が九時になったのですか？」

七時に仕事を終えたのなら、片づけや着替えの時間を考慮しても八時には帰宅できそうである。

「ここに帰り着いたのは八時です。ところが中に入れなくて」

「職場に鍵《かぎ》を忘れたのですか？」

「いいえ。玄関のドアにチェーンがかかっていたのです。チャイムで家内を呼びましたが、何度押しても出てきません。ドアの隙間から家内の名を呼んだり、携帯電話を使ってうちに電話したりしましたが、出てきません」

「ああなるほど」

菊池は納得してうなずいた。その時間、笙子はすでに死んでいる。

「勝手口にも鍵がかかっている。窓も一つ一つ、風呂場《ふろば》や便所の窓までチェックしましたが、どれも開かない。最初、家内は出かけたのだろうかと思いました。でもよく考えてみるとそれはありえない。玄関ドアのチェーンは中からしかかけられません。勝手口や窓が開いているのなら、中からチェーンをかけたあと、勝手口や窓から外出したと解釈できますが、勝手口にも窓にも鍵がかかっているのです。したがって家内は外出していない。中にいるはずなのです。なのに出てこない。私は少々不安になりました。あんなことになっているとは夢にも思いませんでしたが、急に具合が悪くなって身動きが取れないのではないかと思いました」

「窓から入ろうとした際、寝室の中は覗かなかったのですか？」

「カーテンが閉まっていました」

「ああそうですか」

いったん首肯《しゅこう》してから菊池は矛盾を感じた。

「寝室のカーテンが閉まっていた？」

「はい」

「寝室の窓も閉まっていた？」

「そうです」

「われわれの同僚によると、寝室の窓は開いていたということですが」

「家の中に入ったあとで私が開けました」

「それはまたどうして。こんなに涼しく、雨も降り込むというのに」

「それはですね、そう、涼しいからです」

「は？」

「家の中に入って寝室を覗くと、妻の様子がおかしいことは一目見てわかりました。

顔に血の気がなかった。これは新鮮な空気が必要かなと。冷たい空気にあててやらなければと」

苑田の口調が乱れたような気がしたが、菊池はとりあえず話を進めることにした。

「ご主人は結局どうやって家の中に入ったのです？」

「最終的には消防署に頼んだのですが――」

「消防署？」

「順を追って話します。まずは本田《ほんだ》さんに助けを求めました。本田さんが梯子《はしご》を持っていらっしゃるのを思い出したのです。本田さんというのは、五軒右隣の角のお宅です。本田さんは庭木の剪定《せんてい》をご自分でされる方で、伸縮式の、屋根まで届くような長い梯子を持っておられます。それをお借りして二階のベランダに昇ってみました。だめでした。鍵がかかっていて開きません。二階のほかの窓も確かめました。全部閉まっていました。しかしあきらめるわけにはまいりません。ますます家内のことが心配です。とはいえ中に入る術《すべ》がないわけで、こうなったら窓ガラスを割るしかないかと考えはじめた時でした。ハッと思い出したのです。以前テレビで、太って指輪が取れなくなった女性が消防署に助けを求め、金属カッターで指輪を切ってもらったという話をやっていました。これです。私も消防署に頼んでドアチェーンを切断してもらおうと思いました。こんな些細《ささい》なことで一一九番していいものだろうかと後ろめたい気がしないではありませんでしたが、しかし家の中で家内が倒れている可能性があるわけで、となると一一九番していけない道理はありません。で、結局消防署の人に来てもらい、念のため救急車も一緒に来てもらいました。そしてチェーンを切ってもらって中に入り、寝室でああなっている家内を発見したと、そういうしだいです」

菊池康正が苑田匡史を疑うようになったのはこの時からである。苑田の答が、まるで何日も前から準備していたような印象を与えたからだ。

「ご主人が昨晩家を出られたのは何時でした？」

菊池は続いて尋ねた。

「十時前ですが」

「そのとき奥様はまだ起きていらっしゃったわけですね？」

「もちろんです。チェーンがかかっていたのがその証拠です。寝ていたら、私が出ていったあとチェーンをかけられません」

これもまた妙に言葉数が多い。

「勤務中、奥様に電話をかけた、あるいは奥様から電話がかかってきたということは？」

「ありませんけど……、あのう、どうしてそんな質問をされるのです」

苑田は不安そうに首を突き出した。

「奥様が確かに生存していた時刻が絞り込めればと思いまして」

「はあ」

「では次に、室内の様子でおかしいと感じた点はありませんか？」

「べつにありませんけど」

「たとえば、物の配置が変わっているとか、何かが紛失しているとか」

「いいえ。あのう、そういう質問をされるということはつまり、警察としては、私が不在の間に何者かが侵入し、家内を殺したと考えているわけですか？」

　菊池は即答せず、苑田の顔をじっと見つめた。すると苑田はすっと視線を下げ、乾いた唇を繰り返し舐《な》めた。菊池は答える。

「捜査に予断は禁物です。どんな状況であれ、他殺の可能性は追及しますよ」

「ですが刑事さん、この家の戸締まりは万全でした。要するに密室状態だったわけです。ということは誰も入れないし出られないわけで、事故としか……」

　ポロシャツのボタンをはずしたりはめたりと、苑田の指が落ち着きなく動く。

「ご主人」

「は、はい？」

「一見事故としか見えないので事故として処理し、しかし真実は他殺だったとしたらどうします？　奥様を殺した犯人は野放しです。それでもかまわないのですか？」

菊池は挑発的に身を乗り出した。

「いや、そんな……。よろしくお願いします」

苑田はおどおど頭を下げ、タバコをくわえた。中沢はそれに火を点《つ》けてやり、自分もタバコをくわえた。菊池は再度尋ねる。

「家の中の様子におかしな点はありませんか？　寝室にかぎりません」

「ないように思います。まだ全部の部屋は覗《のぞ》いていませんが」

「では、このあとよく確かめてみてください。それから、奥様がトラブルに巻き込まれていたということはありませんか？　金銭貸借、商品購入、人間関係」

「いいえ」

「誰かに恨まれていたということは？」

「恨まれていただなんて、とんでもない」

苑田は顔の前で手を振りたてる。

「ご本人に非はなくても、逆恨みを受けることがありますよね」

「それもありません」

「これもあとでよく考えてみて、思いあたることがあれば、どんな小さなことでもかまいませんのでお教えください」

「わかりました。あ、お茶も出さずにすみません。すぐに用意します」

苑田はそわそわと腰をあげる。菊池はそれを手で押しとどめ、

「奥様はいつもナイトキャップをかぶって寝ていらしたのですか?」

「はい」

「過去にも、朝になったらナイトキャップがあのようにずれていたことはありました?」

「ええ、よく。あそこまでひどいのははじめてですが、恥ずかしい話、家内はかなり寝相が悪くてですね、顔の半分くらい隠れてしまっていることはしょっちゅうでした」

苑田は片手を頬に当て、苦しげな表情を左右に動かした。ナイトキャップをかぶって寝る習慣をやめさせておけばよかったと言いたいのだろうか。

「とりあえずそのくらいでいいだろう」

中沢がタバコの火を消した。

「最後にもう一つだけ。チェーンを切断して家の中に入ったあと、電気を使われましたか?」

「電気?」

「電灯を点けた、テレビを見た、電子レンジを使った」

「いいえ、何も」

「この部屋で待機している間も？」

「はい。台所で水は飲みましたが、電気は……、ええ、使っていません。ずっとこのソファーに座っていました」

「では、ブレーカーが落ちていたこともご存じなかった？」

「そうなんですか？」

苑田は驚いた様子で室内を見回した。ビデオデッキの表示窓が「00：00」で点滅している。菊池が持っているデッキと同じモデルで、長時間通電が行なわれないと、復帰後このように時刻設定がクリアされる。

「ご主人が昨晩家を出られた時には電気はついていたのですよね？」

「もちろんですよ。もし電気が使えなかったら――」

苑田はそこで突然口をつぐんだ。

「もし電気が使えなかったら何です？」

菊池は聞き逃さなかった。

「何というか、そのう、夜のことだから、電気が使えなかったらすぐに気づいたはずだと」

苑田は目を宙に泳がせて言葉を濁した。

「行こうか」

4

菊池の肩を叩《たた》き、中沢が立ちあがった。


「あした非番なんだよ」

青いビニール傘を開きながら中沢がつぶやいた。

「家族サービスで動物園ですか？　雨があがるといいですね」

菊池も傘を差し、苑田宅の玄関を離れる。

「うちのはもう動物園って歳じゃない。二人とも高校生だ。外でメシでもと誘っても、勝手に食いに行くから金だけよこせときやがる」

「へー、もう高校生なんですか」

中沢はまだ四十前である。

「キクイケ君よ」

「はい？」

「キクイケ君はコロシの線で調べるつもりなの？」

「コロシの線で、じゃなくて、コロシの線も、です。事故や自殺の検証と並行して。予断は持っていません」

「おまえさ——」

中沢は中途半端に言葉を止め、門の手前で立ち止まった。おもむろに振り返り、声をひそめて言う。

「旦那《だんな》をクサいと睨《にら》んでいるのだろう？」

門の外には野次馬が集まっている。菊池も小声で応じた。

「妙に饒舌《じょうぜつ》だったかと思ったら言葉に詰まる。奥さんが急死して動転しているというのとはちょっと違う感じです」

「あのさ——」

中沢はまた中途半端に言葉を止めると、続いて見当はずれなことを口にした。

「俺、あした非番なんだよ」

「知ってます」

「だから今日の夕方から、マル暴の連中とやるんだよ」

と中沢は、胸の前に両手を持っていき、何かをかき混ぜるようなポーズを取った。

「早くあがってマージャンしたいから事故で片づけようというんですか？」

菊池はきつく顔をしかめた。中沢は唇に人さし指を立てて、

「勘違いするな。いいか？　仕事には二つの種類がある。一刻一秒を争うものと、そうでないものの二つだ」

「今回の仕事は後者だと」

「そうそう。だから、最初からそう飛ばさなくてもいいんじゃないかと。今日のところはさらっと流して、明日から徐々に詰めていく」

「じゃ、どうぞお帰りください。今日は自分一人でやります」

菊池は中沢の体を横に押しやるようにして門扉に手をかけた。

「そういうわけにはいかんだろう。俺一人で帰ったら上に変に思われる」

「うまいこと言っておきます。あのですね、僕はこのごろ、ハムスターの死因を探れとか、河原に変死体が放置されているというので駆けつけてみたらホームレスが寝ていただけだったとか、そういう仕事ばかりでクサっているんです。労働意欲を抑えきれません」

菊池は通りに出た。立番している警官に挨拶《あいさつ》をし、テープをくぐって右の方に歩いていく。住宅地の中にしてはそこそこ広い通りであったが、野次馬が集まっているのと、それがみな傘を差しているのと、警察車輛《しゃりょう》が駐車しているのと、道路工事のカラーコーンが立ち並んでいるのとで、ひどく歩きにくかった。

「道を空けろ」と怒鳴りながら、中沢もあとをついてくる。

菊池が向かった先は、苑田が梯子《はしご》を借りたという家だ。主人は六十過ぎと見受けられる男で、彼、本田一作《いっさく》が苑田に応対していた。本田は、ばあさんにうどんを作らせましょうと言ってきたが、菊池は丁重に断わり、玄関先に立って話を聞いた。

「苑田さんのご主人が梯子を借りにいらしたのは何時でした？」

「八時ごろでしたかな。この雨の中、えっこらえっこら抱えていきましたよ」

「ご主人が持っていかれたのですか？」

「あちらのご主人と二人でですよ。ばかでかい梯子でね、一人で運ぶのはしんどいものがあります。雨も降っていましたし」

どれ見せましょうかと本田は土間に降りようとしたが、菊池は彼を押しとどめて、

「梯子を運んだあと、苑田さんが二階に昇るのを見ていらっしゃいました？　それとも見ずに帰りました？」

「見るもなにも、梯子を昇ったのはこの私です」

「あなたが？」

「梯子を運んでいる最中に、苑田さん、足をくじいちゃいましてね。ほら、そこの道路、工事してて段差ができているでしょう。それで、ずいぶん痛そうにしているものだから、見かねて私が昇ってさしあげたわけです」

「あなたが昇って、窓を開けようとした」

「そうです。ずぶ濡《ぬ》れですよ」

「ところが鍵《かぎ》がかかっていた」

「そうです」

「ベランダだけでなく、二階のほかの窓も開くかどうかやってみました？」

「ええ、残らず確かめましたよ」

「全部鍵がかかっていた」

「ええ、開きませんでした。そのあと一階の窓も見て回りましたが、こっちも全部だめ。玄関にはチェーンがかかっている。隙間に棒きれを突っ込んではずそうとしたけど無理でしたわ」

「寝室の窓も閉まっていましたか？」

「ええ、鍵がかかっていました」

「その窓にはカーテンが引かれていました？」

「ええ。中が見えず、だからご主人はなおのこと心配だったと思いますよ」

「どこからも入れそうになく、結局消防署に助けを求めたと」

「私は、『もうこうなったら窓ガラスを叩き割るしかありませんなぁ』などと無責任なことを口走ったのですがね」

　苑田宅が出入り不可能な状況であったことに疑いを差し挟む余地はなさそうである。

菊池は質問を変えた。

「きのうの夜中にご近所で気になることがありませんでしたか。たとえば、車の音がした、悲鳴が聞こえた、犬が激しく鳴いていた」

「そこの道は遅くでも車が通りますよ」

「具体的には午前二時から三時にかけて」

「二時！　そんな時刻は高鼾《たかいびき》で寝てましたよ。笙子ちゃんはそのころ亡くなったのですか？」

「笙子ちゃん？」

「ああいや、あの方のことは子供のころから知っているので、つい」

本田は薄い頭髪に手を当てて苦笑いした。

「死亡時刻はまだ調べている最中で、午前二時、三時と決まったわけではありません。このことは内密にお願いします」

「わかってますとも。それで、笙子ちゃんはガス中毒ですか？」

「は？」

菊池はきょとんとした。

「違うのですか？」

本田もきょとんとした。

「どうしてガス中毒だと？」

「それはほら、ご主人が窓を開けたから。チェーンを切ってご主人が家の中に飛び込んでいったあとも、笙子ちゃんのことが気になって、玄関先で待っていたんですよ。そしたら窓を開ける音がした。だからてっきり部屋にガスがたまっていたのかと。違うのですか？」

「そんなに急いで開けたのですか？」

「ええ。部屋に入ったと思ったら、もうガラガラと」

苑田は先ほど何と言っていたか。「妻の顔色が悪かったので新鮮な空気が必要だと思い窓を開けた」――しかしその前に、「ベッドの上の妻に声をかけ、返事がなかったのでナイトキャップを顔面からのけた。すると顔の様子が普通ではなかった」とも言っている。ということは、妻の状態を確認してから窓を開けるまでの間に、それなりに時間がかかっていないとおかしい。

「苑田さんが部屋に入ってから窓が開く音がするまで、具体的にはどのくらい時間がかかりました？」

菊池は確認した。

「ほんの数秒ですよ」

苑田の言っていることと実際の行動との間に食い違いがある。どう解釈すればいいのだろうかと、菊池は中沢に顔を向けた。中沢は気のない表情で首をかしげる。菊池はふたたび質問を変えた。

「亡くなった苑田笙子さんはどういう方でした？」

「見てのとおり、べっぴんさんだね。子供がいないということを差し引いても、四十に近くてあれだけきれいな女はそういない」

「性格的にはどうです？　近所づきあいなどはうまくやっていました？」

すると本田は腕組みをし、うーんと首をかしげた。

「ご近所の方との間でトラブルがあったのですか？」

「トラブルというか、まあ、気持ちはわからないでもないんだけど、今さらねぇ」

「詳しくお聞かせ願えますか」

そう尋ねたのは中沢である。少しはやる気が出てきたらしい。

「道路の件ですよ」

「道路？」

「ここの前の道路。片側二車線、中央分離帯もある立派なバイパスに生まれ変わるんですよ」

「ああ、工事してますね」

菊池はうなずいた。

「まだですよ。工事が始まるのは早くても二年先です。だからうちもまだこうして住んでいる」

「でもお宅の前に……」

　オレンジ色のコーンが立ち並んでいた。

「違う違う。あれはただの補修工事」

　本田は笑って手を振った。

「道路の拡張に際して立ち退きを迫られているわけですか？」

　中沢が言った。

「そう。だけど、彼女だけがだだをこねてた」

「苑田さんの奥さんだけが反対だったわけですか」

「そりゃみんな、最初はとまどったし、住み慣れた家を離れなければならないのだから反対しましたよ。けれど県と何年にもわたって話し合って、道路を広げる必要性はよくわかったし、補償の面でも折り合いがついた。みんな、納得したんですよ。なのに笙子ちゃんったら、絶対に明け渡さないの一点張りで。普段はあんなにおしとやかで綺麗《きれい》なのに、立ち退きの話になると般若《はんにゃ》のような形相で金切り声をあげて、どうにも手がつけられなくなる。気持ちはわからんでもないけど」

　本田は首をゆるく振って溜《た》め息《いき》をつく。

「すると、このあたりの人はみな、苑田さんの奥さんのことを快く思っていなかったのですね？」

中沢がズバリ切り込んだ。

「いや、不快だとかそういうことじゃなくってさ。笙子ちゃんの気持ちはわかるのよ。かわいそうだと思いますよ。ただ、もういいんじゃないかと。でもほら、事情が事情だから、こっちも面と向かっては言えないし、それは県の担当者も同じで。おまけに旦那《だんな》には家の権限がないときてる。困ったものです」

本田はまた溜め息をつく。

「苑田さんのご主人は婿養子なのですか？」

「そう。旦那は工事に賛成なんですよ。でも土地は奥さんのものだから、俺の言うことが聞けないのなら出ていけと一喝するわけにはいかない。もっとも女房の事情を考えたら、養子だろうがそうでなかろうが、強くは言えないでしょうがね」

「あのう、苑田さんの奥さんにどんな事情があるのですか？」

菊池は最前から気になっていたことを尋ねた。

「それはほら、あれですよ。妹さんの件」

「妹？　苑田さんの奥さんの妹？」

「そうに決まってるでしょう。立ち退いたら彼女が帰ってきた時に途方にくれてしまうと、こう言うわけです」

「正月に帰ってきたら実家が消えていて途方にくれるわけですか？　引越す旨連絡し

ておけばいいでしょう。それとも、懐かしい建物が壊されてしまうことで悲しむと？」

菊池は首をかしげながら矢継ぎ早に尋ねた。すると本田も首をかしげて、

「あなた方、本物の刑事さん？」

「は？」

「妹さんとどうして連絡が取れるのです。さらわれたんでしょうが」

菊池と中沢は顔を見合わせた。菊池は首をかしげ、中沢もかぶりを振る。管内で誘拐事件が発生したとは、二人とも聞いたことがなかった。

「いつのことです」

目をしばたたかせて中沢が尋ねる。

「いつって、十年？　二十年？　いや、もう三十年になるか？」

三十年前といえば、中沢は花沢署に来る前、いや、まだ警察官になっていない。菊池にいたっては生まれてもいない。

「どういう事件だったのです？」

「外で遊んでいる時に変な男女にさらわれて、それっきり。ずいぶん昔のことだ、夏だったのか冬だったのか、晴れだったのか雨だったのか、どんな服を着ていたのか、細かいことは憶《おぼ》えてないよ。警察署に帰って自分で調べなさいよ。もっとも、あなた

方が本物の刑事さんであればの話だがね」

本田はニヤリと笑った。

「それで苑田さんの奥さんは、さらわれた妹さんがいつ戻ってきてもいいよう、家を昔のまま残しておきたいと思っていたのですか」

「そう。岸壁の母だね。同居していたお母さんは先年亡くなってしまったから、笙子ちゃんはまさに母親の気持ちで妹の帰りを待っていたのだと思うよ。でも正直なところ、だめでしょう、もう。三十年ですよ、三十年。とっくに殺されているか、外国に連れていかれたか。かわいそうだけどね。あきらめきれない気持ちもわかるけどね」

本田は額に手を当て、力なく頭を振った。菊池は中沢に目で合図を送り、老人に暇《いとま》を告げた。

「そうそう、刑事さん。一つお願いが」

手帳をポケットにしまいながら、なんでしょうかと菊池は応《こた》えた。

「今やってる道路工事のことなんですがね、夜中に工事するんですよ」

「はあ」

「こんな住宅地なのにですよ。ひどいと思いませんか」

「それはうるさくて困りますね」

「それで、業者に命令してやってくださいよ。夜間の工事はやめろと」

「いやぁ、われわれにそういう権限はないんですよ。では、ご協力ありがとうございました」

菊池は中沢と顔を見合わせ、苦笑しながら外に出た。

5

「絶対に裏がありますよ、苑田匡史」

菊池は同意を求めるように首を横に向けた。中沢はくわえタバコでハンドルを握っている。車は花沢署に向かっている。

「たしかにおかしいとは思うよ」

中沢は窓を開け、短くなったタバコを道に吐き捨てた。

「一番気になるのが、行動がひどく作為的な点です。足をくじいた？　本田さんを二階に昇らせるために、わざとそうしたように思えてならない。くじいたふりです」

「そうね。言い換えるなら、二階の窓が施錠されていることを第三者に確認させたかった」

「わざわざ消防署員を呼んだのも気にくわない。どうして自分で窓ガラスを割らなかったのです。室内に破片が飛び散るのが嫌だった？　平常時ならそういう考えはあるでしょう。しかし彼は奥さんの様子を心配していたという。消防署員の到着を待つくらいなら、窓ガラスを叩《たた》き割ろうとするんじゃないですか、普通。後片づけの心配よりも、まず人命でしょう」

「消防署員を呼んだのも、家への出入りが不可能であったことを確かめさせるためというわけだ」

「そうです。それと、彼は妻がすでに死んでいると知っていたから、一分一秒を争って中に入る必要はなかった。人命はないのだから、後片づけの心配の方を優先させたのです」

「そこまで言うか」

「気になる点はまだあります。寝室の窓を開けた理由について苑田は、妻の顔色がおかしく、新鮮で冷たい空気が必要だと判断したと言っている。しかし本田さんによると、苑田は寝室に入ったその足で窓を開けたようだったという。妻の様子を確かめる時間があったとは思えない。したがって苑田が窓を開けた本当の理由は、妻とは関係ないところにあると思われます。では何のために？　こんなに涼しく、雨も降っているというのに。充満したガスを追い出すためだと考えたくなるのももっともなことです」

「しかしガス中毒とは考えにくいそうじゃないか」

先ほど苑田宅に戻って細川に確認した。

「ガスでないにしろ、一も二もなく窓を開けたというのは不自然です」

「ま、ガスについては解剖の結果待ちだな」

「それから彼は明らかな嘘をついてもいます。僕は彼に、奥さんはトラブルを抱えていなかったか、恨みを買ってはいなかったかと尋ね、彼はノーと答えた。ところが実際には、立ち退きの件で近隣住民と対立していた」

本田の家を出たあと、町内のほかの家でも聞き込みを行なった。みな苑田笙子のことを厄介な存在だと思っていた。本田のように、彼女が抱えている事情はわかるがと前置きする者もいれば、過去の事件を直接知らない新しい住民の中には、あの女は頭がおかしいのだとか、ごねて補償金を吊《つ》りあげようという魂胆なのだとか、あからさまに非難する者もいた。

「どうして旦那は住民トラブルのことを隠そうとしたのか。それを話せば、妻は工事に反対しているが自分は賛成であるということも話すことになる。つまり夫婦間に対立があったと明かすことになる」

そう演説調にまくしたて、菊池はのど飴《あめ》を口の中に放り込んだ。舐《な》める間もなく、ガリガリと音を立てて嚙《か》み砕く。

「妹の誘拐事件はどう思う？　今回の殺人事件と関係していると思うか？」

「調べてみないことには何とも言えませんね」

「まあそうだな。ではズバリ訊《き》くが、現時点においてキクイケ君は、苑田笙子は苑田匡史に殺されたと考えているのだね？」

中沢は新しいタバコをくわえた。

「中沢さんもそう思うでしょう？」

「旦那《だんな》の言動はひっかかる。非常におかしいと思う。しかし事実は旦那に味方している。苑田笙子が死んだであろう時刻、彼は家にいなかった。仕事に行っていた」

「職場を抜けて自宅を往復したのかもしれません」

「仮にそうすることが可能だったとしても、どうやって殺害を実行する？　いや、殺すことそれ自体はいいんだ。ナイトキャップで口を塞《ふさ》ぐだけだから。問題は殺したあとだ。玄関を出たあと、どうやってチェーンをかける？　かけられないよ。じゃあ、中からチェーンをかけておいて、玄関以外から外に出た？　しかし、外に出たあと、その出口にどうやって鍵《かぎ》をかける。勝手口も窓も、外から鍵をかけることは不可能だ」

「それはですね、何らかの欺瞞《ぎまん》があるのです」

「欺瞞とは、また時代がかったことを」

中沢は声を立てて笑い、タバコの灰で背広の胸を汚した。

「旦那の行動やあの家の構造を徹底的に調べて、トリックをあばいてみせますよ」

菊池は真顔で応じる。

「トリックねぇ。しかしまあ、苑田の昨晩の勤務状態を確かめる必要はあるな」

「そうですよ。実は欠勤していたとなったら、殺害後の脱出が不可能だとしても、彼を疑わざるをえません」

「行ってみるか」

中沢は車線を右に変更した。

「マージャンはいいんですか?」

「しゃーねーだろ」

ところが、結果からいえば、苑田匡史のアリバイはあっさり成立してしまった。

苑田は大東印刷羽戸工場で雑誌の製本を担当していた。両面に三十二ページ分印刷された畳のように大きな紙を、雑誌の形に折り、真ん中を針金で綴《と》じ、上下左右の余白部分を裁断し、五十冊ごとに紐《ひも》をかける。もちろんすべてが機械による作業で、機械の操作はアルバイトの人間が行なう。苑田はアルバイトの働きを監視し、トラブルに対処する。したがって、実際に機械を操作しない苑田が職場から抜け出すことはそう難しくないように思える。

しかし苑田が担当する工程には彼のほかにも監督役の社員が二人おり、その者たちによると、事件当夜の苑田の勤務態度には何ら問題がなかったという。持ち場にいなかったことがあってもそれはせいぜい十五分程度で、休憩時間も食堂の片隅で同僚と将棋を指していた。自宅まで往復することは絶対に不可能である。

では、だからといって苑田匡史への嫌疑が晴れたのかといえばそうではない。同僚によると、苑田は金に困っていたというのだ。競輪とオートレースに深くはまっており、無理をして買った高級外車のローンにも追われていた。そして、土地の補償金さえ手に入ればと漏らしてもいたというのだ。

妻が死ねば、土地の権利は夫に移る。夫は土地を手放すことができる。苑田匡史には妻殺しの動機がある。

6

苑田淳美《あつみ》が誘拐されたのは昭和四十＊年のことである。

事件当時淳美は四歳で、七つ上の姉笙子と、航海士である父重雄《しげお》、母孝子《たかこ》の四人で、白滝市富士見町の現在の場所に住んでいた。両親はいずれも再婚で、淳美は重雄の、笙子は孝子の連れ子だった。

事件は冬の午後に発生した。その日は学校の冬休み期間中で、孝子は淳美の守《も》りは笙子にまかせて地元の縫製工場に働きにいっていたのだが、一日の仕事を終えて帰宅してみると、笙子が蒼白《そうはく》な顔でしゃくりあげている。何ごとかと尋ねてみると、淳美が消えてしまったという。

昼食後、二人は表で遊んでいた。そろそろおやつの時間なので家の中に戻ろうかというころ、一台の黒い乗用車がやってきて二人の前で停まり、助手席から若い女が降りてきた。頭に赤いスカーフを巻き、サングラスをかけ、パンタロンを穿《は》いていた。運転席にはサングラスをかけた男が座っていた。女は笙子に話しかけてきた。国道に出る道を教えてほしいという。笙子は身振り手振りをまじえ、それで通じなかったら棒で地面に地図を書き、いっしょうけんめい説明した。やがて女は納得し、車は走り去った。それと同時に淳美の姿が見えなくなった。通りに見あたらないばかりか、道沿いにある畑や空き地の中にもいない（当時の富士見町は宅地化がはじまったばかりだった）。家にも戻っていない。もう一度外に出て通りを往復し、雑木林の中にまで分け入ってみるが、やはり見あたらない。外は次第に暗くなっていき、笙子は途方にくれ、家の中で震えることしかできなかった。

孝子は懐中電灯を片手に、娘の名前を呼びながら外を捜し歩いた。返事はなかった。町内の家を一軒一軒訪ねて歩いた。淳美はどこにもおじゃましていなかった。見かけたという話も出てこなかった。車の男女に連れ去られたのか。しかし身代金を要求するような電話はかかってこない。孝子も途方にくれてしまった。普通はこういう場合、夫と話し合って対処するのだろうが、重雄は遠洋航海に出ており、帰ってくるのは半年後である。

淳美が帰ってこないまま一夜が明け、孝子は警察に届け出た。警察は誘拐事件として捜査を始めた。人命を尊重しての非公開捜査である。しかし三日経っても犯人からの連絡は一度もなく、公開捜査に切り替えられた。当時は、金品を目的としない、いわゆる「人さらい」というのがよくあったので、そちらの方向で捜査が進められることになった。

しかし淳美の消息は杳《よう》としてわからない。一番のネックは、手がかりとなるものが十一歳の子の目撃証言だけということだった。それも具体性に乏しく、たとえば車については、黒い乗用車というだけで、車種もメーカーもナンバーの一つの数字もドアの数もわからない。容疑者の男女の似顔絵も作られたが、似顔絵の命ともいえる目はサングラスに隠されている。

有効な情報も寄せられず、捜査態勢は徐々に縮小され、事件から十五年が経過した昭和六十＊年の冬、捜査が打ち切られた。時効成立後も孝子と笙子は、苑田淳美についての情報を求める手書きのビラを県内各所で配っていたが、効果があがった様子はなかった。

なお、誘拐事件発生の二年後、重雄と孝子は離婚している。事件により夫婦仲がこじれたらしい。孝子は慰謝料として富士見町の家をもらい受け、そこで笙子と二人で暮らすことになった。その孝子も三年前に他界した。

7

菊池は花沢署の倉庫に一晩こもりきり、苑田笙子の妹の誘拐についてひもといた。

今回の殺人事件と関係あるとは思えなかった。なにしろ二十六年も昔の事件である。しかも二つの事件の間には接点らしきものがまるで見あたらない。登場人物と舞台が共通しているからといって、物語が大河のごとく流れているとはかぎらない。一度泥棒に入られた家が、その二十六年後にまた泥棒に入られたとしても、ふつう同一犯によるものとは考えないだろう。

それよりも苑田匡史である。

彼が苑田家に入ったのは四年前のことである。

笙子はそれまでずっと、かたくなに結婚を拒否していた。妹を見捨てて自分だけしあわせになれないというのだ。一緒に遊んでいた時にさらわれてしまったことで、強い責任を感じていたのだろう。本田一作の言葉は少しの誇張もなく、笙子はなかなか整った顔立ちをしており、市のミスコンテストに出てもらえないかと、白滝市長直々に頼み込んできたこともあったほどであった。したがって縁談はいくらでも舞い込んでくる。しかし笙子は見合い写真を見ようともしなかった。職場での恋愛も発展しなかった。

そうして彼女は、二十、二十五、三十と独身を貫いてきたのだが、娘が一つ歳を重ねれば、必然として母も一つ老いる。いつしか孝子は還暦を迎え、七十が近くなり、入退院を繰り返すようになる。医者も、先はそう長くないだろうという。そのとき笙子は、母に花嫁姿を見せたいと思うようになったらしい。ただし、母が死んでしまったら、妹を待つのは自分一人となるので、なおのこと家を離れるわけにはいかない。そこに現われたのが匡史だった。婿養子でかまわない、一緒に淳美ちゃんを待とうと、あたたかい言葉をかけてきた。笙子の心は揺らぎ、ついに結婚を決意した。

菊池は匡史の行動に邪《よこしま》なものを感じてならなかった。笙子が匡史と出会った時、すでに道路拡張の話が持ちあがっていたのだ。父親はいない、母親は老い先短そう、妹の生存は絶望的、不動産の権利は近々笙子のものに――最初から補償金を狙っての結婚ではなかったのか。

立ち退きをしぶっていたことで笙子が殺されたのだとしたら、夫以外にも疑うべき人物はいる。県の担当者は説得に疲れはてていただろう。工事を落札した業者は事業の予定が立てられずにいらついていただろう。住民の中にも、笙子の態度を許しがたいと憤っていた者もいるだろう。しかし菊池は自分の直感を信じ、まずは旦那《だんな》の線を追ってみることにした。

苑田笙子が死んで三日後の昼下がり、菊池は苑田宅を再訪した。単独行動である。中沢は斎場の方に出向いて聞き込みを行なっている。この日は笙子の葬儀だった。菊池は玄関のチャイムを鳴らし、主人も留守番の人間もいないことを確認してから行動を起こした。この建物への外部からの出入りについて、実際に確かめたかったのだ。

玄関のドアには鍵《かぎ》がかかっていた。勝手口も開かない。こちらのドアには鍵穴がなく、外から操作することは不可能だった。

次に建物を一周した。窓を一つ一つチェックした。天窓を含めて窓にはすべて鍵がかかっており、その状態でサッシごとはずすことは不可能だった。

換気口からの出入りも考えてみた。風呂場《ふろば》の窓の上に横長の穴が開いている。風呂場と勝手口の間にはコンクリートの土間があり、洗濯機が置かれていたので、菊池はその上に乗ってみた。上半身が換気口に届いた。換気口には外から網が張ってあるが、網は両面テープで貼りつけてあるだけなので、取りはずしも修復も容易だ。しかし換気口を体が通らない。頭は横に倒すことでどうにか通ったが、肩がつかえる。

換気口はもう三つあったが、それらも人の出入りには使えない。一つは台所にあるもので、換気扇が取りつけられている。あとの二つは居間と寝室の壁に開いている丸い穴で、暖房器具の排気に用いられるものらしい。今はまだ暖房器具がしまってあるので、外から穴にはめられたカバーをはずすと室内が筒抜けになる。しかし直径五センチ程度の穴ではどうしようもない。

この穴から室内に排気ガス等を送り込むことはできる。そしてガスによる中毒死なら、部屋に入ってすぐに窓を開けたという苑田の行動にも説明がつく。しかし被害者の死因はただの窒息死である。解剖の結果もそう出た。一酸化炭素等による中毒死の可能性は絶対にありえないという。

ほかに建物の中への侵入経路はあるのか？　昔の日本家屋は外から床下にもぐり込めたものだが、この家はそこまで古くはなく、基礎の部分がコンクリートで固められている。庭に物置小屋があったので中を覗《のぞ》いてみたが、ドアや窓をはずすのに使えそうな工具は見つからなかった。

菊池は行き詰まった。苑田匡史であれ、そのほかの誰であれ、苑田笙子を殺したのち、この家を密室状態にすることは不可能なのだ。現場の状況は他殺を否定している。聞き込みの結果も他殺の可能性を否定するものばかりだ。事件当夜、苑田宅前の道路で工事をしていた人間に尋ねたところ、工事は午前零時から五時にかけて行なっていたが、苑田宅への出入りはまったくなかったという。苑田の車が戻ってこなかったのはもちろん、酔っぱらいが迷い込むことも。近隣住民の中にも、不審な人物を見かけたと名乗りをあげる者はいなかった。

苑田匡史の言動は不自然である。しかし、不自然さを犯罪行為に結びつけられるだけの、いわば触媒のようなものがどうしても見つからない。菊池の中に、本件を事故として終わらせようかという気持ちが膨らんできた。

8

曙光《しょこう》をもたらしたのは検死報告書だった。苑田笙子の検死報告書ではない。署の机の上にほったらかしてあったハムスターの検死報告書だ。机の山を崩してしまい、床に這《は》いつくばって書類を掻《か》き集めた際、その内容がふと目にとまった。死因の欄に「窒息死」とあった。

「苑田笙子の死因も窒息死です。司法解剖の結果、そう確定しています」

菊池は給湯室で中沢をつかまえ、興奮気味に言った。中沢はああとうなずき、大きな音をたててカップラーメンをすすった。

「ハムスターも窒息死です。こちらも解剖したうえでの判断です」

　中沢は無言で箸《はし》を動かす。

「ハムスターの死骸《しがい》は白滝市の南西地区に遺棄されていました。この地区には富士見町が含まれています。そして苑田笙子の住まいも白滝市富士見町」

「だから？」

「二人とも窒息死なんですよ」

「二人って、片方はハムスターだぞ」

「ハムスターが死に、そのひと月後、苑田笙子が死んだ。同じ地区で。死因も同じ。これは何を意味するのでしょう」

「苑田が妻を殺す前に動物実験を行なったというのか？　ハムスターの口をビニール袋で塞《ふさ》ぎ、力の入れ具合を確かめた。ハムスターを？　人間の代わりに？」

　中沢は目で笑って麵《めん》をすする。

「そうとは言いませんが、何らかの関連があるように感じます」

「それとも、窒息して絶命するまでの時間を測定したかい。ハムスターの死骸が三つあったのは平均値を取るためだった」

「捜査の攻め手がない今、ハムスターの事件について詳しく調べることは悪くはないと思いますが。瓢簞《ひょうたん》から駒ということもあります」

「じゃあやれば。ハムスターはそもそもキクイケ君の担当なんだし」

スープを流しに捨て、カップと割り箸をごみ箱に放り、中沢は給湯室を出ていった。

仕方がないので菊池は独りで行動を起こした。連続コンビニ強盗やアパートの放火事件を捜査する合間に富士見町一帯を回った。苑田の家でハムスターを飼っていたという話が聞かれなかったら、次に白滝市とその近辺のペットショップを回り、ハムスターの購入者についての情報を求めた。

十日後、菊池の努力が実を結んだ。

白滝市の清掃センターでハムスターの死骸が発見される三日前、西守市の大型ディスカウントストアでハムスターが三匹販売されていた。西守市には苑田匡史の勤務先がある。店員によると、購入者は中年の男性ということで、菊池が提示した苑田の顔写真に強く反応した。ひと月以上前の客なのによく憶《おぼ》えていますねと菊池が確認すると店員は、非常に印象的な客だったからと、実に興味深い話をはじめた。

「ペットを買われるお客さんは普通、店頭で迷われるんですよ。なるべく元気な子を連れて帰りたいじゃないですか。だからハムスターを買うなら、店のケージの前にしばらく陣取って、たくさんいる子の中から元気そうなのを選ぶ。それから容姿。動物はね、一匹一匹顔が違うんですよ。ハムスターのように小さな動物でも、ハムスターよりもっと小さい熱帯魚でも。体型も模様も違っている。だから買う時には、自分好みの子を選ぶものなのです。恋人を見つけるようにね。ところがそのお客さんはまったく選ばなかった。『おねえさん、二、三匹ちょうだい』ですよ。『二、三匹』ってなんですか。そんな適当な買い方ってあります？ 自分はハムスターに興味がなく、子供のおみやげに買っていくにしても、少しは選ぼうとするでしょう。スーパーで肉や野菜を買う時でも、もう少し考えて買いますよ。ここには三年くらいいますが、あんないいかげんなお客さんを見たの、はじめてです。

おまけにそのお客さん、ハムスターと一緒に何を買ったと思います？ 小さなケージを一つきりなんですよ。床材も巣箱も回し車も餌皿も水皿も吸水機もトイレもトイレ砂もハムスターフードも買っていかず、いったいどうやって飼育するつもりなんですか。ケージだって一つじゃ足りない。ハムスターには群れて暮らす習性がなく、何匹も一緒にしておくと喧嘩《けんか》をはじめるんですよ。栄養状態が悪い時には共食いすることも。だから一匹一匹ケージを独立させて飼う必要がある。ところがそのお客さんにそう説明しても、あとで買うからいいという。この近辺ではうちで買うのが一番安いんですよ。そう言っても、いらないの一点張りで。

それから、アフターサービスのために住所と名前を尋ねたところ、必要ないからと拒否されました。万が一お買いあげ一週間以内に死んでしまった場合、無償で代わりを差しあげることになっているんですよ。お客さんの過失で死なせてしまったとしても。それを拒否するなんて信じられません」

9

「店員の証言から、苑田匡史はハムスターを長く生かしておくつもりがなかったと推察されます。生かす気がないから、餌は必要なく、共食いの心配もいらなかった。現実に、買って三日以内に死なせています。苑田は何のためにハムスターを購入したのでしょうか」

「殺すことが目的だったということか。餌も買わなかったとなると、一日も飼うつもりがなかったわけだ。帰宅してすぐに殺したのか？」

中沢は唸《うな》るように言って顎《あご》をさすった。菊池の報告に関心を持ったようだった。

「それなんですが、近所で聞き込みを行なったところ、一つ興味深い事実が。苑田がハムスターを購入したその日、奥さんは家を留守にしていたのです。買物と観劇のために東京に出かけており、夕食も外でとっていて、帰宅は夜遅くになっています」

「苑田は自宅で自由にふるまえたわけだ」

「そうです」

しかし、と中沢は顔を曇らせる。

「苑田がハムスターを購入したのは間違いなさそうだ。そのハムスターと、三日後死骸で発見されるハムスターは同一個体とみなしてよさそうだ。すると苑田がハムスターを窒息死させたことになる。さらに一か月後、彼の妻がナイトキャップで鼻と口を塞がれ、窒息死している。すると彼がハムスターを窒息死させたのは妻殺しの予行演習と考えたくなるのだが、しかしハムスターの口を塞いだところで人殺しの練習になるとはとても思えない」

「そうなんです」

菊池も顔をしかめた。

「それに、苑田にはアリバイがある。アリバイを崩したとしても、家への出入りの問題がある」

「それなんですがね、苑田は職場を抜け出していないし、家の中にも入っていないのではないでしょうか。だから自信満々でアリバイや万全な戸締まりについて主張している」

「職場を抜け出さず、家の中に入らなかったら、女房を殺せないじゃないか」

「遠隔操作で殺すしかないですね」

菊池は首をすくめた。

「ナイトキャップをリモコンで動かしたか。魔法の絨毯《じゅうたん》だな」

中沢ははんと笑い飛ばし、膝《ひざ》の紙袋に手を突っ込んだ。

菊池と中沢は花沢署近くの公園にいる。菊池の女友達は「想像がつかない」と笑うが、刑事もファーストフードをテイクアウトするし、天気の良い日にはそれをピクニック気分で食べたくもなる。それに今のご時世、これが一番安あがりでもある。

二人はそれからしばらくは無言でハンバーガーにかぶりついていたが、ポテトフライもあらかた片づいたところで菊池は話を再開した。

「苑田については、どうしても引っかかっている点が二つあります。一つは窓の件。苑田は妻のことが心配だったのですよ。寝室に入ってみると、ベッドで妻がぐったりしている。顔全体がナイトキャップで覆われている。すると行動としては、声をかけたり揺さぶったりするのが自然です。あるいは、驚きのあまり、何もできずに立ちつくす。ところが、彼も口では、声をかけたと言っているけれど、その実、真っ先に窓を開けている。本田さんがそう証言しています。ガスが充満していると勘違いしたほどだから、本当にすぐに窓が開いたと思われます。妻の名が連呼されたり、立ちつくすような間が空いたりし、しかるのち窓が開いたのなら、勘違いはしなかったのではないでしょうか」

「とはいうものの、被害者の死因は窒息死だ。部屋に充満した有毒なガスを逃がしたという考えは妄想にすぎない」

中沢は包み紙を丸めてごみ箱に放った。

「ほかに何のために窓を開けますかね。臭い？　犯人を特定できる臭いが漂っていたのでしょうか」

「しかしあそこは苑田の自宅なのだから、彼の体臭や彼が使う整髪料の香り、彼が喫《す》うタバコの煙が残っていても何の問題もないよ」

そうなんですよと溜《た》め息《いき》をつき、菊池はポテトをかじる。

「じゃあ、もう一つの引っかかりは？」

「ブレーカーが落ちていたと伝えたら、彼はひどくあわてました」

「そういや、そんな感じだったな」

中沢はタバコをくわえた。

「ブレーカーが落ちたということは、電気に関する何らかのトラブルが発生したことを意味します。よくあるのが、一度に多くの電化製品を使ったことで契約アンペアを超えてしまった」

「エアコンをつけた部屋でドライヤーを使おうとしたら落ちたことがあるよ。女房は台所でオーブンレンジを使っていた」

「ほかの原因としては漏電」

「漏電は怖いが、ブレーカーが落ちて危険を防止したのだから、びくびくする必要はないわな」

中沢は遠くを見るような目で紫煙をくゆらす。そしてぽつりと言った。

「窓を開けたからブレーカーが落ちたんじゃないか？」

「どういうことです」

「窓を開けたことで雨が降り込んだ。窓際に置いてあった電化製品が水をかぶった。安全のため、ブレーカーが落ちた」

「雨がかかるような位置に電化製品が置いてありましたっけ？」

菊池は目を閉じ、記憶を探る。

「あるいは、窓に近い壁のコンセントかテーブルタップに雨がかかった」

「これから苑田の家に行ってみませんか？　確認のためにもう一度現場検証をしたいと言えば、寝室に入れてくれるでしょう」

「仮にブレーカーが落ちた原因を究明できたところで、それが苑田の犯罪行為と結びついているとはかぎらないよ」

「苑田はブレーカーが落ちたことをひどく驚いていました。自分が立てた計画の中になかったことが発生したため、ああ驚いたのではないのでしょうか」

さあ行きましょうとばかりに菊池は立ちあがった。しかし中沢はどっしりと腰を落ちつけてタバコをくゆらし続ける。やる気がないのか慎重なのか、菊池にははかりかねた。ハムスターにまつわる不審な行動が明らかになった今、少々強引でも突破にかかるべきではないのか。

中沢は短くなったタバコを足下に落として靴の踵《かかと》の裏で踏みにじった。しかし腰をあげる気配はない。今度は紙袋から小さなパック牛乳を取り出し、ストローを挿してちゅうちゅう吸いはじめる。まるで子供のようなそのさまをぼんやり眺めるうちに、菊池の頭の中にもやもやしたものが漂いはじめた。

「雨のせいじゃない……。おかしい……」

菊池は独り言を繰り返したのち、中沢の前にしゃがみ込んで言った。

「苑田の家の居間にビデオデッキがありました」

「ああ。時刻表示のところがゼロで点滅していた」

「あのデッキは僕が使っているのと同じモデルです」

ふーんそうなのと、中沢は牛乳を吸う。

「以前使っていたデッキは、模様替えをしようとプラグを抜き、新しい場所に設置してプラグを差し込むと、時刻表示が『00:00』で点滅しました。通電がストップしたことで時計が狂ってしまったのですね。ところが現在使っているデッキはというと、模様替えする程度の時間プラグを抜いていても、またコンセントに差し込んだら正しい時刻が表示されます。内蔵のバッテリーによりバックアップされているのですね。いや、五分、十分なんてケチなことはいわない。この夏落雷で一時間ほど停電したことがあったのですが、復旧した時、ビデオデッキの時刻表示は正常でしたよ。『00：00』で点滅したのは、お盆に帰省した時ですね。待機電力がもったいないからとプラグを抜いて帰省したところ、三日後戻ってきてプラグを差し込んだら時刻はクリアされていました」

「それが？」

「わかりませんか？」

「わからない」

中沢は牛乳を吸う。

「簡単な数学の、いや算数の問題ですよ。苑田が寝室の窓を開けてから僕があの家のブレーカーをあげるまでに、どれだけ時間がかかりました？　一時間かそこらですよ。つまり、苑田が寝室の窓を開けた直後に、降り込んできた雨のせいでブレーカーが落ちたとしても、通電の停止は一時間程度ですんだはずなんですよ。僕のビデオデッキは、その程度の時間電気が通っていなくても時刻は狂いません。僕のビデオデッキは、イコール苑田のビデオデッキです」

のちにメーカーに確認したところ、このデッキの停電補償時間は約三時間以内ということだった。

「ということは、あのビデオデッキはもっと長い間電気が通っていなかったということとで、それはつまり……」

「苑田が開けた窓から降り込んだ雨が電化製品をショートさせたのではないのです。苑田が帰宅した時にはすでにブレーカーは落ちていたのですよ」

「じゃあ、いつ落ちたんだ」

「苑田は、前夜仕事に出かける時には電気はついていたと言っています。これは嘘ではないと思います。この時はまだ妻は生きていたし、起きていました。旦那《だんな》が出ていったあとにチェーンをかけたのですから。電気が使えなかったとは思えない。だからブレーカーが落ちたのは苑田が仕事に出ている間です。もう少し絞り込むことができますね。妻が起きている間に落ちたのだとしたら彼女が復旧させたでしょうから、したがって落ちたのは彼女の就寝後。彼女が寝ている間に、あの家で電気系統のトラブルがあった。しかし一般的に電気系統のトラブルというのは生活時間帯に発生するのではないでしょうか。電化製品を使ってこそトラブルが発生するのであって、電化製品を使わない就寝中にブレーカーが落ちたというのはおかしな話です。もちろん寝ている間にも冷蔵庫は動いているしテレビやビデオには待機電力が流れているわけで、トラブルが絶対に発生しないとはいえませんが」

「夜中に電気トラブルが発生した。苑田笙子が死んだのも夜中。二つはつながっているのか……」

中沢は独り言のようにつぶやき、ストローの先を嚙《か》みしめた。

「あの晩、苑田は自宅で電気を使う必要があった。だからブレーカーが落ちていたと聞き、狼狽《ろうばい》したのではないでしょうか。仕事に出ていた人間が、どうして留守宅の電気の心配を？　ここが謎を解く重要な鍵《かぎ》だと思われます。ともかく、どのような電気トラブルがあったのかを探ることで、妻の変死とのつながりが見えてくるのではないでしょうか」

菊池は力強く言葉を結んだ。

「深夜番組の録画予約をしていただけなのかもしれないがね」

中沢は茶化しながらも腰をあげた。

「深夜は結構いい映画をやりますからね」

そう笑顔で切り返した直後だった。菊池の頭の奥の方がピリリと痺《しび》れた。

予約——中沢が使ったこの言葉が何かを訴えかけてくる。

予約？　ビデオ？　違う。予約？　何を？　苑田が？　予約？　何を？

肝腎《かんじん》な部分が出てこない。菊池は頭を叩《たた》きながら考える。こめかみをつつきながら顔をあげる。西の空に鉛色の雲が出ている。雨が降るのか。

雨——？　菊池の頭にまた電気が走った。

「雨が降り出した」

天を仰いだまま菊池はつぶやいた。中沢が掌を上に向け、空を見あげる。

「天気予報がはずれた」

「は？」

「夜中に雨が降り出した。苑田にとっては予想外の事態だ」

「おい、何言ってんだ」

中沢が眉《まゆ》をひそめる。彼はまだ牛乳のパックを手にしている。訝《いぶか》しげに菊池を眺める一方で、ストローで牛乳を吸っている。中身はほとんど空らしく、ずるずると汚らしい音がする。それでも彼は執拗《しつよう》に吸い続ける。

紙パックがしぼんでいく。パックの中の空気が吸い取られている。

空気？　吸い取られる？

みたび菊池の中に電流が走った。今度は全身が痺れた。雨粒の代わりに、天から神の声が降ってきた思いだった。

中沢はきょとんとしている。

予約、窒息、雨、電気――閃《ひらめ》きの断片が一度に押し寄せ、菊池は思考の整理がつかない。

10

ステンレス製のパイプの表面がうっすらと汚れていた。褐色の微細な繊維のようなものが付着している。

「粘着テープの跡ですよね？」

菊池が確認すると、中沢はパイプに鼻面を近づけて、

「ああ、俺にもそう見える。かなり根元の方まで巻いたようだな」

「鑑識を呼びましょう」

「その前に洗濯機の場所を確認しておこう」

「来てください」

菊池はパイプの先端にゴム製のキャップをはめ、家の横手に回ろうとする。

おい、と中沢が肘《ひじ》でつついてきた。振り返ると苑田匡史が立っていた。眼鏡の奥からじっとこちらを見つめている。

「こんにちは。仕事はもう終わったのですか？」

中沢はにこにこ笑顔で応じた。

「何か？」

苑田は表情を変えず、眼鏡のブリッジを指先でちょいとあげた。

「私たちのことは憶《おぼ》えておいでで？」

「花沢署の方でしょう？」

「そうですそうです。お仕事はもう終わられたのですか」

「今日は夜勤です」

「ああそうでしたか。車がなかったので、てっきり工場に行かれているのかと」

「それで？　何の用です？」

「奥様の件でお話が」

「まだだらだらそんなことを。とんだ税金泥棒だ」

苑田は眉間《みけん》に皺《しわ》を寄せた。

「報告書のまとめの部分を書くにあたって、どうしてもご主人のお話が必要なのです」

「どういう話です？」

「中で話しませんか。私どもはべつにかまいませんが、ご主人がアレでしょう」

中沢は隣家の方に目をやった。苑田は不承不承うなずき、玄関の方に歩いていく。

居間に入るなり、苑田が言った。

「私は疑われているのですか？」

「ほう、そうお感じになりますか。空気を読んでいただけているとなると、話がやりやすい」

中沢は唇の端で笑った。

「私にはアリバイがあります。この家への出入りも不可能な状況だった」

「罪を犯していない人間は、自分から『アリバイ』などという言葉は使わないものです」

「疑っているのではなく、犯人と決めてかかっているのですか⁉」

苑田は頬を紅潮させた。

「実際、犯人なのでしょう？」

中沢は躊躇《ちゅうちょ》なく言い放った。苑田はギョッと目を剝《む》き、喉仏《のどぼとけ》を大きく上下させてから、

「そんな暴言が許されると思うのですか」

と震える声で訴えた。

「暴言であるかどうか、ひとつ確かめてみましょうか」

「帰ってください」

苑田は居間のドアを足で開け放った。

「署に帰る時はあなたも一緒です」

「ふ、ふざけないでください」

「ともかく話をしましょう」

「話すことは何もありません」

苑田は唇をきつく結ぶ。ご主人、と中沢は穏やかに声をかけて、

「今日のところは引き揚げてもいいですよ。ですが署に帰ったらすみやかに逮捕状の請求手続きを取りますから、一両日中にまたおじゃまするこことになりますよ。任意での聴取と手錠をかけられての連行、どちらがお好みですか？」

すると苑田は観念したのか、その場にへたりこんでしまった。菊池は彼に手を貸してソファーまで連れていった。

「聴取といっても、あれこれ質問はしません。こちらの考えをざっと話しますので、間違っていたら訂正してください」

中沢はそう前置きして菊池に顔を向けた。菊池はうなずき、苑田の正面に座って話をはじめた。

「動機はここでは申しませんが、あなたは奥さんを殺す必要に迫られた。しかし普通に殺したのでは自身に嫌疑がかかるので、事故に見せかけて殺す方法を考えた。この方法は、殺人を事故に見せかけられるだけでなく、自身の確かなアリバイを作れるという利点もあった。

あなたは、奥さんが亡くなったあの晩、仕事に出ていました。仕事を途中で抜けて自宅を往復する時間がなかったことは、同じ職場の方が証言しています。頼んで嘘を言わせたということはなさそうです。なのにあなたは奥さんを殺すことができた。それは、奥さんの殺害を予約したうえで仕事に出ていったからです。

あなたは奥さんを窒息死させた。しかしあなたがナイトキャップを手にして奥さんの鼻と口を塞《ふさ》いだのではありません。あなたは奥さんにいっさい手を触れていない。窒息とは呼吸が阻害されることですが、なにも気道を塞ぐことばかりがその原因ではありません。呼吸の源である空気が欠乏しても窒息状態に陥ります。あなたは奥さんが眠っている寝室から空気を抜いてしまったのです」

菊池はそこでいったん言葉を置いた。反論が出てくる気配はなく、話を続けた。

「寝室には暖房器具の排気口があります。直径五センチほどの穴で、現在はまだ暖房器具を出していないため、外のゴムキャップをはずせば、室内と戸外が筒抜けになります。あなたはこの排気口から寝室内の空気を抜いてしまおうと考えた。外に出ている排気口の先端に電気掃除機のホースを接続し、吸い出そうというのです。

実に突拍子もない考えです。空気を抜くのはいいとして、それに代わって新しい空気が入ってきたのでは窒息させることはできません。では、寝室の気密性を検証してみましょうか。まず、窓はサッシなので締まりはいい。ドアは、一見隙間が多いように思えるものの、実はそうでもない。開口部の寸法はドア板よりもわずかに広く取られており、たしかに隙間が生じています。ところが開口部の内側にはドア板より一回り狭い木枠が打ちつけられています。これはドア板を押さえるためにそうなっているのですが、この内側の木枠のおかげで、ドアを閉めた状態だと、廊下からの空気の流入が阻害されます。したがって、新しい空気が入ってくるにしても、掃除機で吸い出す空気の量の方が多いと思われ、結果として室内が酸欠に陥ります。

とまあ、机上では可能なように思えますが、はたして現実にうまくいくものか。あなたはそこで、奥さんが不在の時を狙って実験を行なうことにしました。実験台はハムスターです。寝室にハムスターを入れたケージを置き、ドアと窓を閉めた状態で、排気口につないだ掃除機を運転させた。そして長い間掃除機を回して寝室の中に戻ってみたところ、はたしてハムスターは息絶えていた。実験は成功、あなたは本番に臨みます。

犯行当夜、仕事に出かけるといって家を出たあなたは、車を近くに停め、歩いて家に戻ります。道路工事が始まるのは午前零時なので、家に戻る様子は見られずにすみました。あなたは寝室の外に回り、仕掛けを施します。排気口のキャップをはずして掃除機のホースを接続し、テープで固定します。電源は風呂場《ふろば》の外にありますよね。洗濯機置き場です。洗濯機のプラグを屋外コンセントから抜いて掃除機に使わせてもらいましょう。ただし掃除機の電気コードは洗濯機置き場まで届かないので、延長コードで中継します。掃除機のスイッチはまだ入れませんよ。ここで奥さんを殺したのではアリバイが作れないし、奥さんもまだ寝室にいないでしょう。そこでタイマーを使います。自分が仕事の真っ最中で、奥さんが熟睡しているであろう時刻にスイッチが入り、一定の時間が経過したら切れるようにセットします。準備はこれで完了、あなたは何食わぬ顔で出勤します。

計画はまんまと当たりました。深夜、タイマーが掃除機を作動させ、奥さんは息絶えました。夜中の住宅街で掃除機が音を立てれば近隣住民の関心を惹《ひ》きます。しかも特殊な使用であるので、かなり長い間回し続けることになる。しかし両隣のお宅でさえ、その音を耳にしていませんでした。なぜなら表の通りで道路工事が行なわれていたから。工事の騒音が掃除機の稼働音を消してくれたのです。おそらくこれは偶然ではなく、夜間工事の予定を知ったうえで計画に織り込んだのでしょう。

さて、仕あげです。仕事から帰ってきたあなたは、排気口からホースをはずし、キャップをはめ、掃除機とタイマーと延長コードを片づけ——とりあえず物置にでも隠したのでしょう——、家への出入りが不可能であることを確認させるために本田さんを呼んだ。自分が仕事に出ていったあと、妻が玄関ドアにチェーンをかけることは、習慣としてわかっていました。消防署に助けを求めたのも、自力で家に入ることができず途方にくれている状態を強くアピールするためでした。

消防署員によってチェーンが切断されると、あなたは奥さんを心配するふうを装って寝室に飛び込み、就寝中の事故を装わせるため、奥さんの顔面をナイトキャップで覆います。この時、あなたは不可解な行動を取りましたね。暑い季節でもなく、雨も降っているというのに、窓を開け放った。この行動が私に強い疑問を抱かせたのですが、トリックがわかってみれば、なるほど納得がいきます。寝室内は酸欠状態です。新鮮な空気を取り込んでやらないと自分が倒れてしまうと心配したのでしょう？」

苑田はうつむいたまま微動だにしない。肯定と受け取り、菊池は続ける。

「今、寝室の外の排気口を調べたところ、粘着テープの跡が認められました。排気口と接続した掃除機のホースにも同様の痕跡《こんせき》が残っているはずです。殺人に用いた掃除機は、お宅で日常的に使っているものではないのかもしれません。吸引力の強い業務用のものをレンタルしたのではと私は睨《にら》んでいるのですが、いずれにせよ調べればすぐにわかることです。両者に残ったテープの跡は、先の仕掛けが使われたことを示す大きな証拠となるでしょう。

ところで苑田さん、昔から言いますよね、『悪いことをしてもお天道様はすべてお見通しだ』と。今回、まさにその言葉どおりのことが起きたのですよ。雨です。予報では一滴も降らないはずだったのに、未明から天候が大きく崩れました。そのため、あなたの仕掛けが水をかぶってしまい、掃除機、タイマー、延長コードのいずれかがショートし、ブレーカーが落ちることとなった。ブレーカーが落ちていたと知らされたあなたはひどく狼狽《ろうばい》しましたよね。あれは、ブレーカーが落ちたことで電気を使った仕掛けが気づかれるのではと心配したのですよね？」

苑田笙子は死亡した。ということは、ブレーカーが落ちたのは、仕掛けが作動し、笙子が絶命したあとである。しかし、もしも雨が降り出すのがもう少し早ければ、仕掛けが作動する前にブレーカーが落ち、笙子は死なずにすんだ。苑田は、妻を殺すという目的を達したものの、その犯罪行為は発覚してしまった。ならば、殺人が未遂に終わり、今も妻と二人で暮らしているほうがよかったのではないか。人の運命はほんのわずかなタイミングで百八十度も変わってしまうのだと、菊池は今回の事件を通じて思い知らされた。

苑田匡史は素直に任意同行に応じ、花沢署内において殺人容疑で逮捕された。動機は土地だった。だが、結婚そのものが金銭目的だったのではないかという疑惑については最後まで否定し続けた。

判決は半年後に出た。「短絡的で身勝手な犯行。動機も思慮に欠ける」と懲役九年が告げられた。苑田は控訴せず、刑が確定した。

富士見町の家は笙子の親類の手に渡り、親類はすぐさま県の土地買収に応じた。

二年後、県道一二五号線の拡張工事が始まった。

11

ものごころついた時には父親はいなかった。私が二歳の時、交通事故で亡くなった。母は女手一つで私を育てた。昼間は工事現場の飯場で働き、夜は袋貼りの内職に精を出した。私には、母が寝ている姿を見た記憶がない。

母にはよく叩《たた》かれた。テストが四十点だった、字が汚い、箸《はし》の持ち方がおかしい、給食袋を持って帰らなかった、靴を泥で汚した、長風呂《ぶろ》だ、風邪をひいた――私が悪くなくても叩かれた。母は日々の生活に疲れはて、そのストレスを娘にぶつけていたのだろう。私は母の苦労がわかっていたので、私が叩かれてそれですむのならと、されるにまかせていた。母の神経を逆なでしないよう、せいぜい息を殺して生きていた。

母が再婚したのは私が小学校四年生の時である。親戚《しんせき》に勧められて見合いをし、わずか二回デートしただけで結婚を決めた。相手は捕鯨船に乗る航海士で、向こうも再婚だった。二度目のデートには私も同席し、私は彼から金色の髪をした外国の人形をもらった。

新しい生活が白滝市ではじまった。六畳一間のアパートから二階建ての一軒家へ。

母は働きに出る必要がなくなった。だが彼女は少しもしあわせそうではなかった。生活のために好きでもない男性と結婚し、その人は遠洋航海に出ているため、情を深める時間もない。

もう一人の新しい家族も彼女の気持ちを重くさせた。彼の連れ子である。自分の血が通っていない淳美の世話をしなければならないことが、母にとってはひどく不愉快で苦痛だった。

母はその感情をそのまま淳美にぶつけた。ご飯をこぼしたといって手をはたき、涎《よだれ》が垂れているといって頬をつねり、靴下が裏返しだといって細い臑《すね》を蹴《け》りつけた。

淳美という新しい攻撃対象ができたことで、私への風当たりは弱まった。しかしまったく叱られなくなったのかといえばそうではない。

「あの子がだめなのは笙子のせい。姉であるおまえがしっかりしていないからいけないのよ」

理不尽に責められ、拳骨《げんこつ》を落とされた。

しかし私にとって母という人は絶対的な存在だった。

私は母の言葉に従い、姉らしくあろうと努力した。姉妹二人で留守番している時に妹が粗相をしでかしたら、母をまねて体罰を与え、厳しく躾《しつ》けようとした。

12

県道一二五号線の拡張工事に先立ち、遺跡の発掘調査が行なわれた。白滝市の南西部一帯には弥生《やよい》時代の集落跡が埋まっているとされ、県の文化財保護条例により、土木工事をする際には遺跡の発掘調査が義務づけられている。

その発掘作業中、一体の人骨が出た。

遺跡の発掘というと、麦わら帽子をかぶったアルバイトの学生が地面に這《は》いつくばって根気よくスコップを動かしている、という光景が思い浮かぶものだが、それは第二段階の作業である。まずはパワーショベルを使って、ある程度の深さまで一気に掘り下げる。上の方の地層は後年堆積《たいせき》したものであり、そこをいくら丁寧に調べたところで遺跡は出土しない。

先の人骨はパワーショベルが掘り起こした。したがってその地層は新しいものであり、骨は弥生人のものではない。

鑑定の結果、その骨は、ここ二、三十年以内に死亡した人間のものであると判明した。性別は女。身長は一メートル前後。発掘された場所は、苑田宅が元あった土地である。

13

妹を殺したのはある冬の日のことである。

その日、母は縫製工場に働きにいっていた。再婚したことで、母はもう働きに出る必要はなかったのだけれど、私が冬休みに入るのと同時にパートをはじめた。その年の夏休みも同じように、淳美の世話を私に押しつけ、縫製工場に働きにいっていた。目的は金ではなく、淳美を避けることにあったのだろう。顔をつき合わせているから手を出したくなる、一緒にいないようにすれば、その時間中は何も起きない。それは淳美を思ってのことでもあり、母自身が傷つかないためでもあった。だが結果として、その配慮が災いした。

昼食後、淳美が戻した。おそらく日々のストレスで心身のバランスが崩れていたのだろう。しかし私は彼女を気づかうどころか、この口が悪いのだと、彼女の柔らかな頬をつねりあげ、左に右に揺さぶった。

淳美は泣いた。しかし泣きたいのは私の方だった。後片づけをしなければならないのはこの私なのだ。畳に飛び散った吐瀉《としゃ》物を取りのけ、彼女の服も洗わなければならない。

手の切れるような冷たい水で洗濯を終え、茶の間に戻ってみると、淳美が畳の上で横になっていた。泣き疲れて眠ってしまったのだろう。手足を縮め、赤ん坊のように丸まっている。表情は凪《な》いだ海のように穏やかで、寝息はすやすやと規則正しい。それを見て私はむしょうに腹立たしくなった。

私の手は痛いほど冷たい。畳は、濡《ぬ》れ雑巾《ぞうきん》で拭《ふ》いたものの、茶色く変色してしまった。嫌な臭いも染みついて取れない。なのにその原因を作った人間は、何ごともなかったかのような顔をして眠っている。

ご飯を無駄にし、畳を汚し、服を汚し、すると私が母に叱られる。姉であるおまえがしっかりしていないからいけないのだと。なのに張本人はというと、くうくうと子犬のような寝息を立てている。

その、薄桃色の、そよ風に震える花弁のような唇が、私の憎悪をかきたてた。この口がいけないのだ。この口が汚らしいものを吐き出さなければ。この口が。

気づいたら、淳美はぐったり動かなくなっていた。畳に横になっているのは先ほどまでと同じなのだが、耳をすましても寝息が届いてこない。唇は奇妙な形にねじ曲がり、白目を剝《む》いている。私は彼女に覆いかぶさるような恰好《かっこう》で、手にはビニールの風呂敷を握りしめていた。

呆然《ぼうぜん》としていたら母が帰ってきた。母はわけのわからないことをわめきながら淳美の体を前後左右に揺さぶり、私の背中に拳《こぶし》を打ちつけ、また淳美の体を揺さぶり、それを繰り返した。さすがに私も、淳美が死んでしまったのだとわかった。私が死なせてしまったのだ。どれほど怒られても仕方がないと思った。母にはよく、「悪いことをしたら施設に入れるよ」と言われていたけれど、とうとうその時が来たのだと覚悟した。

ところが母は予想外の行動に出た。淳美は人さらいに遭ったのだと言い出したのだ。そして私に向かって、黒い車がどうの、赤いスカーフの女がどうの、サングラスの男がどうのと、わけのわからない話をはじめたのである。私の両手を取り、繰り返し繰り返し説明し、今度は同じことを私の口から言わせ、何度も何度も言わせ、夕食も風呂もそっちのけで私に説明し、私に説明させた。その合間には、懐中電灯を持って外に出ていき、淳美の名前を呼びながら町内を歩き回った。夜がもっと更けてからは、庭の片隅でシャベルを振るい、小さな亡骸《なきがら》をひそかに埋葬した。

淳美が、自分がおなかを痛めて産んだ子であったなら、母は絶対にこのような暴挙には出なかったと思う。母は、死んでしまった「他人」より、血のつながっている子である私の将来を守ろうとしたのだ。そして、私が警察に捕まれば、自分の虐待行為も世間に知れてしまうと恐れた。

私は母の指図に素直に従った。私にとって母という人は絶対的な存在だった。私は彼女に認められようと、全身の血という血を頭に集め、一晩かけて母の話を憶《おぼ》え込んだ。翌日、警察官を前にした時には、淳美が見知らぬ男女に連れ去られたことは、私の中に完全な事実として存在していた。

嘘はばれなかった。私の演技が完璧《かんぺき》だったこともあるが、隣人の証言がなかったこともさいわいした。私の体罰に淳美は相当泣いたのだが、その事実を警察に伝えた者はいなかった。当時はまだ家が建て込んでおらず、よその家まで泣き声が届かなかったのだ。したがって、母と私による日常的な折檻《せっかん》についても隣人は気づいていなかった。

母と私は淳美を捜すふりをし続けた。町内の一軒一軒を訪ねて情報提供を求め、尋ね人のポスターを電柱に貼ってまわった。義父と離縁したあとも、警察に嘆願書を提出し、駅前でビラを配り、かわいそうな母子を演じ続けた。演技を続けたのはそもそも世間を欺くためであったのだが、不思議なもので、時間が経つにつれ、そうやって淳美を捜し続け、待ち続けることが、せめてもの供養ではないかと思うようになった。

私は成長し、いつしか大人になった。学校を出、仕事に就き、縁談が持ちあがるようになった。しかし私は嫁ぐわけにはいかなかった。私の人生は淳美の犠牲の上に成り立っている。私は母と二人、この家で妹を待ち続けなければならないのだ。

母は老い、いつしか体が動かなくなった。彼女のたっての希望もあり、私は花嫁になった。ただし、家を離れるわけにはいかないので婿養子を迎えた。花嫁姿に安心したのだろう、母は間もなく息を引き取った。

私は独りになった。一緒に暮らす配偶者はいるが、心は孤独だ。夫である人に本当の心を見せることができない。彼とは淳美のことを決して分かちあえない。たとえば、現在、道路拡張のために立ち退きを迫られていて、私はそれを拒否している。どうして立ち退きたくないのだと尋ねてくる夫に対し、妹の帰りを待つ必要があるからとは言えても、妹の骨が埋まっているからとはとても言えない。

私は妹を殺した。子供による殺人は刑罰の対象外であり、たとえ大人であったとしてもとうに時効は成立している。しかし刑罰を受けなければそれでいいという問題ではない。長い年月を経て、苑田笙子という人間は、世間から悲劇の主人公として認知されている。それを今さらどうして真実を明かすことができようか。世間は私を許すまい。母の名誉も地に落ちる。そうなることを母も望んでいないと思う。

淳美を埋めた場所には、野良犬に荒らされないよう、のちに物置小屋を建てた。立ち退きに応じるのなら、その前に物置をどけ、地面を掘り返し、骨を回収しなければならない。しかし女一人の力でそれだけの作業ができるだろうか。夫の目を盗むのは容易ではない。母が埋葬したころとは違って家が建て込み、近所の目も気になる。といって、夫に事情を説明して協力を仰ぐわけにはいかない。

私はこの場所を離れられない。離れてはいけないのだ。
私は永遠にこの家とともにある。今日も妹の帰りを待ち、妹の墓を守り続ける。

埴生の宿

1

気がついたら、彼は見知らぬ世界に投げ出されていた。その世界の風景に見憶《みおぼ》えがなければ、存在している人間の顔にも見憶えがない。

たとえば、彼がいるこの部屋。天井が白く、壁が白く、床は板張りである。この部屋が何の部屋なのか、彼にはまるでわからない。彼は一日のほとんどをこの部屋の中で過ごしている。だからといってここが彼の自宅の一室なのかというと、彼は断固として違うと言わざるをえない。

彼の記憶にある自宅の部屋はというと、天井は白でなく黒だ。元は薄い茶色だった天井板が、陽に焼け、木目が判然としないほど黒くくすんでいる。記憶の中の壁も白いが、それは漆喰《しっくい》の、艶《つや》のない上品な白である。この部屋の壁は、同じ白でも光沢のある壁紙で仕上げられている。床は畳でないとおかしい。

調度品もなじみのないものばかりだ。焦げ茶色の洋箪笥《ようだんす》も、鉄製の飾り棚も、黒いテレビも。寝台があるというのも不可解である。ベッドで生活したのは、軍隊時代と怪我で入院した時だけのはずだ。

するとここは病院の一室なのだろうか。彼の目には決してそうは見えない。病院独特の薬臭さは感じられないし、医者や看護婦を思わせる白衣の人間も見当たらない。

部屋には窓があり、彼は時々そこから外を覗《のぞ》く。透明な窓ガラスの向こうには空がある。たまに青いこともあるが、たいていは灰色をしている。見えるのはそれだけだ。

ここは決して自宅ではないと、彼は確信する。自宅であるなら、窓の外には、妻と二人で丹精した草花が、四季折々咲き乱れているはずなのだ。ではここはどこなのか？

窓には格子がはまっている。金属製の格子が。鉄格子？　自分は監禁されているのだろうかと、彼はふと恐怖にかられたことがある。

しかし彼はこの部屋から一歩も出られないわけではない。用足しや洗面に立つのは自由であるし、空模様が悪くなければ一日に一度は外を歩くし、時には車に乗って遠くまで出かけることもある。なので監禁されているのではないのだと彼は安堵《あんど》した。

といって、根元的な不安が取り除かれたわけではない。彼は外の風景にも見憶えがないのだ。ブロック塀に囲まれた家、芝生で犬が駆け回る公園、煉瓦《れんが》色のビルディング、大通りを行き交う色とりどりの車——どれも見知らぬ風景だった。それが誰の家なのか、何という車なのか、ここがどこの街なのか、彼にはまるで理解がいかない。そこが病院だとは、彼はわかっている。そことは、ときどき車に乗って行く大きな建物のことだ。白衣の人間が目につくし、独特のあの臭いに満ちている。だが、その病院の名前や所在地については、彼はわからない。それ以前に、何を目的として自分がその病院に行っているのかもわからない。彼はどこも痛くないし、誰かの見舞いをするわけでもない。

彼の左の二の腕には傷跡がある。肩から肘《ひじ》にかけて続く大きな傷だ。この治療のために通院しているのだろうかと彼は考えたことがある。しかし傷跡はずいぶん古いように見えるし、痛みもまったくない。

人にも見憶えがない。

彼がこの世界でよく見かける顔は四つある。

一番よく見るのは、ジュンコという小太りの女。いつもズボンを穿《は》いていて、髪も男のように短く刈り込んでいる。彼女は一日に何度も彼の部屋にやってきて、今日はいい陽気だとか、秋刀魚《さんま》が二匹で百円だったとか、どうでもいいことを喋《しゃべ》り散らしていく。そういうたわいない話をしながら、彼の体を気安くさわりもする。彼女はまた、彼が外に出ると、かならず一緒についてくる。彼女は自分に気があるのだろうかと彼は思う。

そう、ジュンコは彼のことを「パパ」と親しげに呼ぶのである。だが彼は彼女に父親呼ばわりされるいわれはない。彼には子供が三人おり、一番下の子は順子《じゅんこ》という。しかし順子とジュンコが別人であることは彼の目には明らかだった。順子はセーラー服がようやく板につき始めた中学生、一方ジュンコはというと、顎《あご》の周りの肉がたるみ、カラスの足跡が目立つ中年女性。ジュンコはきっと頭が少し弱く、自分のことをパトロンか何かと勘違いしているのだろうと彼は解釈した。

彼はジュンコのような女性は好みではない。しじゅうつきまとわれて辟易《へきえき》しているし、「パパ」と呼ばれて不愉快な思いもしている。だが彼女は、ただべたべたうるさいだけで、彼に実害はもたらさない。問題はもう一人の女だ。

その女はマチコという。マチコは彼のことを「シゲ坊」と呼ぶ。時には「クソオヤジ」と、もっとひどい時には「このクソが」と吐き捨てる。そして「クソ」呼ばわりされる時には決まって、彼はマチコに足蹴《あしげ》にされる。頭を小突かれ、頬をつねられ、指を逆関節に取られる。首を絞められて気絶しかけたことも一度や二度ではない。

彼はそのような仕打ちをマチコから受ける理由がまるでわからない。なぜ叩《たた》くのかと尋ねても、マチコは答をよこさない。体ごと抵抗を試みてもマチコはいっこうにひるまず、かえって憎悪をみなぎらせて彼をいたぶるのだ。

彼は思う。もしかすると二の腕の傷はマチコに折檻《せっかん》された跡なのかもしれない。

マチコと対照的なのがエリである。まだ女学生のような歳若い子で、いつも彼に愛くるしい笑顔を投げかけてくる。花や大福を持ってきたり、彼の手を取って軽やかに歌ったりもする。整った目鼻立ち、すらりと伸びた手足、鈴を転がすような声は、映画スターを思わせる。やさしく、美しく、エリは彼にとって女神である。

しかしここにもマチコの魔の手が入る。エリがやってくると決まって、どこでどう嗅《か》ぎつけたのかマチコも姿を現わし、エリのことを彼の前から追い払うのだ。

よく見かけるもう一人はカズオという男だ。この男が車を運転して彼を病院に連れていく。おかしなことに、カズオは彼のことを「お父さん」と呼ぶ。だが彼はその男に父親呼ばわりされるいわれはない。

彼の一番上の子は和夫《かずお》という。しかし和夫とカズオが別人であることは彼の目には明らかだった。和夫は詰め襟も凜々《りり》しい大学生である。一方カズオは、頭髪が寂しくなった冴《さ》えない初老の男。ジュンコといいカズオといい、この世界には頭のおかしな人間が多すぎると、彼は父親呼ばわりされるたびに不愉快になる。

ジュンコ、マチコ、エリ、カズオ。この四人のほかにも部屋で見かける顔が二つ三つあるが、いずれも彼の記憶にはない人物だ。外に出た際も、見知った顔に出くわさない。彼は結局、この部屋が何なのか、なぜ自分がここにいるのか、まるでわからない。糸口すら摑《つか》めない。

「記憶喪失」の四文字が脳裏をかすめたことがある。しかし彼は即座に否定した。なにしろ彼は自分が何者であるのかはっきりと認識している。

名前、小松茂一《こまつもいち》。大正十五年七月八日東京生まれ。職業は東神映画所属の俳優、芸名は大松一茂《だいまつかずしげ》。家族は、妻の初音《はつね》、長男の和夫、次男の清《きよし》、長女の順子、の四人。

記憶喪失者がこれほど憶えているというのか。マチコが「シゲ坊」と呼ぶのは、自分の名前が茂一（あるいは芸名が一茂）であるからにほかならないと思う。自分は記憶喪失に陥っているのではないと彼は確信する。

とはいえ、彼は現状が把握できない。ここはどこなのか、自分はいつからこの世界にいるのか、何のために滞在しているのか、どうして一日のほとんどを部屋の中で過ごしているのか、仕事に出かけなくていいのだろうか、家族は元気でいるだろうか。

あるとき彼はハッとして、身支度を整えて仕事に出かけようとした。たしか今日は「隠密奉行」の撮影ではなかったか。ところがジュンコに止められた。パパはうちでのんびりしていなさい。

あるとき彼は、突如として家族が恋しくなった。初音の腰の具合はどうだろうか、和夫の試験はうまくいっただろうか、清は喘息《ぜんそく》の発作が出ていないだろうか、順子は同級生の男子にからかわれていないだろうか、自分がこうして働いていないのに、皆どうやって暮らしていってるのだろうか。

どうにも胸が締めつけられ、彼は散歩の途中、ジュンコの手を振りきり、自宅を目指して走り出した。とはいえ、ここは彼にとって右も左もわからない街である。自宅がどちらの方にあるのかかいもく見当がつかない。当然彼は自宅を見つけることができず、路地裏をさまようしかなかった。そして途方にくれて道端にへたり込んでいるところをジュンコに捕まった。

家に帰りたいと彼は思った。家族に会いたいと、人目もはばからず声をあげて泣いた。

涙が涸《か》れはてると、彼はハーモニカを手に取った。

ミ、ミ、ファ、ファ、ソ、ソ、ミ、ミ、ファ、ファ、ミ、ミ、ファ、レ、ミ――。

そんなメロディーが自然と流れ出た。彼はハーモニカを置いてメロディーを口ずさむ。

埴生《はにゅう》の宿も　わが宿　玉の装い　羨まじ　長閑《のどか》なりや　春の空　花はあるじ　鳥は友　おお　わが宿よ　楽しとも　たのもしや

来る日も来る日も、彼はハーモニカを吹き、「埴生の宿」を歌うのだった。

気がついたら、彼は自宅に戻っていた。

天井は白でなく黒だ。元は薄い茶色だった天井板が、陽に焼け、木目が判然としないほど黒くくすんでいる。壁は白い。漆喰《しっくい》の、艶《つや》のない上品な白だ。掌《てのひら》を当てると、すべすべとして、ひんやり心地よい。床は畳敷きで、まだ新しい藺草《いぐさ》の匂いが懐かしい気持ちにさせてくれる。

桐の和簞笥《だんす》がある。欅《けやき》の煙草盆がある。檜《ひのき》の座卓がある。有田焼の花生けもある。まさしく彼が知る彼の家の部屋である。

障子を開けると、部屋の外は板張りの廊下で、向かい側は掃き出し窓になっていた。透明な板ガラス越しに狭い濡《ぬ》れ縁《えん》が見え、その向こうにささやかな庭が広がっている。盆栽の棚があり、梅の木が紅白の花をほころばせ、水仙の黄色い花びらが風に揺れている。まぎれもなく彼が知る彼の自宅のたたずまいである。

とうとう帰ってくることができた、必死の思いが通じたのだと、彼は感涙にむせんだ。

しかし彼はすぐに気づく。自宅に戻ってきたというのに家族がいないのだ。妻も長男も次男も長女も、誰一人として見当たらない。その代わり、ジュンコがいた。エリも、カズオも、そしてあの恐ろしいマチコも。

一日待っても、一週間が過ぎても、初音も和夫も清も順子も帰ってこなかった。

家族に会いたいと彼は落涙し、その切ない思いをハーモニカに託した。
ミ、ミ、ファ、ファ、ソ、ソ、ミ、ミ、ファ、ミ、ファ、レ、ミ――。

ハーモニカを置き、彼は歌を口ずさむ。
書読《ふみ》む窓も　わが窓　瑠璃《るり》の床も　羨まじ　清らなりや　秋の夜半《よわ》　月はあるじ
虫は友　おお　わが窓よ　楽しとも　たのもしや
来る日も来る日も、彼はハーモニカを吹き、歌を歌った。
するとついに願いが通じる時が来た。
庭の金木犀《きんもくせい》が豊かに薫るある秋の日、次男の清が元気な姿を現わしたのである。

2

本間《ほんま》和希《かずき》が奇妙な仕事を持ちかけられたのは、十月最初の水曜日だった。その日の昼下がり、天沼弁天池《あまぬまべんてんいけ》公園のベンチで無為な時間を過ごしていると、頭上から声が聞こえた。

「いいお天気ですね」

和希は最初、それが自分に向かってのものだとは思わず、コーヒー飲料をストローで吸いながら、コミック誌のページを目で追い続けた。

「よろしいですか？」

二度目の声に、和希はあわてて体を起こした。園内が閑散としているのをいいことに、ベンチに寝転がっていたのだ。

　声の主は眼鏡をかけた六十年配の男だった。散歩の途中で立ち寄ったのか、クリーム色のポロシャツに紺の綿パン、茶色のローファーにウエストバッグと、カジュアルな恰好《かっこう》をしている。おそれいりますと男は軽く頭を下げ、和希が空けたベンチの端に腰を下ろす。和希はコミック誌に目を戻した。

　しばらくして、妙な居心地の悪さを感じ、和希は顔を上げた。隣の男がこちらを見ていた。

　和希は首をかしげ、手にした雑誌を半分閉じ、表紙を見た。男の視線がそこにあったように感じたからだ。雑誌の表紙は今一番人気のグラビアアイドルである。このコミック誌主催の美少女コンテストから出てきた子だ。

　気持ち悪いオヤジだなと、和希は誌面に目を戻し、立ち去るタイミングをはかりはじめた。すると咳払《せきばら》いが聞こえた。

「失礼ですが、前髪を上げていただけますか？」

　男は上半身を和希の方に向け、愛想笑いのようなものを浮かべている。

「こうやって髪を」

　と額に手を近づけて、自身の寂しい前髪を上げるしぐさをしてみせる。わけがわからなかったが、和希は反射的に男と同じ動作をした。

「やっぱりそっくりだ」

男は溜《た》め息《いき》をつき、何度も頷《うなず》いた。

「何か？」

気味悪く思い、和希は男を睨《にら》みつけた。

「学生さんですか？」

男は和希の問いを無視してそんなことを尋ねてくる。和希も男を無視して立ち上がった。

「怪しい者ではありません。話を聞いてください。とりあえず聞くだけで結構です」

男は矢継ぎ早に言いながら和希の前に回り込んでくる。

「なんなんですかぁ」

和希はいらつき、再度男を睨みつけた。

「仕事をお願いしたいのです。ごく簡単な仕事です。日給は、そうですね、五万円でいかがでしょう」

「五万？　日給が？」

「ええ、日給五万円。期間は三、四日程度です」

「何の仕事なんです」

「年寄りの相手です」

「は？」

「老人相手に話をしていただきたいのです。といっても、その老人は日中も眠っていることが多いので、相手をするのは正味一時間程度です。あとの時間は本を読むなりテレビを見るなり、ご自由にお過ごしください」

「それで五万円？」

和希は内心の興奮を抑えつけ、眉《まゆ》をひそめてみせた。

「心配されているようなことは決してありません。犯罪の片棒をかつがせようというのでも、宗教、暴力団、マルチまがい、いっさい無関係です」

男は和希をまっすぐ見つめた。目の色にやましさは感じられない。恰好も堅気そのもの、言葉遣いも非常に紳士的である。

「そのお年寄りというのはどういう人なのです？　具体的には何の話をするのです？　元軍人を相手に太平洋戦争の話をしろと言われても、僕には無理です」

和希は慎重に探りを入れた。

「父です」

「は？」

「私の父親なのですが、痴呆症《ちほう》でしてね」

「惚《ぼ》け？」

そう訊《き》き返し、和希はハッと口に手を当てた。

「いいんですよ。そう、いわゆる惚け老人です。その相手をしてもらいたいのですが、少々込み入った事情がありまして……、座りませんか？」

二人はベンチの端と端に腰を降ろした。男はウエストバッグの口を開け、中をまさぐる。和希はタバコをくわえ、所在なげに視線を動かした。

噴水の端に老人が腰をかけ、クラッカーを砕いては地面に撒《ま》いている。そこに鳩が集まってくる。花壇のそばのベンチでは、母と子がランチバスケットを広げている。のどかな秋の日だ。

「どう思われます？」

男が差し出してきたものを一目見るなり、和希は小さく声をあげた。

それはセピア色に褪《あ》せた白黒写真だった。写っているのは、高校生と思《おぼ》しき、詰襟に学生帽の男子だ。その顔が自分に似ていたのだ。鼻筋の感じがやや違うくらいで、目元も口元も耳の形も顎《あご》の線もそっくりで、まるで自分の卒業アルバムの写真を見るような気分に和希はさせられた。

「私の弟です。清といいます。もちろん昔の姿ですよ。昭和四十年当時の写真です。あなたくらいの歳だと昭和といってもピンときませんかね。昭和四十年は西暦一九六五年です」

「僕も昭和生まれですよ。ええと、それでつまり、僕に清さんのふりをしろと?」

和希はなんとなく察して尋ねた。

「はい。父は現在と過去がごっちゃになっていて、現在の家族を家族として認められず、昔の家族をひどく恋しがり、介護するわれわれもほとほと手を焼いているのです。私のことも赤の他人扱いです。それで、あなたなのです。あなたには昔日の家族の面影がある。若かりし頃の弟の生き写しです。あなたに清を演じてもらえれば、父の心も落ち着くのではないかと考えまして」

男は和希の手から写真を取りあげ、自分の言葉を嚙《か》みしめるように何度も頷いた。

「しかし……。それで五万円?」

和希は納得しかねた。

「裏はございません。先程も申しましたように、この仕事をしたことであなたの身辺が危うくなるようなことは決してありません。これはもう神にも仏にもキリストにも誓います。ただ、この仕事をしていただくにあたっていくつか注文があるので、そのぶん報酬に色をつけております」

「注文?」

「まず、清の喋《しゃべ》り方や癖をある程度まねてもらう必要があります。父に何か尋ねられても答えられるように、過去のエピソードも頭に叩《たた》き込んでおいていただきたい。場合によっては、台本のようなものに沿って演技していただくことになるかもしれません。ほかにも、髪を刈り上げにしていただきたいとか、住み込みでお願いしたいとか、細々とした注文がいくつかあるのですが、詳しくは実際にお引き受けくださった時にお話しするとして、どうでしょう、少しは興味を持っていただけたでしょうか。哀れな老人に手を差し伸べてはいただけませんでしょうか。思い出の中で遊ばせ、幸せな気持ちであの世に送ってやってはもらえないでしょうか。そう、有償のボランティアと考えていただければよろしいかと」

男は和希の方に上半身をねじり、不自然な体勢で深々と頭を下げる。

「お話はだいたいわかりましたが……」

発言の内容は充分理解できたが、その一方で雲を摑《つか》むような気分の和希であった。

「この場で返事をしろだなんて、そんな無理は申しません。二、三日考えてみてください」

「はあ。しかしどうして僕に？」

「それはもちろん、清と面立ちが似ているからです。似ても似つかぬ人には頼めません」

「いえ、そういうことでなくて、どこで僕のことを知ったのですか？」

するとは男はふっと表情を和らげて、

「あなたはいつもこのベンチでパンをかじっていらっしゃる」

「え？」

「いつもというのは大げさですが、よくここにいらっしゃる。私は埼玉の人間なのですが、得意先回りでよくこちらに来るのですよ。その際通りすがりにここで何度かあなたをお見かけし、何度見ても清と似ていると感心し、それで先に言ったようなことを思いつき、今日こうしてお頼みすることにしたと、そういうしだいです」

「まあ、たまには来ますけどね、ここには」

和希は照れ隠しをするような笑みを返した。笑いながら、あらためて男を観察してみた。

推定年齢五十代後半、薄い髪をオールバックになでつけ、鼈甲《べっこう》縁の眼鏡をかけている。頬に傷は見当たらず、金の装飾品をちらつかせているということもない。肌がつやつや輝いているのはゴルフ焼けだろうか。服装はラフだが着こなしがだらしないということはなく、靴も曇りなく磨かれており、印象としては、休日を過ごす企業の重役といったところだ。

「ともかく二、三日考えて、お返事を聞かせてください」

男はウエストバッグからシステム手帳を取り出すと、さらさらとボールペンを動かし、リフィルを破って和希の胸元に押しつけてきた。

「よいお返事をお待ちしております。日給五万円ですよ」

最後の部分をことさら強調し、背筋をぴんと伸ばして大股《おおまた》で立ち去っていく。

和希に渡された紙には、村山一三《むらやまかずみ》という名前、そして携帯電話の番号が記されていた。

本間和希はフリーターである。千葉県南部の高校を卒業後、千葉市内の予備校に入るが二か月でリタイア、以来三年、コンビニエンスストアやファミリーレストランで働いて暮らしている。

ガソリンスタンドやディスカウントストアでも働いた。ガードマンや清掃員も経験した。天職を求めているのでも、意識して人生経験を積んでいるのでもない。根気がなく、どんな仕事も長続きしないのだ。そんなわけで一年の半分近くは職探しとパチンコ屋通いで、フリーターというよりプータローと称したほうが正確かもしれない。

製パン工場を辞めたのが二か月前で、それ以降は、資格を取得するからといって親から騙《だま》し取った金で食いつないでいる。日中、天沼弁天池公園で過ごしているのは、家の中に引きこもっていると己のみじめさに押し潰《つぶ》されそうになるからだ。外の空気に触れることで、絶望感や罪悪感が薄まる。

天沼弁天池公園というのは、和希が現在借りているアパートに一番近い公園である。

目と鼻の先にＪＲ船橋駅があり、横の通りには結構な人通りがあるのだが、公園自体はとくににぎわってはおらず、都会の中の忘れ去られた空間のような印象を抱かせる。噴水はあるものの、敷地はたいして広くなく、芝生はあるが禿《は》げていたり雑草が混じっていたりで、桜並木や薔薇《ばら》園があるわけでもなく、要するに日本中のどこでも見かけるどうということのない公園で、だから人が集まってこないのだろう。おかげで和希はいつもベンチに困ることがない。

和希は昼前に起きると、コンビニで食料や雑誌を調達して天沼弁天池公園に行き、日暮れ時までののんびりとした時間を過ごす。しかし心からのんびりしていたのかといえば、そうではない。親から一億円も騙し取れたわけではないのだから、蓄えはすぐに底をつく。銀行口座の残高が四桁《けた》に突入するのも時間の問題となり、和希は内心かなり焦っていた。といって、二か月も怠惰に過ごしたあとだけに、気持ちが少しも前に向かない。

貯金は日一日と減っていく。労働意欲は湧かない。明日の不安から逃れるように、公園のベンチでマンガに読み耽《ふけ》る。

村山なる男に声をかけられたのはそんな時だった。惚《ぼ》け老人の息子を装い、話し相手になってくれ——実に奇妙な依頼だった。だが和希の興味を惹《ひ》くには充分な依頼でもあった。

日給五万円、三食付き、待機中は遊んでいてかまわない——夢のような好条件、いくら労働意欲がないとはいえ、これを見逃すほど愚かではない。

話に裏はないので安心しろと村山は言った。熟慮したすえ和希は、村山の言葉は信用できると判断した。一つは、人相風体や喋り方がそう思わせる。もう一つは条件の厳しさだ。

この仕事をするにあたって絶対的に要求されるのが「顔」である。その老人の息子に似ている必要がある。そして容貌《ようぼう》というものは、学力や運動技術とは違い、個人の努力で克服できるものではない。したがって、条件に見合った顔の人物は、そう簡単には見つからない。というよりもむしろ、八方手をつくしても見つからない可能性のほうが高い。もし見つかったとしたら、それは非常に貴重な存在であるから、非常識なほど高額の報酬を出しても惜しくない。つまり、話に裏があるから報酬が高いのではなく、存在そのものが貴重だから高い。限定モデルのスニーカーが高値で取り引きされるのと同じ理屈だ。資本主義社会の経済原理が働いているのである。

和希は心を決めた。

次の日曜日、本間和希は船橋駅近くの喫茶店で村山一三と会った。例の仕事についての詳しい打ち合わせをするためである。

村山の条件はこうだった。息子のふりをして老人と会話する。会話するのは一日一、二時間程度。期間は四日。その間は老人と同居する。食事は三食とも提供する。茶髪を黒に染め直し、刈り上げにする。待機中は何をしても自由だが、家の外には絶対に出ない。

「話以外の相手はする必要はありません。たとえば、体をふいたり、食事をとるのを手伝ったり。ただし、一緒に歌えと向こうが言ってきたら、その程度はつきあってやってください」

介護もさせられるのなら嫌だなと和希は思っていたのだが、その懸念もなくなった。

「それから、この仕事については決して口外なさらないでください。と申しますのも、このような好条件の仕事はどこを探してもありません。もしあなたの口からこういう割のいい仕事があると外に漏れたら、それを聞きつけた人間が、自分にもやらせろと言ってこないともかぎりません。そういう面倒はごめんなのです。これは、誰にでもできる仕事ではない。あなたにしかできない。あなたにだけお頼みしているのです。そこのところをよく含みおきいただき、ご家族にも黙っておいてください」

それはもう絶対に秘密にしますと、和希は力強く応《こた》えた。おいしい話は他人に漏らすなというのが金儲《かねもう》けの鉄則である。今回息子を装った結果、老人に満足を与えられたら、また声をかけてもらえるかもしれない。それを自分から手放すようなことはしない。まだ一日も働いていないというのに、そんな皮算用まで始める和希であった。

「もう一つはプライバシーの保護です。あの家のじいさんは惚けている、それを慰めるために息子のそっくりさんを雇った、という噂がおもしろおかしく八方に広がると、父はもちろんのこと、私たち家族も深く傷つきます。たしかに他人に息子のふりをさせるなど、まるで喜劇のようであり、きっとあなたも異様なものを感じていることと思います」

「いえ、そんな」

「しかし私たち家族は酔狂でやろうというのではないのです。哀れな父に少しでも安らぎを与えたい、心が落ち着けば暴れたり徘徊《はいかい》したりすることもなくなるのではないかと真剣に考えている。あなたに望みを託している。一縷《いちる》の望みといってもいい」

村山の表情も真剣そのもので、眼鏡の奥の双眸《そうぼう》は心なし血走っていた。

「こう見えても、僕の口の重さには定評があります。ご迷惑をおかけするようなまねはいたしません。いっしょうけんめい務めます。務めさせていただきます」

和希の頭の中には金のことしかない。

「あと、勤務先、つまりわが家はここからちょっと離れているのですが、それはだいじょうぶですか？　浦和なのです。埼玉の浦和。もちろん送迎はいたします」

「浦和なんて、ほとんど東京じゃないですか」

「では、よろしくお願いします」

村山は手を差し出し、和希がそれを握り返し、契約が成立した。

「それで、清さんの癖とかエピソードとかはどんな感じなんですか？」

相手の気が変わらぬうちにと、和希は話を先に進めた。

「要点はこれにまとめてあります」

村山は鞄《かばん》からダブルクリップでとめられたコピー用紙を取り出した。Ａ４サイズで十枚はあるだろうか。

「文字を丸暗記するのではなく、繰り返し読んで、その人となりを想像するよう心がけてください。声に出して読むと頭に入りやすいかもしれません」

「暗記ものの試験は得意中の得意でした」

和希は調子よくアピールする。

「これは父の声です」

村山はカセットテープを差し出す。

「声？」

「父といきなり対しても、何を喋《しゃべ》っているかほとんど聞き取れないと思います。舌がよく回らないのです」

「ヒヤリングの練習をしておくわけですね」

「それから、こちらのシナリオも頭に叩《たた》き込んでおいてください」

村山は別のコピー用紙を和希に手渡して、

「三日目までは、先のデータを基にアドリブで清のまねをしてもらってかまわないのですが、最終日にはひと芝居打ってもらいます」

「芝居？」

「そもそもすべてがお芝居なわけですが、最後の芝居は、ただ清を装うだけでなく、一つの物語を演じてもらいます」

そして村山が始めた説明に、和希は仰天した。

「死ね」というのである。


十月十四日、三泊四日の予定で、奇妙なアルバイトの幕が開いた。

この一週間、和希は役作りに励んだ。村山に渡された資料を繰り返し読み込み、ラインマーカーを引き、村山清の情報を頭に染みこませた。資料はベッドの中にも持ち込み、時には声に出してアドリブの練習をし、鏡の前で表情を作ってもみた。百メートル先のコンビニに行く際もイヤホンをはめ、ヒヤリングの訓練に努めた。大学受験の際にもここまでやらなかったと自ら感心するほどの熱心さだった。「死」のシナリオも頭に叩き込んだ。

十四日の夕刻、和希は船橋駅前で村山一三と落ち合い、彼が運転する車で彼の自宅に向かった。家の都合でその日の夕飯は出せないとのことで、途中、高速に乗る前に食事をとっていくことになった。

入ったのは、西船橋の繁華街から少し離れたビルの地下である。ワイン蔵を改装したような、しゃれた内装のイタリアンレストランで、店員の物腰もいかにも高級そうな印象を抱かせ、和希は大いに気後れした。すると村山が、食事代は持つから気にするなと笑った。

アンティパストとパスタの軽い食事をとりながら、最終テストが行なわれた。村山一三を仮想村山老として会話するのだ。一週間の努力が実り、和希は合格点をもらった。「死」のシナリオもきちんと憶《おぼ》えていた。

ワインで少し気持ちよくなってきた頃、和希はアルコールの力を借りて尋ねた。

「もう夜ですけど、それでも、その、一日分いただけるのでしょうか？」

「ご心配なく」

言質《げんち》が取れ、和希は心置きなく食事を楽しんだ。

エスプレッソコーヒーで締めくくり、二人は店を出た。車は原木《ばらき》インターから京葉道路に乗り、東京方面に向かう。

和希がこれから演じることになる村山清は、あの写真を撮った半年後、夭逝《ようせい》したのだという。ひどい喘息《ぜんそく》の発作に見舞われ、呼吸困難に陥り、そのまま息を引き取った。

兄一三の説明によると、今回の芝居には二つの目的があるという。一つは、老いた父親の心を慰めること。昔日の家族の姿を追い求めている老人の前に、まさに昔の家族そのままの恰好《かっこう》で現われ、彼の心を満たしてやる。

もう一つの目的は、父親に現実を認識させることにあった。現実とは、昔の家族はもう存在しないということである。

そっくりさんを使って父親を満足させられたとしても、それは一時的な慰めにすぎない。今後ずっと、父親が死ぬその日まで、そっくりさんに芝居をさせるわけにはいかない。するとそっくりさんがいなくなったらまた、父親は昔の家族を恋しがり、現在の家族を困らせることになる。ふりだしに戻ってしまう。

そこで、そっくりさんとの別れを本当の別れにしてはどうかと考えた。たんに契約期間終了で帰っていくのではなく、父親の前で死んでみせる。それにより、息子は死んだ、この世にはもういないと父親に認識させ、過去と決別させる。清という息子は実際に死んでいるのだから、騙《だま》すというよりも、現実を見せるといったところだろう。

そう聞かされ和希は、長期契約にしていただいても結構ですよと笑ってみせたが、現実にはそうはいくまい。毎日五万円くれるのなら、この先五年でも十年でも清を演じ続けよう。しかし長期契約となると、日給はぐんと下がるだろう。そうなるとこの仕事を続ける意味がない。楽して大金を手にできるから、和希はこの仕事を引き受けたのだ。

車は江戸川大橋を越えて首都高速に入った。車中、これといった会話もなく、窓の外を流れる光の帯を見るともなしに目で追ううちに、和希は眠気を催してきた。すると隣であくびを噛《か》み殺すのが見えたのか、村山が声をかけてきた。

「浦和はまだまだ先です。着いたら起こしますよ」

「いえ、だいじょうぶです」

和希は笑顔で手を振った。しかし痩《や》せ我慢は長く続かなかった。

「着きましたよ」

その声に、和希はぼんやりと目を開けた。頭の芯《しん》が重く、目の焦点が定まらない。いつの間にか眠ってしまったらしい。

「着きましたよ」

もう一度言われ、和希は瞼《まぶた》をこすった。村山に肩を支えられていた。

「すみません」

和希はあわてて村山から離れた。

「暗いですから、足下に気をつけて」

村山は目の前の戸を開けた。蝶番《ちょうつがい》によるドアではなく、引き違い戸だ。格子状に組み合わせた天然木の間に磨《す》りガラスがはまっている。戸の上には狭い庇《ひさし》が張り出していて、白い陶製の笠《かさ》をつけた裸電球が弱々しい光を放っている。なんともレトロな趣の家である。

玄関の土間には木製のサンダルと下駄《げた》が並んでいた。下駄箱の上には紫色の花が生けてあり、隣の壁には、書道の筆で描いたような日本画ふうの水彩がかかっている。まったくもって、小津安二郎の映画に出てきそうな雰囲気である。

「どうぞ、おあがりください」

村山にうながされ、和希はスニーカーの紐《ひも》をほどいた。上がり框《がまち》に足を載せた際、少しふらついた。まだ頭は霞《かすみ》がかかったようである。ちょうど酔っぱらった時のような感覚だったので、ワインがきいているのだろう、緊張が手伝って回るのが早かったのだろうと和希は思った。ワインの中に睡眠導入剤が盛られていたとは思いもしなかった。

今日はもう遅いのでとりあえず顔合わせだけをと村山は言った。時刻は十時を回っていた。

眠気覚ましに顔を洗わせてもらったのち和希は、向こうが用意した服に着替えた。詰め襟の学生服である。襟には銀杏《いちょう》の葉を象《かたど》った校章が留められている。詰め襟のホックを留めると身が引き締まる思いがした。

村山の案内で別の部屋に移った。障子を開けると、和室の真ん中に布団が敷かれており、白髪五分刈りの老人が横になっていた。口を半分開け、虚《うつ》ろな目を天井に向けている。人が入ってきたというのに、それに注目する様子はない。

「挨拶《あいさつ》してください。清として」

村山が和希の耳元で囁《ささや》いた。和希は頷《うなず》き、ゆっくりと布団に近づいていった。布団の横で腰をかがめ、老人の顔を覗《のぞ》き込み、口を開く。しかし緊張のためか言葉が出てきてくれず、いったん老人から目を離し、室内のあちこちに視線を飛ばした。

壁は白い。艶《つや》がなく、卵の殻のようだ。天井は黒褐色に煤《すす》け、ところどころに染みが広がっている。雨漏りによるものだろうか。障子紙には千鳥の透かし模様が入っており、二か所ほど小さな破れ目がある。和箪笥《だんす》があり、座卓があり、煙草盆があり、花生けがあり、畳敷き。和風の落ち着いた部屋に布団が敷かれ、一人の老人が横になっている。苦いような、酸っぱいような、この重ったるい空気が老人臭というものなのか。

「さあ、声をかけてください」

村山がせっつく。和希は頷き、あらためて老人の顔を覗き込み、今度こそ言葉を発した。

「ただいま、お父さん」

老人の虚ろな目は天井を向いたままだ。

「お父さん、清です。ただいま帰りました。清ですよ、お父さん」

そう繰り返すと、老人の白い眉《まゆ》がぴくりと動いた。顔が徐々に和希の方を向く。

「清です。いま学校から帰ってきました。生徒会活動が長引いて遅くなりました」

「ひ、よ、ひ……」

老人の唇が小さく動いた。

「清です。清ですよ、お父さん」

「ひ、よ、ひ……。ひ、よ、ひ……」

老人はのろのろとした動作で掛け布団を剝《は》ぐ。「きよし」と言っているのだと和希は察した。

「そうです、清です。僕は清です」

老人は上半身を起こし、虚ろな表情を和希に向ける。その目は潤んでいた。和希が振り返ると、村山が目尻《めじり》をこすりながら何度も頷きを返した。

「ひ、よ、ひ……。ひ、よ、ひ……」

老人は染みだらけの腕を前方に伸ばし、骨張った指で和希の頰に触れた。肉のそげ落ちた掌を、何かを確かめるように、ぎゅうぎゅう押しつける。

「ひ、よ、ひ……。ひ、よ、ひ……」

老人はそれだけをいつまでも繰り返す。潤んだ瞳《ひとみ》から大粒の涙がこぼれ落ちる。息子として認められたのだと、和希も目頭が熱くなった。


初日は感動の再会だけで、本格的な芝居は翌朝始まった。

老人は「ひよひ」だけでなく、ほかにもいろいろ喋《しゃべ》った。和希は最初こそ戸惑ったが、事前のヒヤリング特訓が功を奏し、おおむね聞き取ることができた。老人が振ってくる話題も、勉強ははかどっているかとか、明日は晴れそうかとか、そういう単純なものばかりで、受け答えに窮することはなかった。野球の話になり、昨日巨人の松井が東京ドームでと言ってしまい、あわてて長嶋《ながしま》が後楽園球場でと訂正したが、焦ったのはその程度である。

ほかの家族はどこに行ったのだと尋ねられた場合は、事前に渡されていた資料に沿って、母さんは婦人会で観劇、兄さんは登山、妹は書道教室とか言ってごまかした。

村山に聞かされていたとおり、老人は日中もよく眠った。しかし熟睡しているようでも突然目覚めて息子の名を呼ぶので、いつ声をかけられてもいいように、和希は老人の横でマンガ本を読んだり、携帯用ゲーム機で遊んだり、事前に渡されていた例の資料を読み直したりして待機した。いきなり涙を見せられ、同情的になったのかもしれない。

老人は、いちおう自力で立ち上がったり歩行したりすることができたが、動作がおぼつかないので、中年の女性が身の回りの世話をしていた。ホームヘルパーで、中野という名前らしかった。普段は終日老人のそばについているそうなのだが、和希がいるということで、何かあったら呼んでくれと別室に引っ込んでいた。

奇妙なのは家族であった。村山の話しぶりだと、家族全員が老人のことを心配しているように聞こえたのだが、家には村山一三一人しかいないようなのだ。彼の奥さんや子供が見あたらない。夜になっても帰ってこない。食事は仕出し弁当で、村山か中野が持ってくる。妻子とは別居中なのだろうか、父親が惚《ぼ》けたことで家族の間に亀裂《きれつ》が生じたのだろうか、などという想像もしたくなる。

しかし和希は詮索《せんさく》するのはよした。それぞれの家庭にはそれぞれの事情があり、部外者の尺度で測れるものではない。それに、和希の望みはこの家の事情を知ることではない。五万円の日当なのだ。

アルバイト二日目はあっという間に終わった。

ただ話すだけとはいえ、ヒヤリングには集中力が求められるし、発言の内容にも神経を使わなければならず、和希はかなり疲労した。しかしこれで五万円かと思うとにんまり笑みがこぼれ、かつ人の役に立っているのかと思うと、疲れも心地よさに変わった。

アルバイト三日目、和希は契約外の行動に出た。

茶の間で昼食の仕出し弁当を食べ、番茶を飲みながら一服している時にふと思い立った。間もなく、老人に食事を食べさせ終えた中野が姿を現わし、和希は彼女と入れ替わって茶の間を出た。

老人の部屋に戻ると、彼を部屋の外に連れて出た。老人は見た目よりずっと立派な体をしていて、和希は肩を貸すのに手こずった。昔の人間は土台が違うのか、骨と皮しかないのに、その骨の一つ一つが太く、鉄骨のように重たかった。

廊下の掃き出し窓を開け、狭い縁側に座らせる。寝てばかりだと体に悪いし気も滅《め》入《い》るだろうと和希は思ったのだ。話以外はする必要はないのだが、要するに情が移ったということだ。空は一面ベージュ色で、雨こそ降っていないが空気はじっとり湿っぽく、いい陽気とはとてもいいがたい。しかし布団の中にいるよりましだろう。

庭には盆栽の棚があり、枝ぶりのよい松や楓《かえで》の鉢が並んでいる。その向こうには金《きん》木犀《もくせい》が今が盛りとオレンジ色の花を咲かせ、高い板塀に沿って紫色の桔梗《ききょう》が植わっている。狭いながらもきれいにまとまった庭である。ほどほどに花や木があり、ほどほどに空間があり、質素な中にも落ち着きがある。

これは家屋にもいえることだった。間取りは平屋の4K、うち一間は三畳と、決して広い家ではないのだが、なぜかしらゆったりしたものを感じさせる。天井が高いせいなのか、玄関から鉤型《かぎがた》に延びている廊下がそう思わせるのか、ゆとりというものがある。

かつて日本人はみなこういう空間でのんびり暮らしていたのだろうか。和希は老人と並んで縁側に腰かけ、自分が生まれる前の時代に思いを馳《は》せた。

庭の金木犀の陰に小さな建物がある。四角く、窓がなく、物置小屋のようだ。コンクリートの壁とアルミのドアは、この空間にあって唯一現代を感じさせる。もしこの建物が見えなければ、本当に昭和二、三十年代にタイムスリップしてしまいそうだった。和希が着ている詰め襟にしても、その当時の学生のファッションである。

不意に、ビブラートがかかった低い音が鳴り響いた。ハーモニカだった。どこから持ち出したのか、老人がハーモニカを握っていた。老人はハーモニカに唇を押し当て、息を吹きかける。

和希は驚いた。老人は無秩序に吹いたり吸ったりしているのではなかった。きちんとしたメロディーを奏でたのだ。「ホーム・スイート・ホーム」という曲だ。それも、一音もはずすことなく、一定のリズムに乗せて。喋りは呂律《ろれつ》が回らないというのに、ハーモニカの音色にはいささかの澱《よど》みもない。

「あらあら、何かと思ったら、こんなところで」

中野が顔を覗《のぞ》かせた。

「おじいさんのハーモニカ、イケてますね。感動しました」

和希は素直な気持ちを伝えた。

「こっちは、毎日毎日聞かされて飽き飽きしてるけどね。そうそう、外には絶対連れていかないでね、危ないから」

「はい」

「庭を歩かせるのもだめよ」

「わかりました」

中野は満足そうにうなずき、茶の間に戻っていく。その背中に声をかけようとして、和希はすんでのところで思いとどまった。

老人の手首には赤黒い痣《あざ》がある。細く、手首を一周している。両手首ともにだ。同じような痣は、寝間着の裾《すそ》から覗いている両足首にも認められる。

縛られた跡ではないのかと和希は想像していた。暴れたり徘徊《はいかい》したりするのに手を焼き、紐《ひも》で縛ったのではないのだろうか。

和希はそれを確かめたかったのだが、やはり口にするのはためらわれた。

それぞれの家庭にはそれぞれの事情がある。他人がとやかく言う筋合いのものではない。高額の報酬には口止めの意味も込められているのだと和希は察した。

その日の夜、食事を終えて用足しに立った折、和希の携帯電話が鳴った。友人からのメールだった。笑った顔の絵文字に挟まれて、「金貸して」と書かれていた。和希は、泣き顔の絵文字のあとに「×」と打って返信した。

便所を出て茶の間で一服していると、ふたたび携帯電話が鳴った。「一万円でいい」とあった。和希は「ない」と返信した。

老人の部屋に戻ったら、また着メロが鳴った。今度はメールではなく電話だった。

「冷たいな」

開口一番、新井亮《あらいとおる》は吐き捨てた。彼は和希とは中学校以来のつきあいで、千葉市内の大学に在学している。

「こっちが借りたいくらいだ」

和希は老人を気にして小声で応じた。

「一万円でもいい」

「千円もない」

「おまえ、社会人だろう」

「ふた月前に無職になったって、知ってるだろう」

「まだプーなのかよ」

「とにかく、いま仕事中だから」

「なんだ、働いてるんじゃないか」

「いや、これは短期のバイトだ」

「日払い？　だったらあとでその金を貸してくれ」

「日払いじゃない」

と応《こた》えたその時、近くでばかでかい音が鳴り響いた。

――千葉県の西部地方では気温低下が早く、一方東京湾の海水温が異常に高いことから、東京湾沿岸に濃い霧が発生すると予測されます。

テレビだった。老人がテレビを点《つ》けてボリュームを上げたのだ。

「父さん、大きすぎますよ。近所迷惑です」

和希は老人の手からリモコンを取り上げ、ボリュームを落とした。子供用の弁当箱ほどの大きさのリモコンだ。テレビ本体とはコードでつながっており、チャンネルやボリュームの操作も、ボタンを押すのではなく、回転式のつまみによって行なう。テレビ本体も木のキャビネットに入り、こたつのような四本脚がついているという、稼働していることが奇跡のようなレトロなテレビだ。

「父さん？」

新井の声がした。電話はまだ切れていなかった。

「あ、いや、こっちの話」

「実家に帰ってるのか？」

「そうじゃないんだけど、それで、ああ、金ね。今日は無理だ」

「そこをなんとか頼むよ。ケータイの料金を滞納しててさ、明日中に払い込まないと止められちまう。とりあえずひと月分払い込んでおけばどうにかなるから。な？」

「そんなこと言われてもだめだって。バイト代をもらうのは明日の夜以降だ」

「何のバイトよ？」

「それは、まあ、よくある日雇い」

「だったら日払いだろう。貸してくれよ。学生ローンには手を出したくないんだよ」

「日払いじゃないんだって」

——霧とは、ごく小さな水滴が地表面付近で無数に浮遊し、水平視程が一キロメートル未満になる現象で、発生のメカニズムにより七つのタイプに分類されます。移流霧、放射霧、滑昇霧、混合霧、逆転霧、前線霧、そして今回の蒸気霧。

またテレビのボリュームが上がった。和希はボリュームを落とす。

「じゃあさ、飲もうぜ。もうヤケだ」

「金もないのにどうやって飲むんだよ」

「酒はうちにある」

「だから、バイトだって」

「終わったらだよ。遊びに来いよ。なんならバイト先までバイクで迎えにいってやる」

「いや、浦和だし。それに、泊まりの仕事なんだ。だから今日金を貸すのは絶対に無理。明日も難しいな。終わるのはたぶん夜になる」

「泊まり？　なんだ、女かよ」

「違うよ。本当に仕事」

「またー、照れるなよ」

「じゃあ、女と遊んでるということでいいや。あ、彼女が風呂《ふろ》から出てきた。切るぞ」

和希は通話を一方的に終わらせた。

——このように、暖かい水面に冷たい空気が流れ込むことで発生するのが蒸気霧です。明日はこの霧に、お昼前まで覆われます。交通機関の混乱も考えられますので、余裕を持ってお出かけください。以上、気象情報でした。

またテレビのボリュームが上がった。

「父さん、そんなに大きくしなくても聞こえるでしょう。いつもはもっと小さいじゃないですか」

和希は老人を睨《にら》みつけ、リモコンを奪った。老人の口元がふっと緩んだように見えた。

和希はハッとした。かまってほしくて子供じみたことを繰り返しているのではないか。

老人が何ごとか口にしてテレビを指さした。気象情報が終わり、ＣＭが流れている。松宮《まつみや》エリーが携帯電話でメールを打っている。商品も、タレントも、どちらもこの老人には無縁のはずだ。松宮エリーは今をときめくグラビアアイドルだが、世の老人の何人が彼女を知っているだろう。つまりこの村山老はＣＭに反応したのではなく、最前と同じように、息子の注意を引こうと騒いだのだ。

言い換えるなら、老人は今この時を楽しんでいる。老人は今、息子と一緒の時間を過ごし、しあわせを感じているのだ。

しかし明日、息子は老人の前から消えていなくなる。

和希は胸が苦しくなった。

アルバイト最終日の朝、和希は七時に起床し、茶の間で村山一三と二人で朝食の仕出し弁当を食べてから老人の部屋に行った。老人はすでに目覚めており、わずかに首を起こして、清なのかと声をかけてきた。

「父さん、おはようございます。外はすごい霧ですよ」

和希は老人の体を起こして廊下の方を向かせた。

窓の外は一面、白く煙っている。煙っているというよりも、ミルクの中に没している感じだった。板塀も、金木犀《きんもくせい》も、すぐそこにあるはずの盆栽の棚さえ見えない。一年に一度見ることができるかできないかの深い霧だ。

老人は眉《まゆ》をひそめた。白く濁った眼球が上下左右に落ち着きなく動く。あるべき景色が見えず、戸惑っているのだろうか。

和希は胸が痛んだ。庭の木が見えないだけで老人は心細くなっている。息子が消えてしまったらどんな気持ちになるのだろう。

あと何時間かで清は消えてなくなる。和希が老人の前で激しく咳《せ》き込み、痙攣《けいれん》し、動きを止め、家人が大騒ぎし、臨終の床が敷かれ、顔に白布をかけられ——そういう段取りになっている。和希の契約は今日までだが、明日は偽の葬儀も行なわれるという。

本当にそれでいいのだろうかと和希は思った。それで思惑どおり息子の死を認識させられたとして、すべてが丸く収まるのだろうか。老人の気持ちは？　息子がいなくなった世界で、老人は今後何をよりどころに生きていくのだろうか。

無責任な情けは禁物である。この先ずっと清として老人のそばについていてやることは不可能なのだから。そうとはわかっていても和希の胸は痛む。

3

小松茂一は、大正十五年、東京の大塚《おおつか》で産声をあげた。ものごころがついたころにはすでに日本を取り巻く情勢はきな臭く、これから青春が始まろうかという時に米国と開戦、その翌年、東京陸軍航空学校に入校、少年飛行兵を経て連隊に配属されたが、訓練中の怪我により一時帰宅、その際、両親の強い勧めにより見合いをし、一週間後に祝言をあげた。茂一は十九、相手の樋口《ひぐち》初音は十七という若さだった。

怪我が癒《い》えて連隊に戻った茂一は九州の前線基地への転属を命じられ、いよいよ花と散るのかと覚悟を決めたが、突然詔《みことのり》が発せられて戦争が終わった。悔しいような、ほっとしたような、やりきれないような、複雑な思いで帰京すると、妻はおなかを大きくしており、その年の末に元気な男の子が生まれた。茂一と初音は、この子は平和な世の中で育ってほしいと、和夫と名づけた。

実家の配送業を手伝ったり、連隊の同期の男とヤミ屋をやったりしたのち、茂一は東神映画の撮影所で働き始めた。手先の器用さが買われ、小道具造りの係として採用されたのだ。

撮影所勤めも三年目に入ったある日、本番直前のカメラテストの最中に俳優の一人が吐血して病院に運ばれるというアクシデントが発生した。手当てを受けてもその俳優の意識は回復せず、しかし撮影の日程は押しており、そのとき茂一に白羽の矢が立った。茂一は代役としてカメラの前に立ち、主人公の侍に因縁をつける賭場《とば》のちんぴらを演じた。その演技を監督の長内徳蔵《おさないとくぞう》にいたく気に入られ、以降茂一は、長内作品にはかならず俳優として呼ばれるようになった。

俳優といっても、台詞《せりふ》が一つ二つあるだけの端役にすぎない。しかし自分の姿が銀幕に映し出されるのは、なんとも不思議な感じで、誇らしくもあり、麻薬的な快感もある。茂一はしだいに小道具の仕事そっちのけで演技の勉強をするようになり、ほかの監督にも積極的にアピールし、いつしか専業の俳優に転身していた。

ハーモニカを覚えたのもこの当時だ。撮影の待ち時間に萩谷勝利《はぎたにかつとし》が教えてくれた。ニューフェースとして出てきた大スターなのに気さくな男で、やがて茂一とは飲み友達になった。

三年、五年と経っても茂一は大部屋俳優を続けていた。けれど月に何本も出演するので、収入はそこそこあった。茂一は賭博《とばく》や女にはいささかの興味もなく、生活するにはまったく困らなかった。杉並の寂しい街道沿いに、中古ながら小さなわが家を持つこともできた。

茂一は不惑を迎えた。俳優生活は十年を超え、中堅と呼ばれてもおかしくないほど経験を重ねた。和夫は東京六大学の一つに入学し、山登りに明け暮れている。撮影所に入った年に生まれた次男の清は高校生にまで成長し、生徒会の副会長を務めている。長女はテニスなどという洒落《しゃれ》た運動に熱中している。仕事は順調、家庭も円満で、茂一の人生は脂が乗りきっていた。

それが現在の自分である――と小松茂一は思っていた。

そう、自分は杉並の小さな家に住み、そこから川崎の撮影所に通っている。今年とうとう四十の大台に乗り、二つ下の妻は暇さえあれば縫い物をしていて、長男は大学生、次男は高校生、長女は中学生――。

いいや、家族はいない。初音も和夫も清も順子も消えてしまった。その代わりにジュンコがいる。カズオとマチコとエリが。家族はどこに消えてしまったのだ。自分一人だけがこの家に取り残されてしまった。

いや違う。清はいる。今、目の前に。こうして元気に話している。しかし初音と和夫と順子が見当たらない。そしてジュンコがいる。清とジュンコがどうして一緒に――。

茂一は混乱していた。

茂一は答を求めるように首を動かす。窓の外の景色が目にとまった。一面、白く煙っている。梅の木も盆栽の棚も板塀も見えない。霧だ。濃い霧が立ちこめている。

その時、霧を銀幕として映し出すように、茂一の脳裏に悪夢が蘇《よみがえ》った。

あの日も霧だった。撮影が明け方にまで及び、茂一は撮影所が用意した車で杉並の自宅に帰宅した。夜は明けていたが、ヘッドライトを点《つ》けないと走れないほどの霧が出ていた。ヘッドライトを点けても十メートル先が判然とせず、車はいつもの二倍も三倍もかけて環状七号線を走った。

帰宅後、茂一は軽く睡眠を取り、昼時に床を出た。ちょうどその折、中間試験だとかで、清が学校から帰ってきた。

初音は婦人会の集まりで留守にしていた。和夫と順子は学校に行っている。茂一は妻が作り置きした握り飯と煮物を水屋から出し、清と二人でささやかな昼食をとった。

その最中、玄関の戸が乱暴に開いた。誰が来たのか確認する暇《いとま》もなく、どやどやと廊下を踏み鳴らす音がし、茶の間の襖《ふすま》がさっと開け放たれた。

男が立っていた。見たことのない顔だ。ハンチングを目深にかぶり、安全靴を履き、作業ジャンパーを着ている。見知らぬ男が土足であがりこんできたのだ。茂一は、驚きや憤りを感じるよりもまず、呆気《あっけ》にとられた。しかしその気持ちは、次の瞬間、恐怖へと変わった。

男は後ろに回していた右手を茂一の方に向け、低く凄《すご》んだ。

「金を出せ」

男の手には出刃庖丁《ぼうちょう》が握られていた。清がうわっと声をあげた。

「騒ぐな。怪我をするぞ。さっさと金を出せ」

男は庖丁を左右に振った。茂一は硬直した腕をどうにか動かし、茶簞笥《ちゃだんす》を指さした。

男は部屋の中に入ってきて、茶簞笥の上にあった漆塗りの箱を開けた。そもそも硯箱《すずりばこ》なのだが、現在は保険証書や貯金通帳の保管場所になっている。当座の生活費もこの中に入れてある。

男は箱の中を引っかき回し、やがて一通の茶封筒を手に取った。東神映画株式会社のロゴタイプが見える。

茂一は動揺した。その封筒の中には、一昨日支給されたギャランティが入っている。三本分のギャランティだ。当座の生活費どころではない。

おそらく茂一はその金を惜しんだのだ。

茂一はおもむろに片膝《かたひざ》を立て、中腰になり、呼吸をはかって男に躍りかかっていった。

すんでのところで男は茂一の動きに気づき、封筒から手を放すと、怒声をあげて庖丁を振り下ろした。

茂一には殺陣《たて》の心得があった。斬った斬られたは、何十回何百回と演じている。それでかすり傷を負ったこともない。この凶刃も捌《さば》けると思った。

はなはだしい勘違いだった。型を演じるのと、打ち合わせなしの真剣勝負とではわけが違う。

左腕に激痛が走り、茂一は横様に倒れた。シャツの袖《そで》がみるみる赤く染まっていく。痛みが全身に広がり、恐怖が戻ってくる。殺されると茂一は思った。二撃三撃からわが身を守るため、両腕で頭を抱えた。

茂一は一命を取り留めた。二の腕の傷は二十センチにもおよんでいたが、深さは意外と浅く、入院の必要もなかった。

だが、清が死んだ。

茂一がうずくまって頭を抱えると、強盗は標的を変えたのだ。逆上した男は手加減なく清を刺した。

茂一は悔やんでも悔やみきれなかった。封筒を素直に渡しておけばこのような悲劇には発展しなかったのだ。映画三本分のギャランティが何だというのだ。いくばくかの金を惜しんだがために、もっと貴重なものを失ってしまった。

いや、金を守ろうとしたことが問題なのではない。問題なのは、そのあと、わが身を守ったことにある。致命傷を負うまいと、体を丸め、頭を保護した。息子を守らなければとは、これっぽっちも思わなかった。

わが子を守るのが親の務めなのではないか。自分の命を差し出しても、子供の命は後の世に残す。なのに自分はというと、わが身を守ることを優先させた。清は十八歳で、もはや大人といってもさしつかえない。しかし親から見れば子供だ。荻窪《おぎくぼ》の産院で産声をあげた時と変わらず、小さくて弱い存在なのだ。自分はそれを守ってやれなかった。親として、人間として、失格だ。清にどう詫《わ》び、この先どう生きていけばよい。

茂一は深く悩んだ。長い間仕事を休んだ。そして悩みがきわまったすえ、茂一は生まれ変わる。清の件を頭から排除することにしたのだ。清のことを考えずに仕事に打ち込む。忙しく働いていれば清のことを考えずにすむ。茂一はそれまでは映画一辺倒で仕事をしてきたのだが、清の死を境に、安っぽいからと敬遠していたテレビの仕事を進んで受けるようになった。杉並の家も処分した。清のことを思い出さなくてすむよう、小松家とは縁もゆかりもない千葉に転居した。

悲しい努力はやがて実を結び、大松一茂は個性派の脇役として確固たる地位を築く。いつしか控え室が個室となり、大河ドラマにも出演し、名誉ある映画賞の助演男優賞も受賞し――。

ここで茂一はハッと目が覚めたような気分になる。

自分はいま何を思っていたのだろう。千葉？　大河ドラマ？　助演男優賞？　何のことだ？　自分は一介の大部屋俳優ではないか。妻がいて、息子が二人いて、娘も一人いて、杉並の小さな家に住む――。

ここで茂一はまたハッと気づく。

清は死んだ。自分のせいで死んだ。

しかし今、清は目の前にいる。見慣れた詰め襟を着て、畳の上に胡座《あぐら》をかいてマンガ雑誌を読んでいる。

しかし清は死んだ。自分のせいで死んだのだ。

しかし今、清は目の前にいる。時折雑誌から目を離し、こちらに向かってにっこりほほえみかけてくる。

清は死んだのか？　死んでいないのか？　一命を取り留めたのか？

茂一は激しく混乱した。そして混乱のはてに、ふと思いいたった。

自分には未来が見えているのか？　これから起こるであろう惨劇を予知しているのか？　これから強盗が入り、清を殺すのか!?

茂一は窓に目をやる。外は白く煙っている。霧が降っている。

茂一は顔を室内に戻す。清がいる。マンガ雑誌に読みふけっている。初音と和夫と順子の姿はない。

深い霧の日、妻と長男と長女が不在だった時、強盗が押し入り、次男が殺された。今日、これから、清が殺される！

そうであるなら清を守らなければならない。決して殺させてはならない。それが親としての務めだと茂一は強く思った。

「逃げなさい」

茂一は言った。清が怪訝《けげん》そうに顔を上げた。茂一は重ねて言う。

「すぐに逃げなさい」

清は耳の横に手を立て、茂一の方に膝《ひざ》で歩いてくる。

「ここにいてはいけない。殺される」

清が目を剝《む》いた。

「急げ。殺されるぞ。あとはお父さんがどうにかする。おまえは今すぐ家を出ろ。ぐずぐずするな」

茂一は清の肩に手を載せ、前後に激しく揺すった。

4

「逃げなさい」

その声に、和希は顔を上げた。

「すぐに逃げなさい」

老人が言ったのだ。和希にはそう聞こえた。理解がいかず、和希は老人に近づいていった。

「父さん、どうしました？」

「ここにいてはいけない。殺される」

和希は目を剝《む》いた。

「急げ。殺されるぞ。あとはお父さんがどうにかする。おまえは今すぐ家を出ろ。ぐずぐずするな」

老人は和希の肩に手を載せ、前後に激しく揺する。

「殺される？　誰がです？」

「おまえだよ。清、おまえが殺される」

和希はさらに目を見開いた。

「お父さんは絶対におまえを殺させない。逃げなさい。さあ、早く」

老人は目を血走らせ、口の周りを涎《よだれ》で汚して繰り返す。啞然《あぜん》としながらも和希は考える。

今日の午後、清は死ぬ。喘息《ぜんそく》の発作が起き、息絶える。自分はそういう演技をすることになっている。「清が殺される」とは、そのことを指しているのだろうか。しかし、そういう芝居を行なうことは老人には内緒のはずである。あらかじめ明かしていたのでは騙《だま》すことができない。したがって老人が口にした「殺される」とは別のことを意味しているに違いない。

虫の知らせなのか？　周囲の人間が発散する空気から、息子が消えてなくなることを予感しているのだろうか。脳のある部分に障害があると、それを補完するために、脳の別の部分の働きが活発になることがあると聞く。この老人は第六感が鋭くなっているのだろうか。

「なにぐずぐずしている。早く出ていかんか。お父さんはおまえを死なせるわけにはいかんのだ」

老人は涙ながらに訴える。興奮状態で話にならない。

「わかりました。逃げます。あとはよろしくお願いします」

和希は老人の手を自分の肩からはずし、その手を胸の前で握った。ここはひとまず老人にしたがったほうがいいと判断した。

和希は茶の間に移った。村山に相談してみようと思ったのに、彼の姿は見あたらなかった。中野もまだ来ていないようだった。和希はタバコに火を点《つ》け、老人の奇妙なふるまいを思い返してみた。清はなぜ殺されるのか。誰に殺されるのか。

と、突拍子もない考えが湧き起こった。殺されるのは、役柄上の村山清ではなく、生身の本間和希なのではないか。今日これから現実に殺人事件が発生し、本間和希がその被害者となる。犯人は村山一三と、いまだ見ぬ家族。理由は、金。五万円掛けることの四日分、計二十万円の報酬を踏み倒すために。老人はその計画を盗み聞きした。惚《ぼ》けているので理解できまいと、村山たちは父親の前であけすけに喋《しゃべ》った。しかし老人は理解できており、和希に身の危険を知らせた。

ばかばかしいと和希は頭を振った。

殺すのなら、四日といわず、一週間、一か月とただ働きさせればいいではないか。そもそも、金が惜しいのなら、低い報酬額で交渉を開始したはずだ。おそらく「殺される」には別の意味があるのだ。あるいは老人が何か勘違いしているのだろう。

和希はタバコを消して立ち上がった。家の中に閉じこもっているから変なことを考えてしまうのかもしれない。外の空気に触れようと思った。

ところが玄関で信じがたい事態が待ち受けていた。

靴が消え失《う》せていた。

土間にも、下駄《げた》箱の中にも、ここに履いてきたスニーカーがないのだ。いや、自分の靴だけでなく、履き物という履き物が一足も存在しなかった。来た時にはサンダルと下駄が置いてあったはずなのだが、それらも見あたらなかった。

和希はもう笑っていなかった。台所に走り、土間を見た。履き物はなかった。廊下の掃き出し窓を開け、縁側から身を乗り出して履き物を探した。なかった。

目の前は白く煙っている。霧は相変わらず、深く、濃い。和希の頭の中も真っ白になった。

どうして履き物がない。これでは中の人間は家から一歩も出られないではないか。閉じ込められた状態だ。監禁も同然だ。監禁？　自分はこの家に監禁されている？

背後で声がする。逃げろ逃げろと、寝室で老人が騒いでいる。

その声が後押ししてくれたのか、和希はハッと思いいたった。立ちあがり、便所を覗《のぞ》いてみるとはたして、内履きの下駄があった。和希は便所下駄をひっつかみ、玄関に向かった。その前に、学生服を脱ぎ捨て、自前のパーカとスエットパンツに着替えた。そのほうが動きやすいと思った。

和希は便所下駄で戸外に出た。

外は白一色、文目《あやめ》もわかぬ世界である。目を凝らすと、細かな水の粒が無数に流れているのがわかる。まるで深海に漂うプランクトンのようだ。和希はパーカのフードをかぶり、両手をワイパーのように動かし、かろうじて見えている木戸に向かって飛び石の上を伝い歩いた。

木戸には取っ手と一体化した木製の閂《かんぬき》がついていた。和希はそれに手をかけて横に力を加えた。ところがおかしなことに動かなかった。門は右にも左にもびくともしない。鍵《かぎ》がかかっているのかと、その場にしゃがみ込んで木戸を観察したが、鍵穴《ひ》が見当たらなければ、南京錠のようなものもぶらさがっていない。和希は血の気が退くのをはっきり感じた。

外側からつっかい棒でもしてあるのか？　何のために？　これでは中の人間は、家から一歩も出られないではないか。閉じ込められた状態だ。監禁も同然だ。監禁？　それが目的なのか？　自分はこの家に監禁されているのか!?

和希の頭の中に、老人の興奮した表情と、狂ったように繰り返された言葉が蘇《よみがえ》る。逃げろ、殺される、逃げろ、殺される、逃げろ、殺される――。

和希は激しく頭を振り、ばかばかしい想像を振りきろうとする。しかし、もはや笑い飛ばせない。

取っ手を左右に動かしてみる。動かない。戸板の両端に手をかけ、板ごとはずしてしまおうと試みる。はずれない。

和希の鼓動が激しくなった。眩暈《めまい》のようなものも感じる。とにかく敷地の外に出なければと思った。外に出て、人に会わなければ、神経がおかしくなってしまうと思った。

和希は下駄履きのまま木戸をよじ登った。取っ手の部分を足がかりに、頂上部分に両手をかけ、鉄棒に登る要領で体を持ち上げ、頂上にまたがり、もう一方の脚を抜き、向こう側に降りる。カツンと下駄が鳴る。足首から膝《ひざ》へと、軽く痺《しび》れるような衝撃が昇ってくる。

和希はいくらか安堵《あんど》した。しかし眩暈はまだ続いている。喉《のど》が渇く。耳鳴りがやまない。

右も左も判然としない霧の中、人の姿を求めて和希は歩き出す。

5

十月十七日の夕方、東北自動車道下り線の安達太良《あだたら》サービスエリアに駐車中のトラックの荷台から死体が発見された。

死んでいたのは若い男性で、首の前部に強く圧迫された筋が認められたことから、福島県警本宮警察署は他殺として捜査を開始した。

頸部《けいぶ》の索条痕《さくじようこん》以外には目立った外傷は認められず、司法解剖の結果、窒息死であると断定された。頸動脈と頸静脈が強く圧迫されたことにより、脳の血液循環が不充分になり、死に至ったのだ。死亡推定時刻は十七日の午前八時から九時にかけて。

死体の身元はすぐに判明した。被害者の所持していた財布の中にレンタルビデオ店の会員証が入っており、それを頼りに割り出すことができた。千葉県船橋市に住む、本間和希という二十一歳の無職の青年である。財布の中には現金もカードも残っており、物盗《と》り目当ての犯行ではなさそうだった。

しかし捜査がスムーズにいったのはそこまでだった。

死体を載せていたトラックは宮城ナンバーで、深夜宮城県古川市から千葉県船橋市に建築資材を運んで帰る途中だった。トラックの運転手、小野寺謙吉《おのでらけんきち》は、まるで心あたりがないと主張した。殺したのが自分でないのはもちろんのこと、誰かに頼まれて運んだわけでもないし、本間和希とは面識がなく名前すら聞いたことがない、と繰り返した。

小野寺が船橋市の建築現場を出たのは十七日の午前九時で、その時にはトラックの荷台に死体はなかった。これは複数の建築作業員が証言している。小野寺はその後、国道十四号線を東京方面に向かい、江戸川区の篠崎《しのざき》インターで首都高に乗り、川口ジャンクションから東北自動車道に入った。予定では建築現場近くの船橋インターから自動車道に乗ることになっていたのだが、当日は濃霧のため京葉《けいよう》道路は通行規制が行なわれており、しばらくは一般道を走るはめになった。自動車道に乗ってからは、安達太良サービスエリアまで一度も停車していない。したがって、死体が荷台に載せられたのは、船橋から江戸川にかけての一般道を走行中のことと考えられた。しかし小野寺は、走行中不審を感じたことはなかったという。犯人は死体をどこでどうやってトラックに載せたのか。

被害者の足取りも不明だった。一人住まいで、学生でも勤め人でもないため、事件前の行動を絞り込めないのだ。被害者宅の郵便受けに溜《た》まっていた郵便物やちらしから、十四日の午後以降アパートの部屋を不在にしていたとわかったにとどまった。

疑問点はほかにもあった。頸部の索条痕の状態だ。前頸部にのみ認められたのだ。通常、紐《ひも》状の凶器で絞殺を図る場合、凶器は被害者の首を完全に一周させる。幾重にも巻いたうえで絞めることも往々にして見られる。ところが今回の死体を見ると、索条痕は首を一周していない。すると、次のように絞めたと考えられる。

犯人は被害者の背後から首に紐をかけ、紐の両端を手綱のように引っ張った。しかしただ引っ張っただけでは被害者の体が犯人の側に倒れてきて、それでは血管も気道もまったく圧迫されないので、被害者の体が倒れてこないよう、紐を両手で引きつつ背中を足で向こう側に押してやった。

理論的にはそうである。しかし実に無理な体勢である。それなら素直に巻きつけて絞めればよかったのではないか。

また、索条痕が喉頭《こうとう》の軟骨の上部に斜めに走っていることも不自然であった。絞殺死体においては通常、索条痕は喉頭の軟骨の下方に水平に走るものなのだ。前者のような状態は縊死体《いし》における索条痕の特徴である。

では被害者は首吊《くび》り自殺したのかというと、それも考えづらい。首吊りこそ、紐を首に一周させなければならない。輪を作って首を入れないことには体が落下してしまい、首吊りにならない。しかし輪の中に首を入れれば当然、首を一周する索条痕ができることになるのだが、今回の死体はそうなっていない。索条痕があるのは前頸部だけなのである。

さらに捜査陣の首を捻《ひね》らせたのが死体の恰好《かっこう》であった。

スニーカー用のショートソックスを穿《は》き、靴は覆いておらず、スエットパンツを穿き、上半身が裸だったのである。


十月二十一日、福島県警本宮警察署の二木直也《ふたつぎなおや》は、千葉県警船橋警察署からの捜査報告を受けた。

「新井亮の話が聞けました」

電話をかけてきたのは吉本浩二《よしもとこうじ》という若い刑事である。

「おお、やっとつかまりましたか。それで新井は何か有力な話を持っていましたか?」

二木はメモ用紙を引き寄せ、期待を込めて尋ねた。

「有力な情報です。ただ、少々おかしな話でして」

死体が穿いていたスエットパンツのポケットに携帯電話が入っていた。発着信の履歴を調べてみると、被害者は事件前日の夜に新井亮という登録名の人物から電話を受けていた。十月十六日の午後七時四十二分である。それ以降の履歴は発着信ともになく、被害者の足取りを追うために警察は、履歴に残された新井亮の番号に電話をかけた。ところが先方の料金滞納により使用が止められていて通話できない。そこで電話会社の協力を得て番号から住所を割り出したところ、千葉県在住の人間だったため、地元の警察が出向いて話を聞くことになった。

「新井亮は被害者の友人でした」

「そうでしたか」

「新井によると、十六日の晩に電話したその時、本間和希は泊まり込みのアルバイト中だったそうです」

「泊まり込み？　それで、ポストに郵便物が溜まっていたのか」

「したがって、早くからトラブルに巻き込まれていたのではという疑いはなくなりました」

「すると、本間はアルバイトの帰路に被害に遭ったわけですか」

アルバイトから帰宅したあとであれば、郵便物は取り込まれていたはずだ。

「いや、それがですね、仕事は十七日の夜まで続いていたそうなのですよ」

「え？　すると、本間は仕事中に殺されたのですか？」

「休憩時間中かもしれませんが」

「アルバイト先はどこです？」

「新井は聞いていないそうです。浦和《うらわ》だということだけで」

「浦和？　埼玉の浦和ですか？」

「でしょうね。ほかに浦和という場所は知りません」

「おかしな話ですね。事件発生が休憩中だったにしても、殺害現場は浦和の近くのはずでしょう。しかし死体がトラックに積まれたのは千葉県内か東京都江戸川区の東部と考えられる。積み込むことができるのは一般道を走っている間だけですから。埼玉県内は自動車道しか走っていない」

「おっしゃるとおりです。ですから最初に、おかしな話だと申したわけで。さらに、おかしな話には続きがありまして、新井が言うには、ケータイで話した時、本間は千葉にいたようだというのです」

「は？　さっきは埼玉の浦和でアルバイト中だったと」

「電話をしたとき新井はテレビ新千葉をつけていたというんですがね、それが電話の向こうでも聞こえたと。ほら、電話の向こうとこっちとで同じテレビが鳴っていたら、エコーがかかったように聞こえるでしょう。そういう感じだったと」

吉本というのは茫洋《ぼうよう》と喋《しゃべ》る男である。

「テレビ新千葉というのは地元のテレビ局？」

二木はややいらついて質《ただ》した。

「はい。ローカルのＵＨＦ局です」

「埼玉の浦和では見られないのですか？」

「ケーブルテレビが入っている世帯では視聴可能です。しかしどの地域で多く見られているかといえば、やはり千葉県下でしょう。新井が本間に電話した時にやっていた番組はローカルニュースだったということですし」

「するとどういうことなのでしょう。本間は友人に勤務地を偽ったということですか？　実際には千葉県内だったのを浦和と伝えた」

「そうなりますか」

「なんでまた、そんな嘘を」

「さて。東京と偽ったのであれば、見栄《みえ》を張ったと考えられるのですが、埼玉ではね」

「しかし、本間が千葉県内で働いていたのであれば、殺害現場は千葉県内、死体をトラックに載せたのも千葉県内、ということで説明がつきますね」

二木は受話器を肩に挟み、タバコをくわえた。

「そうなんです。ただし、アルバイト先がわからないので、捜査が進展したとは言いがたいわけでして。これまでも、死体遺棄地点から考えて、殺害現場も千葉県西部である公算が大きいとみなされていたわけですし。新井の話は、いわば仮説の補強にすぎません」

「いやどうして、新井の話により、犯人像がおぼろげに浮かびあがってきたじゃないですか。事件発生が仕事中であったことから考えて、犯人はその仕事の関係者であると断定してさしつかえないと思います。無関係であるなら、とうに仕事関係者が警察に申し出てきていないとおかしい。本間は仕事中に消えたのですよ。そしてその後福島で死体となって発見された。黙って見過ごせる問題ではありません」

「なるほど。黙っているのは事件と関係しているからにほかならないと」

「ところで、被害者は十四日の午後から家を空けていたようなのですよね？　ポストの郵便物から判断して」

二木は確認する。吉本はそうですすと答えた。

「すると、泊まり込みの仕事というのは、十四日に始まったと考えられませんか？」

「考えられますね」

「となると、例のメモがますます気になりますね」

「なりますね」

被害者の財布の中にシステム手帳のリフィルが一枚入っていた。そこには、村山一三という名前と携帯電話の番号が記されており、それとは別の筆跡で「十四日（月）十七時、船橋駅北口」と走り書きされていた。待ち合わせの日時と場所のメモのようだった。筆跡は現在鑑定中だが、見たところ、後者は本間和希の筆跡と非常に似ていた。

警察は、手がかりとなる話が聞けないかと、メモにあった携帯の番号に電話をかけた。すると相手は、そのような待ち合わせをした憶《おぼ》えはない、そもそも本間和希という人物に心あたりがない、と答えた。そのとき警察は村山を追及せず、何かあったらまた連絡するので協力してほしいと電話を切った。

ところがその後、被害者は十四日の午後から家を空けていたと判明し、メモにあった待ち合わせの予定も十四日の午後だったことから、警察はあらためて村山に話を聞くことにした。すると今度は電話がつながらなかった。端末が解約されていたのだ。電話番号からの住所割り出しもできなかった。当該番号はプリペイド式の端末で、身分証明なしに購入されていたのだ。したがって村山一三という名前も偽名である可能性が高い。

「村山一三は本間和希の仕事先の人間なのかもしれない。仮にそうだとしたら、素性を隠せるプリペイド式の携帯電話を使っていることから、いかがわしい仕事である可能性が高い。そういう仕事に首を突っ込んだため、本間は殺されることになったのか」

「村山一三については現在鋭意調査中です。携帯電話の販売店は判明したので、店員の目撃談などから購入者の割り出しを図っています」

三日後、村山一三の正体が判明した。

船橋署の地道な捜査が実ったのではない。本宮署に村山本人から連絡があったのである。

十月二十五日、二木は村山の話を聞くために急遽《きゅうきょ》千葉に飛んだ。

「これは犯罪とは違います。不幸な事故なのです」

事故という言葉を小松和夫は何度も繰り返した。

小松和夫とは、村山一三を称していた人物である。しばしば犯罪に利用されるプリペイド式の携帯電話を使っていたことから、見るからに怪しげな人物を二木は想像していたのだが、実際に会ってみると、村山一三こと小松和夫は紳士然としたたたずまいの初老の男だった。本物の名刺には「東神テレビ経営企画局局長」の肩書きが誇らしげに躍っていた。

「だからどういう事故なのです」

二木はタバコを灰皿に押しつけ、小松を睨《にら》みつけた。

「まず、本間和希さんとの関係を話してもらいましょうか」

吉本は気が長いのか、鷹揚《おうよう》にかまえている。

二木と吉本は小松の自宅で彼と相対している。小松の自宅は千葉県船橋市にあった。JR西船橋駅から一キロほど離れた場所に建つ八階建てのビルの中である。マンションではなく、飲食店や小さな事務所が入った雑居ビルだ。ここは彼の持ちビルで、その八階と七階のフロアー全体を自宅として使っているのだという。

「もう七年前になりますか。私の母が六十七で他界しまして、それを境に父が惚《ぼ》け始めました」

小松は吉本の要求を無視して、茂一という自分の父親の話を始めた。

小松和夫は長男で、このビルの自宅で父親と同居していた。ところが真知子という彼の妻は、惚けた舅《しゅうと》の世話を次第に嫌がるようになり、妹の中野順子が東京から世話に通ってくるようになった。当初順子は、茂一をよく散歩に連れていっていたが、惚けの症状が悪化すると、外に出さなくなった。危ないと思ったのと、その姿を人に見せたくないという配慮からだった。しかし茂一は足腰はしっかりしていたので、勝手に外に出ていくことがあり、家人をたいそう困らせた。

「父は現在と過去の区別がつかないようになり、現在の家族が見ず知らずの人間にしか見えず、昔の家族をひどく恋しがり、かつて住んでいた家を求めて徘徊《はいかい》するのです。私はそんな父が不憫《ふびん》でなりませんでした」

「それで？　本間さんがどう関係するのです？」

二木は貧乏揺すりしながらせっついた。

「ふた月ほど前でしたか、父を病院に連れていった際、病院近くの公園で本間さんを見かけました。一目見て、清にそっくりだと思いました。十八歳で他界した私の弟です。清の生まれ変わりではと思ったほど似ていました。そして私は閃《ひらめ》きました。本間さんに清になってもらってはどうかと。それで父の前に出てもらう。父は昔の家族を追い求めています。本間さんの姿を見ることで、ようやく家族とめぐり会えた気になり、心が落ち着くのではないかと考えました。それで本間さんに交渉し、十四日から清としてうちに来ていただいておりました。事故はそのさなかに起きました」

「ですから、どういう事故なのです？」

「それは現場でご説明します」

小松はソファーから立ち上がると、玄関の方に歩いていった。そのままサンダルをつっかけて外の廊下に出る。二木と吉本もあとに続く。

「本間さんと交渉する際には村山一三を名乗ったのですね？」

歩きながら吉本が尋ねた。そうです、と小松。

「どうして名前を偽ったのです？」

「保険です」

「保険？」

「家族を守るための保険。うちには特殊な事情がありまして、父に関するよくない噂を立てられると非常に困ったことになる。ともかく見ていただきましょう」

小松はエレベーターの前を通り過ぎ、廊下の突き当たりの鉄扉を開けた。階段になっていた。薄暗い蛍光灯の下、小松は上に昇っていく。

階段のはてにアルミサッシのドアがあった。小松はドアノブについた鍵《かぎ》を開錠してからドアを押し開けた。明るい光が差し込んでくる。小松に続き、二人の刑事も屋上に出た。そして二人揃って、あっと声をあげた。

屋上に緑があったのだ。桔梗《ききょう》が咲いている。鉢植えではない。足下は一面黒土で、そこに植わっている。金木犀《きんもくせい》も咲いている。梅の木もある。屋上なのに、地上にある庭のようになっていた。

庭があるだけではない。家もあった。黒い瓦《かわら》屋根、焦げ茶色の板壁、木の雨戸、大きな掃き出し窓、そこに張り出した縁側――平屋の日本家屋である。家があり、庭があり、敷地の四周を背の高い板塀が囲っている。どう見ても、古き佳《よ》き時代の一戸建てだった。

「元々はコンクリート剝《む》き出しの、殺風景な屋上でした。囲いもただの鉄柵《てっさく》でした。そこにこうして家を建てたのは父のためです。この家のモデルは、杉並にあったかつてのわが家です。父は過去の世界に生きている。昔住んでいた家とそっくりな建物に住まわせれば精神的に安定するのではないかと思い、このように増築したのです。さいわい当時の写真が多く残っていたので再現は楽でした。古い調度品も、テレビ関係者のつてで手に入りました。どうぞおあがりください」

小松は外から掃き出し窓を開け、縁側に足をかけて家の中に入る。廊下の向かいの障子を開けると、部屋の中央に布団が敷いてあり、老いた男が目を閉じて横になっていた。父ですと小松は言い、障子を閉めて隣の部屋に入った。こちらは茶の間のようだった。刑事たちに座布団を勧め、小松は丸い卓袱《ちゃぶ》台の前に胡座《あぐら》をかく。

「この家に移ってからは、安心したのでしょう、父は家を出ていこうとしなくなりました。まあここなら、出ていきたくても出ていけないのですがね。それまでは家の中に閉じ込めていても、玄関の鍵は中から開けられるので、家人の目を盗めさえすれば外に出ていけた。ところがこの屋上の家の場合、外への出口は今あがってきたところで、あのドアは、階段側からはノブについたつまみを回すことで鍵を開閉できますが、こちらからだとキーが必要なのです。ここは屋上なので当然といえば当然なのですが、通常とは内と外の概念が逆になっている。ですからキーを父の目の届かないところに保管しておきさえすれば、父は決して外出できない。この屋上の家に住まわせるようになってからは、四六時中監視する必要はなくなりました」

「まるで庭で放し飼いされているペットのようですね」

吉本はのんびりとした表情できついことを言う。小松は痛いところをつかれたのか、目をそらして、

「ただ、妻がいない、子供はどこに行った、と騒ぐのは相変わらずで。正真の息子である私を、息子であるとまったく認めてくれない」

「それで、本間さんに息子さんのふりをしてもらうことにしたと」

「はい」

「お父さんの反応は？」

「効果覿面《てきめん》でした。清が帰ってきたと、泣いて喜んでいました」

小松も鼻声になった。二木はあきれたような調子で言う。

「しかしあなた、息子の代役なんて一時的なものでしょう。本間さんがいなくなったら、お父さんはかえって悲しい思いをすることになる」

「おっしゃるとおりです。ですから本間さんには死んでもらう予定でした」

二木と吉本は揃って目を剝《む》き、顔を見合わせた。

「誤解なさらないでください。清として父の前で死んだふりをしてもらおうと。そうすることで父に、清が死んだ、清はもうこの世にはいない、ほかの家族もいない、それが現実である、というふうに認識させられないかと考えたのです。ある意味荒療治です。

どうしてそのような手段に訴えようとしたのかというと、父にはいいかげんおとなしくしてもらわないことには、介護するわれわれの身が持たないからです。現在はほぼ妹に任せきりの状態ですが、彼女にも家庭はあるわけで、実家に入りびたっているということで旦那との関係が悪くなっている。彼女自身も五十に近く、東京から日参するのは体力的にも限界に近い。愚妻は、先程も申しましたように、恥ずかしい話、何もできない。妹が来られない時にはしぶしぶめんどうをみていますが、言うことを聞けと叩《たた》いたり、暴れるからと縛ったりで、これではとても妹を解放させられません。しかし父が過去の残像を追い求めることをやめ、それによりおとなしくなり、手がかからなくなれば、妹はそうそう来る必要はなくなり、妻がつらくあたることもなくなる。そう期待したうえで、本間さんに頼んでひと芝居打とうと図ったのです。現実には、清は強盗に庖丁《ほうちょう》で刺し殺されたのですが、その再現はさすがにためらわれ、喘息《ぜんそく》のひどい発作によって死ぬというシナリオを考えていました」

「ホームヘルパーを頼むなり施設に入れるなりすれば、問題は解決すると思われますが」

吉本があきれたように言うと、小松はしばし口ごもったのち、

「先程父の顔を見て、何かお感じになられませんでした？」

二木と吉本は首を傾げた。

「父は大松一茂という名で俳優をやっていました」

「ああ。いや、どこかで見たことのある顔だと」

二木はぽんと手を打った。

「大松？　誰でしたっけ、それ？」

吉本はさらに首を傾げる。

「君は知らないのか？　大松一茂」

「聞いたことのある名前なんですけど」

「個性派の名脇役の」

「お若い方がご存じないのも無理はありません。母の具合が悪くなってからは芸能界から身を引いていましたから」

そして小松が語るには、大松一茂は次男清の死をきっかけに仕事の鬼へと変貌《へんぼう》し、世間で名を知られるようになった。しかしその陰で、息子の死は自分に責任があるといつまでも気に病んでいたふしがあり、その負い目が今になって表われ、頭の中が清

存命当時に戻ってしまったのではないか。

「そういう推測はさておき、父はスターです。舞台の中央でスポットライトを浴びる一等星ではありませんでしたが、脇を固める俳優としては、まぎれもなく一時代を築いた。その輝きを汚したくありませんでした。他人に介護を任せたら、父の今の姿がどんな形で世間に出ていくかわかったものじゃない。大松一茂の名誉や誇りが傷ついてしまうのはあまりに忍びない。加えて衣里《えり》の問題もありました。松宮エリー」

「松宮エリー？　タレントの？」

吉本が素早く反応したが、今度は二木がピンとこなかった。

「はい。あれは私の一人娘です」

え、と口を開けたきり吉本は固まってしまった。

「祖父はあの大松一茂、しかし現在は惚《ぼ》けて悲惨なことになっている――扱われようによっては衣里のタレント生命にも関わります。今の時代、どこから情報が漏れ、どう脚色されて伝播《でんぱ》するかわかったものじゃありません。ことにネット上で語られたら、テレビや新聞といったマスメディアを駆使しても訂正のしようがない。それを恐れ、身内で介護を続けていたのです」

「それで本間さんはどうなりましたかね」

二木は話を本筋に誘導した。

「十七日の朝のことです。本間さんに来ていただいている間、私はずっと局を休んでいたのですが、あの時は下の自宅で仕事の電話を何件かかけていました。電話を終えてここに来てみると、本間さんの姿が見えない。私は不審に思いながらも、片づけなければならないことがあったため、下と上とを行ったり来たりしていました。そのうち、本間さんに着てもらっていた学生服が脱ぎ捨てられていることに気づきました。上下ともにです。しかしこの時も、朝風呂《あさぶろ》にでも入っているのだろうかと見当違いのことを思うだけで、外出を疑うことはありませんでした。靴がないので出ていけるはずがないという先入観もあったかと思います」

「靴がない？」

二木は聞きとがめたが、小松はそれを無視して、

「本間さんは外出したのだと察したのは、妹がやってきて、便所の下駄《げた》がないと言い出してからです。彼はそれを履いて出ていったのです。そして私は大変なことに気づきました。下の自宅に降りていく際に私は、階段のところのドアに鍵《かぎ》をかけていました。父が出ていけないよう、習慣的にそうしているのです。したがって本間さんは、あのドアから出ていったのではない。ではどこから出ていったのか。門から出ていこうとしたに違いない。門とは、そこの板塀に設けられた木戸のことです。ただしあの木戸はダミーです。事故防止のため開かないようになっている。だから本間さんは塀

を乗り越え、向こう側に降りた——」

「待ってください。ということは、本間さんは、ここがビルの屋上だとは知らなかったわけですか？」

　吉本が驚いた様子で話を止めた。

「はい。それと知らず塀を乗り越えたため、下に落ちてしまったのです、おそらく」

「知らなかっただなんて、そんなばかな。下からあがってきたら一目瞭然《いちもくりょうぜん》じゃないですか」

「それは私が教えなかったからです。私は本間さんをここに、眠っている間に連れてきました。帰す際も、眠らせてから車で送るつもりでした」

「どうしてそんなことを？」

「保険です」

「保険？」

「情報漏れを防ぎたかったのです。惚け老人の前で息子を演じろとは、かなり奇妙な依頼です。きっと体験談を人に話したくなる。しかし私どもとしては、おもしろおかしく人に伝えてもらっては困るのです。本間さんご本人が、この老人が松宮エリーの祖父である大松一茂とは気づかなかったとしても、話が人から人へと伝われば、めぐりめぐって真相が発覚するおそれがある。ですから、もし本間さんが人に吹いて回っても真相が見えないよう、彼には嘘の情報を摑《つか》ませておくことにしたのです。偽名を使い、家の場所を偽り。とりわけ、ここが屋上であることは絶対に教えられないと思いました。屋上の家などめったにあるものでなく、その存在だけで人々の関心を惹《ひ》き、いったい誰が住んでいるのだろうかと調べられる」

十四日の晩、小松は本間をここに案内する前にレストランに連れていき、そこで睡眠導入剤を飲ませたのだが、その店はこのビルの地下だったのだという。その後、車をわざわざ浦和方面に走らせ、本間が眠ったのを見計らって西船橋に逆戻りした。まさかスタート地点に戻ってきたとは考えないだろうという判断によるものだった。車も、自家用車は使わず、レンタカーを借りた。

駐車場からは、眠っている本間に肩を貸して屋上の家まで連れていった。小松は日常的に父親を背負っているので、本間を運ぶのもそう苦労しなかったという。

そして本間の靴を隠した。家のサンダルや下駄も全部隠した。本間を家の外に出さないための策である。事前に、決して外出はしないようにと注意はしておいたが、惚け老人の相手に飽き飽きして、外の空気を吸いたくならないともかぎらない。しかし木戸はダミーなので開かず、どうしてだろうと向こう側を覗《のぞ》かれたら、ここが屋上であることが発覚してしまう。するとその珍しさから、この家について詮索《せんさく》され、人にも話されてしまうかもしれない。それを防ぐために靴を隠し、建物から一歩も出られないようにしておいた。これについても小松は「保険」と称した。

「しかしですね、塀を乗り越えようとしたら、ここが屋上だとわかるじゃないですか」

「あの朝は濃い霧が出ていました」

「あ」

「板塀の向こうにはビルの縁《へり》が一メートルほど張り出しています。塀によじ登って下を見ると、霧により地上はまったく見えませんが、ビルの縁はすぐそこなのでぼんやり見えるでしょう。本間さんはそれを地面だと誤解し、塀の向こうに降りたのだと思います。そして足を踏み出したところ……」

二木と吉本は顔を見合わせた。二人はしばらくそうやって呆然《ぼうぜん》としていたが、やがて二木が言った。

「本間さんの死体はこのビルの下で発見されたのではありません。福島でですよ。それに彼は首を絞められて死んでいた。おまけに上半身裸だった。彼は裸で外出しようとしたというのですか？」

「本間さんはここに来る際、フードのついたパーカを着ていらしてました。綿のパーカです。綿なので、素肌の上にそれを着たのではないでしょうか」

「ですが死体はそのようなものは着ていな——」

「まあ聞いてください。本間さんはパーカを着て塀を乗り越え、地上に落ちていった。その途中、フードが障害物に引っかかり、首吊《くびつ》りのようになったのではないでしょうか」

二木と吉本はまた顔を見合わせた。フードが何かに引っかかり、落下が止まる。しかし体は重力によって下に引っ張られ、服の前襟の部分が前頸部《けいぶ》を強く圧迫する。その状態が続けば脳への血流が停止し、窒息死する。

「このビルの側面にそのような障害物が出ているのかというと、ええ、ありました。衛星放送のアンテナです。実際に私が調べたところ、二階のテナントでトラブルが発生していました。十七日に突然衛星放送が映らなくなり、アンテナを調べてみると、コンバーターアームが下方向に大きく曲がっていたそうです。コンバーターアームというのは、皿から突き出したL字型の部分です。本間さんはそこに引っかかり、首が絞まって亡くなったのだと思います。アームは人間の体重がかかったことで曲がってしまったのですね。あの日は濃い霧が出ていたため、宙吊りの人間に気づく通行人はいなかった。

ではそのように服を着て宙吊りになっていた遺体がどうして上半身裸になったのか。これも重力のせいだと思います。パーカの前襟の部分に無理な力が加わり続けたことで、その重みに耐えきれず前のボタンが弾《はじ》け飛び、それにより体は支えを失い、パーカから抜け落ちた。ちょうどその時、落下地点をトラックが通過中で、本間さんの体はその荷台に載ってしまい、そのまま福島まで運ばれたのです。一方アンテナに残されたパーカは、霧が晴れる時に吹いた風により、どこかに飛ばされてしまったのではないでしょうか。宙吊りの時に脱げ落ちた下駄も、通行する車が撥《は》ね飛ばしてしまった」

遺体がトラックに落ちたのは二階からだったので、大きな損傷を作ることはなかった。多少の傷は認められたが、運搬中についたものだと判断された。

呆気《あっけ》にとられる刑事たちを前に小松が続ける。

「本間さんの姿が見えなくなった時には、塀を乗り越えたのだと思いつつも、まさかそんなことはあるまいと高をくくってもいました。本間さんは階段から出ていったのだ、自分はあそこの鍵をかけ忘れたのだと、都合のいい解釈をして。しかし日が暮れても本間さんは戻ってこない。するとその晩、福島で本間さんの死体が発見されたと報道され、いま言ったような事故を想像するにいたりました。それでも私は事態を正面から受け止められず、だんまりを決め込んでいました。私にそうさせた一番の理由は、父と娘です。事故の事実を当局に申告すると、父と娘が窮地に立たされるという意識が働いたのです。

ですが間もなく、今回の芝居のために用意したプリペイド携帯に警察から電話がありました。本間さんの財布の中に私のメモ書きが入っていたとのことで、事情説明を求められました。その時はごまかしが通用しましたが、警察がそう簡単に引きさがるとは思えません。携帯電話は身分証明なしに購入しているとはいえ、警察が全力を挙げれば私に行きあたると考えられます。素人の本間さんは騙《だま》せても、プロは騙せないでしょう。そう覚悟し、こうして包み隠さずお話しすることにしたしだいです。今日まで黙っていたのは申し訳なく思いますが、これは事故なのです。どうか大げさに扱わないでください。うちの名前は伏せて記者発表してください。事故なのですから」

小松和夫は最後まで、「事故」という言葉を繰り返し使った。本間和希を騙したことと彼の死は別問題であると主張したいのだろうか。

要するに小松は、常に自己の利益を秤《はかり》にかけて行動している。父親を世間に出したくないのは、はたして父親の名誉を守るためなのか。娘の将来を考えてのことなのか。

そして父親と娘はどう思っているのだろう。あなたはこうして箱庭の中で守られることを望んでいるのですかと、隣室に行って尋ねてみたい。そんな衝動に二木はかられた。

6

彼は縁側に座っている。手にはハーモニカを握っている。大きく息を吸い込み、唇を穴に当て、やさしく息を吹き出す。

ミ、ミ、ファ、ファ、ソ、ソ、ミ、ミ、ファ、ミ、ファ、レ、ミ——。

そんなメロディーが自然と流れ出た。彼はハーモニカを置いてメロディーを口ずさむ。

埴生《はにゅう》の宿も　わが宿　玉の装い　羨まじ　長閑《のどか》なりや　春の空　花はあるじ　鳥は友　おお　わが宿よ　楽しとも　たのもしや

ついこの間、ハーモニカを吹く横に誰かが座っていたような気がするのだが、誰だったのか思い出せない。その時しあわせな気分を味わったようにも思えるのだが、今は何も感じない。

彼は今日も縁側に腰かける。彼の友はハーモニカだけである。

鄙《ひな》

残念ながら、この奇妙にねじ曲がった事件が、いつ、どこで起きたのか、具体的に記すわけにはいかない。

何十年も昔の話である。とうに時効も成立している。したがって、いま私が告白したところで、誰かが当局に罰せられるということはない。

しかし関係者の何人かはいまだ存命しており、彼らを好奇の目にさらすことは本意ではない。すでに鬼籍に入った方の名誉や功績を踏みにじるようなこともしたくない。だったら一言も語らなければいいではないかとのお叱りは当然あるだろう。しかし私も歳を取った。このごろは、朝目が覚めて、ああまた一日生き長らえることができたかと、病院のベッドで神様に感謝する毎日なのだ。この世に生を享《う》けてから自分が見たもの聞いたものを記録として残しておきたいという欲求が日増しに高まっている。

高度成長期の中ごろ、西日本のとある山の中、とだけ言って話を始めたいと思う。

日良谷《ひらだに》という地名は仮名であり、関係者の名前も、私と兄のほかは変えてある。

1

増山常男《ますやまつねお》は実家の離れで死んでいた。

離れは木造平屋の小さな建物である。二畳の間がついた玄関があり、奥が六畳間。ただそれだけで、便所も台所もない。

常男は、玄関と奥の間の間の鴨居から浴衣《ゆかた》の帯を垂らし、それで首を吊《つ》っていた。

離れの出入口は、玄関と、庭に面した掃き出し窓の、二か所である。死体発見時、玄関の戸は施錠されていた。戸に組み込まれた錠は、室内側からは手で締められるが、外からの開閉には鍵《かぎ》が必要である。窓には雨戸がたてられており、室内側から閂《かんぬき》がはまっていた。

常男は密室の中で首を吊っていた。

増山常男とは日良谷への途上で出会った。

日良谷とは、その、とある山の中にひっそりと拓《ひら》けた村である。最寄りのバス停からたっぷり一時間は歩かなければならない山深い里である。東京からだと、そのバス停にいたるまでに、列車を三本乗り継ぎ、バスに二時間近く揺られなければならないわけだから、田舎と一言で言ってしまうにはあまりに辺鄙《へんぴ》な場所であった。

私たちが日良谷を訪ねたのは十一月の上旬だった。この地方は一般的に南国と称されるが、日良谷のあたりは標高が高いため、すでに落葉樹は赤や黄色に色づき、行楽にはもってこいの季節だった。当日は雲一つない青空で、風もそよぐ程度、山歩きにも絶好の日和だった。しかし私はというと、紅葉狩りを楽しむ余裕はなく、犬のように荒い息を吐き、まるで雪山で遭難したような絶望的な表情で、重たい足を動かしていた。都会で酒に溺《おぼ》れている人間が、両手にボストンバッグを提げ、さらに背中にキスリングを背負えば、そういう無様な姿をさらけ出して当然ともいえた。

一方兄の恭一《きょういち》はというと、息も絶え絶えな弟の十メートル先を、木の枝を振り振り、ヤーホーホートララなどと口ずさみながら歩いている。私以上に不摂生な彼があぁも軽やかな足取りであるのは、手ぶらであるからにほかならない。

兄の隣にはくわえタバコの男がいる。横縞《よこじま》のシャツの上に革ジャンをひっかけ、芥子《からし》色のハンチングをかぶり、白いエナメルの靴を履き、十字架のネックレスを下げ、黒や水色の石がついた指輪をはめ、帆布のマドロスバッグを背中に垂らした、この、日活映画から飛び出してきたような青年が増山常男である。

「東京から来るなんて、物好きにもほどがある」

増山常男はさっきからそう繰り返している。常男とはバスが同じだった。終点で降りたのは三人きりで、私たち兄弟が地図を広げて日良谷への道を検討していると、向こうから声をかけてきた。彼は日良谷の出身で、東京から帰省してきたのだと言った。

「温泉ですよ、温泉」

恭一も同じ答を繰り返している。

「箱根《はこね》や熱海《あたみ》に行けばいいのに。こんなところじゃ、女も魚もない」

「女にはうんざりだ」

「言うねえ、お兄さん」

「本当さ。毎日、この手でヒィヒィ言わせてる」

恭一は枝を握った右手を眼前で震わせた。

「お兄さん、あんた、気に入ったよ。顔に似合わずおもしろい人だ」

常男は恭一の薄い頭髪をぐしゃぐしゃ掻《か》き回す。

「俗っぽい観光地に行ったところで気分転換になりゃしない。疲れるだけだ」

兄はムッとした表情で髪をなでつける。百六十センチ足らずの身長と布袋《ほてい》様のような腹は少しも気にしていないのに、こと髪となると異常な執着を見せる。

「そんなことないだろう。楽しけりゃ気分は変わるってもんだ。まったく、こんなド田舎に東京から来るなんて、物好きにもほどがある。いったいどこで日良谷のことを知ったのさ。こんなクソ田舎、ガイドブックには載ってないだろう。名所も名物もないし」

「村に診療所があるでしょう」

後ろから私が応《こた》える。

「瀬戸山《せとやま》？」

常男が振り返った。

「以前そこを担当していた薬屋さんが今東京にいましてね、その方から聞きました」

「だめだよ、あんなヤブのところに出入りしてた人間の言うことなんて信じちゃ」

常男は顔の前で激しく手を振る。

「藪《やぶ》医者？」

「おお、そうともさ。よし、ここで知り合ったのも何かの縁だ、あんたらには忠告しておいてやろう。もし日良谷滞在中に具合が悪くなっても、絶対に瀬戸山のとこなんか行くんじゃないぞ」

常男は低い声を徐々にひそめていき、わかったかと言わんばかりに恭一の背中を二度三度叩《たた》いた。

「そんなに腕が悪いお医者さんなのですか？」

やや面食らいながらも私は尋ねた。

「ああ、日本一腕が悪い」

「日本一……」

「命が惜しかったら、東京に帰るまで我慢することだ。だから、こんな田舎に来ても
ろくなことがないっていってんだ。俺なんて、一生こんなところに帰ってきたくなかった」

常男は爪楊枝《つまようじ》を飛ばすように、プッとタバコを吐き捨てる。

「そんなに嫌な村なら、帰ってこなければよかったのに」

恭一が意地悪くつぶやいた。

「歳を取ると親孝行したくなるのよ」

常男は笑顔で受け流す。

「何年ぶり？」

「ちょうど十年」

「顔を見せるのが、一番安あがりで、かつ一番の孝行だ」

「そういう姑息《こそく》な手もいいけど、そろそろ経済的にも楽させてやろうかと思ってね」

見かけによらず殊勝なことを言う男である。

「東京でそんなに成功したか」

「地道に十年もやってれば、それなりのものができるよ」

「何の仕事をやっているんだい？」

「港での荷揚げに、運転手に、バーテンに、いろいろだよ。そういうお兄さんは東京で何をやってるの？」

「売文の徒」

「は？」

「くだらない文章を書いている」

「作家先生？」

「とんでもない」

兄は笑って手を振る。

「そうだよな。お兄さん、どう見ても、作家先生って柄じゃないよな」

常男はまた恭一の薄毛をもてあそび、二人は肩を組んで山道を登っていく。

後日兄は増山常男のことを、なれなれしいが根は悪い男ではない印象を抱いたと述懐している。

浅倉《あさくら》恭一は官能小説家である。三つのペンネームを使い分け、三文雑誌の上で女をヒィヒィ言わせている。

月産原稿用紙八百枚なので、結構な売れっ子である。爆発的に売れるようなジャンルではないが、これだけ仕事をこなせば世田谷《せたがや》に家も建つ。

私こと浅倉順二《じゅんじ》は兄のマネージャーを務めている。会社勤めが半年と続かない愚弟を見かねた兄者が救いの手を差し伸べてくれたのだ。原稿の受け渡し、電話番、出納管理、資料集め、そして取材のお膳立《ぜんだ》ても大事な仕事である。女体の縛り方がわからないと言われれば、縄師と呼ばれるその筋の専門家を探してくる。情事の最中の生々しい声が聞きたいと言われれば、連れ込み宿の天井裏に忍び込む手筈《てはず》を整える。

恭一は日がな一日タバコをふかしながら机に向かっている。そういう小説を書いているくせに女を抱く暇もない。酒を飲むのもペンを動かしながらだ。

彼の唯一の楽しみは、半年に一度の旅行である。仕事を完全に捨て、編集者にも行き先を告げず、一週間ばかり旅に出る。それも、ガイドブックに載っていないような土地に行きたがる。普段俗っぽい文章を書いている反動なのだろうが、箱根や熱海で我慢してくれないので、場所を探す私もそれなりに苦労している。ここ日良谷にやってきたのも半年ぶりの息抜きであった。

先に日良谷のことを村といったが、正確には字《あざ》日良谷、N村の一集落にすぎない。世帯数は十余り、人口は七十足らず、姓は軽部《かるべ》と増山の二つしかなく、前者は農業に、後者は林業に従事している。集落には学校も寺も駐在所もなく、店は雑貨屋が一軒あるきりで、電話が通じている世帯は四軒、N村の公共施設が集まっている地区までは六キロ以上離れている。

当然、旅館などない。では私たちはどこに泊まるのかというと、軽部の本家――日良谷で一番大きな家の離れである。民泊であるが、民宿の看板を掲げているわけではない。日良谷を訪れた行商やお坊さんが、日が暮れて帰れなくなると、ここに泊まるのが昔からの習わしになっているのだという。

増山常男とは軽部本家の前で別れた。三十キロの荷物を持って一時間以上行軍させられた私は、もう一歩も動きたくなかったが、兄に無理やり引っ張られ、旅装を解くなり温泉に足を運んだ。温泉というのは集落の共同浴場のことである。

共同浴場は、檜《ひのき》の柱を四本立て、茅《かや》で屋根を葺《ふ》き、周りを杉の板で囲っただけの、五坪ばかりの粗末な小屋である。浴槽も、石で組んだ無骨なものが一つしかない。湯は灰色に濁っている。硫黄《いおう》臭はしない。舐《な》めるとわずかに酸味を感じる。浴槽に入ってみると、底にぬるぬるした泥のようなものが堆積《たいせき》しており、いかにも体に効きそうな感じである。

日良谷には内湯を持った家が一軒もないので、みなここに入りにくる。老人も子供も、よそ者を排除するようなことはなく、気さくに話しかけてくる。囲いの破れ目からは、色づいたヤマモミジやブナの葉が見え隠れする。観光地化された温泉では決して味わえない素晴らしい雰囲気だ。平成の今日とは違い、当時はインターネットもテレビの情報番組もなく、この地に住む者だけが知る、まさに秘湯であり、ある意味最高の贅沢《ぜいたく》であった。兄もことのほか満足してくれたことだろう。

だが私は一日で音をあげてしまった。やはり私は殷賑《いんしん》な都会に生きる人間であった。夜の九時にしんと静まりかえってしまう村の気配には恐怖すら覚える。東京では、さあこれからどこか華やかな店に出ていこうかという時間なのだ。それは我慢するにしても、テレビが見られないのは耐えがたい苦痛であった。ラジオも、雑音の中、わずかにＮＨＫが聞き取れるのみ。新聞も二日遅れの内容で、世の中の情勢がわからず不安を覚える。軽部本家の食事も、「地のものをふんだんに使った」と言えば聞こえがいいが、肉気や脂気に乏しい精進料理のようなものばかりで、一食ごとに精気が失われていくような心持ちだった。

一方、兄恭一はというと、夕食前に、夕食後に、寝起きにも温泉につかり、炭焼き小屋を見学したり石臼《いしうす》を挽《ひ》かせてもらったりと、秘境の暮らしを存分に楽しんでいる様子で、瞳《ひとみ》には子供のような輝きが戻り、ひと風呂《ふろ》ごとに肌艶《はだつや》がよくなっているように見えた。

二日目の昼下がり、私たちは村の診療所を訪ねた。

今回の日良谷行に際しては、この診療所の医師に間接的に世話になっている。たとえ藪医者であろうと、礼を言わずに通り過ぎるわけにはいかなかった。

診療所は集落の入口にあった。裏手が墓所という最高の立地条件である。土地はいくらでもあるのだから、もっとどうにかならなかったのだろうか。建物はトタン張りの木造で、軽部本家の土蔵より小さく見えた。診療所の看板は掲げておらず、「瀬戸山」という表札だけが出ていた。

ガラスのはまった粗い格子戸を開けると、熱気とざわめきが飛び出してきた。てっきりがらがらだと思っていた待合室には十人からの患者が鮨《すし》詰め状態で、椅子にあぶれた者が板張りの床にぺたりと座り込んでいるほどであった。

「ああ、東京の人」

もう村中に話が伝わっているらしく、私たちはそんな挨拶《あいさつ》を受けた。

「瀬戸山先生は診察中ですか？」

私は一同を見回しながら尋ねた。

「中におるよ。おーい、先生、お客さん」

一人の老婆が声をかける。

「おーい、ちょっと待って」

野太い声が返ってくる。

「ほれ、召しあがれ」

床に座った中年の女性が芋を半分に割って差し出してきた。恭一は遠慮なく受け取り、村人たちの輪の中に入っていく。私には兄のような人なつっこさはなく、立ったまま待合室の中を見回して間を持たせた。

天井からは裸電球が下がり、壁にはT大学医学部の卒業証書や感謝状が額に入れて飾られている。二脚置かれた長椅子からは綿が飛び出している。患者はみな年輩者だ。ある女性は茶をすすっており、恭一の後ろの男は彼にタバコを勧めている。

しばらくして診察室のドアが開いた。腰の曲がった老婆に続き、白衣を着た四十年配の男が現われた。蓬髪《ほうはつ》に髭面《ひげづら》と、いかにも山の診療所にふさわしい風貌《ふうぼう》をしていた。

「東京の浅倉です。このたびはお手数をおかけしました」

私は土産の菓子折を差し出した。

「遠路はるばるご苦労さま。気をつかわなくてもいいのに」

瀬戸山辰巳《たつみ》は手刀を切って包みを受け取って、

「せっかく来てもらったのに悪いな。ご覧のように大繁盛で、ゆっくり相手をしていられない」

「いいよ、あたしたちは遊びにきてるだけだから」

一人の女性が言い、待合室はどっと笑いに包まれた。

「いいんです。おじゃましました」

私は一同に愛想笑いを投げかけ、おいとましようと兄をうながす。

「よかったら今晩来てよ」

瀬戸山が言った。

「先生、今晩は、うちのじいさんに呼ばれとっただろう」

ある老婆が言った、

「次郎さんと将棋の約束をしていたか。じゃあ明日の晩に来てちょうだい。じゃあ次、伊作《いさく》さん、中に入って」

瀬戸山は診察室の中に消える。私たちは患者たちに挨拶をして診療所を出た。

「ヤブとは思えないな」

恭一が小声で言った。

「繁盛していたから？　でも診察を見たわけじゃない」

「いいや。医者は人柄だけでは慕われない」

「僕らは常男君にかつがれたということか。それともあれか、彼は日本一腕が悪いと言ったけれど、それは逆説的なことだったのかな。日本一まずいという看板を掲げたラーメン屋みたいに」

「子供のとき痛い注射を打たれたことを今も恨みに思っている、というのが僕の推理」

恭一は芋の最後の一口をがぶりと頬張る。

翌日の夕食後、診療所を再訪した。

待合室に患者はいなかった。案内を請うと、診察室の奥から、勝手に入ってこいと声が届いてきた。

瀬戸山の住居は診療所とくっついており、私たちは狭い診察室を抜けて奥の座敷にあがった。座卓の上にはすでに酒肴《しゅこう》が並べられており、どてら姿の瀬戸山が、待ちきれない様子で一升瓶を差し出してきた。

乾杯と、あらためて挨拶を交わしたあと、私はデパートの包みを差し出した。

「昨日渡しそびれていました」

「いただいたじゃないか。藤村《ふじむら》の羊羹《ようかん》、おいしかったよ。私は甘辛両刀使いなんだ」

瀬戸山は大きな前歯をニッとこぼした。

「いえ、これは白坂《しらさか》さんからです」

「ああ、白坂君。彼は元気にしてる？」

「はい。二人目のお子さんが生まれたそうです」

「おお、それはよかった。おめでとうと伝えておいてください。ところで、彼とはどういう間柄なの？」

「蒲田《かまた》の病院で知り合いました」

「あそこに真珠を埋め込む手術をこっそり見せてもらいましてね」

恭一がニヤニヤと口を挟んだ。瀬戸山は目を丸くする。私はあわててつけ加える。

「いや、白坂さんが手術を受けていたのではなくて、彼は仕事で病院に来ておられたのです」

白坂というのが、日良谷の存在を教えてくれた医薬品問屋の営業である。今は東京勤務だが、かつては当地の支社にいて、ひと月に一度、医薬品を背負ってこの診療所を訪ねていたという。その彼から、日良谷の共同浴場や軽部本家に泊まれることを聞きつけ、今回の旅にいたったのである。

「いくつ埋め込んだと思います？　七つですよ、七つ。皮の先っぽをメスですーっと切って——」

「今日は何か祝い事でも？」

兄の暴走を止めるべく、私は割って入った。最前から外が騒がしい。波が寄せるように喚声があがり、拍手や歌声も聞こえる。

「常男の帰郷祝いだそうだ」

診療所から五十メートルくらいのところに寄り合い所がある。

「先生は行かれないのですか？」

「若い衆だけの集まりだよ。それに、羽目を外して気分が悪くなったり怪我したりするのもいるだろうから、私はそのために待機しておかないとね」

瀬戸山は笑い、茶碗《ちゃわん》で日本酒をぐびぐびやる。

「ここは先生お一人でやっていらっしゃるのですか？」

「そう。看護婦であり薬剤師でもある」

「失礼ですが、ご家族は？」

「一目瞭然《いちもくりょうぜん》じゃないか」

恭一が言った。その指先には、乱雑に切られた漬け物がつままれている。

「お察しのとおり、今もって独りさ」

瀬戸山は頭を掻《か》いた。

「もう一つ当ててみせましょうか。先生は日良谷の人ではありませんよね」

「やっぱり見た感じでわかる？　顔の造作が、この村の誰とも違うんだよね」

「顔の似てる似てないは主観的な判断です。うちの順二は、三船敏郎と、最近出てきた東映の松方弘樹は似ていると言って譲らないが、僕はちっともそうは思わない。そんな曖昧《あいまい》なことではなく、名字を見れば一目瞭然ではないですか。軽部でも増山でもない」

「なるほど。言われてみればそうだな」

「ご出身はどちらで？」

私は尋ねた。

「君たちと一緒さ。東京」

「どうしてこんな山の中に来られたのです」

「ちょっと思うところがあってね」

瀬戸山は神妙な面持ちで言葉を止め、一升瓶を取りあげた。

ガラガラと戸が開く音がした。

「お？　もう誰か飲み過ぎたか？」

瀬戸山は腰をあげる。が、やってきたのは初老の女性だった。それも、診察を受けに来たのではなく、川魚の煮付けをお裾《すそ》分《わ》けに持ってきただけだった。

「ホント、この村の人はみんなよくしてくれるよ」

今もらった皿を卓の真ん中に置き、瀬戸山は腰を降ろす。そして唐突に言った。

「大学を出てすぐ戦争に行った」

日本酒をぐびりとやり、先を続ける。

「医者として従軍したんだ。フィリピンの方だ。行った時にはもう戦局は決しており、私なんかが不眠不休で傷病兵を診たところで何の役にも立たなかった。医者でなく僧《そう》侶《りょ》を連れていったほうがよっぽどよかった。山の奥へ奥へと敗走する毎日で、飢えと伝染病でバタバタ倒れるのだけど、自力で歩けない者はほったらかして、さらに山深く分け入る。いったい何のための医者なんだろう」

　そうするうちに生きている者の戦意もなくなり、ただ息を殺して山の中に隠れているという状態に陥っていく——私たちは瀬戸山の体験談を固唾《かたず》を呑《の》んで聞き入った。私たち兄弟は、終戦時はまだ国民学校の生徒だった。さいわいなことに、家族や親戚《しんせき》の中にも戦地に赴いた者はいなかった。

「ある時、その集落の原地民の一人が病に倒れた。さっき話した、水場を教えてくれたあの少女だ。熱がひどく、ただごとでない様子だと、彼女の兄弟から聞かされた。助けてくれとも言われた。私は上官に隠れてこっそり彼女を診た。そもそもの原因はわからなかったが、肺炎を併発していた。熱を下げてやらないと命が危ない。しかし薬がない。いや、薬そのものは、あるにはある。けれどそれを分け与えるわけにはいかないのだよ。軍規に違反するということもあるが、問題はそれにとどまらない。わが部隊にも薬の必要な者がいる、この先も次々と傷病者が出ると予想される、それでいて薬の補給は絶望的。貴重な物資を、戦わない人間のために使うわけにはいかないのだよ。結局、彼女は死んだ。

　助ける手立てがありながら、それを使わなかった自分は人ではないのか？　日本人と原地民を、軍人と民間人を、分けて考えることは間違っているのか？

そうやって自責の念にかられていると、仲間にこう慰められた。

『貴様がいなくても、彼女は病気になり、死んだ』

雷撃に遭ったような気分だったね。そうなのだよ、戦争とか人種とか、そういう問題以前に、こういう人里離れたところに住んでいる人たちは、まともな医療を受けられないのだ。それは日本国内でも同じことだろう。私は決意した。もし生きて祖国の土を踏むことができたら僻《へき》地《ち》医療に従事しようと」

瀬戸山は小さな溜《た》め息《いき》をつくと、一升瓶の栓を抜き、口をこちらに差し向けた。長い話が終わったことの合図のようだった。

私は、そうでしたかと言ったきり、言葉が継げない。兄も無言で杯と箸《はし》を動かすだけだ。

「医学部の仲間には、早まるなとか、一年もてばいいだろうとか言われたものだが、結構続いているよね。気づいたら不惑だもの。あー、やだやだ」

瀬戸山は照れ隠しするように笑った。日良谷には戦前のある時期には医者がいたのだという。けれどわずか半年で廃業してしまい、瀬戸山が二十何年かぶりに、廃屋となっていた診療所を再生させた。

「先生のおかげで日良谷は助かっているわけですね」

私はしんみりと言った。

「さて、どれほど助けになっているか。風邪薬を与えるとか、湿布を貼るとか、切り傷を縫合するとか、その程度しかしていないもの。なにしろ設備がない。吐血したとか、靭帯《じんたい》が切れたとかなると、車で一時間以上かけて町の病院に送るしかない。せめて下の村に、入院施設のある総合病院ができればいいのだが」

「いや、充分助けになっていますよ。みんな、あんなに頼ってきているじゃないですか」

「あれはね、言っちゃ悪いが、ほとんど暇潰《ひまつぶ》しにやってきてるだけ。肩を揉《も》め、腰をマッサージしろなんて言うんだから、まいっちゃうよ。温泉に入ってりゃいいだろうに」

「そうやって慕われるのは、先生がこの村に尽くしているからでしょう。偉いですよ」

するとと恭一が横から肩を叩《たた》いてきた。

「好きでやってるんだ。偉いとか言って持ちあげるのは失礼きわまりない」

「そうそう、これは趣味、道楽だよ。ここにいれば、東京のようにあくせく働く必要がない。空気はきれいだし、静かだし、毎日温泉に入れる。酒も、ほら、こんなに旨いのがある」

瀬戸山は乾杯するように茶碗をあげた。

「足りないのは女」

恭一が応じ、座敷は笑いに包まれた。

笑いが収まるのを待っていたかのように、ガラガラと戸が開く音がした。

「今度こそおいでなすったか。それともまた差し入れかな」

瀬戸山が笑いながら茶碗《ちゃわん》を置くと、診察室に続く襖《ふすま》が開いた。増山常男だった。ずいぶん酒が進んだとみえて、頬も額もてらてら輝いている。

「やあ、あんたたち」

彼は私たちがいるのを見て、やや面食らったような顔をした。

「誰がすっ転んだ？　おまえか？」

瀬戸山は腰を叩きながら立ちあがる。

「うん？　ああ、腹がちょっと。でもいいや、客がいるなら。たいしたことないし」

常男はハンチングをかぶり直し、くるりと背を向けた。

「バカ野郎。いま具合が悪いのにあと回しにしてどうする。そっちの椅子で待ってろ」

「じゃあ先生、おじゃましました」

私は腰をあげ、兄をうながす。

「いつまでいらっしゃいます？」

瀬戸山はどてらを脱ぎ、白衣に袖《そで》を通す。

「しあさっての昼頃発《た》ちます」

「あしたかあさって、また一杯やりましょう」

瀬戸山は診察室に出ていき、私と兄も診療所をあとにした。

軽部本家に戻ると、おやすみ前のひとっ風呂《ぷろ》と兄が言い出した。酒はさほど入っていなかったので、私もつきあうことにした。

十三夜の月がきれいな夜で、それに淡く照らし出される紅葉の下を歩いていると、この山の集落は書き割りであるような、あるいは箱庭の中に迷い込んでしまったような、不思議な感覚にとらわれた。

夜も更けており、共同浴場に村人の姿はなかった。私たちは誰にもじゃまされず、ゆっくりと温泉につかった。

風呂を出て軽部本家に向かって歩いていると、後ろから車がやってきて、私たちを追い越したところで停まった。

「東京の人、うちに帰るところか？」

運転席から顔を覗《のぞ》かせたのは、軽部本家の主人、軽部義照《よしてる》である。

「そうです」

「狭いけど乗ってくか？」

私たちはダットサン・トラックの座席に三人並んで座った。

「常男も肝が小さくなったもんだ」

車を出し、義照が溜め息をついた。

「どうかしました？」

私は尋ねた。

「今な、寄り合い所に顔を出してきたのさ。若いやつは若いやつで勝手に飲んどりゃいいんだが、ほら、俺は立場上、差し入れくらいせんといかんだろう」

軽部義照は日良谷の長《おさ》のような存在である。

「そしたら常男がさんざんバカにされとって、なんでも、飲んどる最中に腹具合が悪くなって診療所に行ったとか。そりゃ、バカにされるよ。腹痛など、酒飲んどきゃ治るのよ。アルコールは痛み止めだろが。そんなことでいちいち医者を頼りにするとは、まったくあいつも東京に行って神経が細くなったもんだ。俺も東蔵《とうぞう》と一緒に一丁説教してきてやったさ。いや、東京から来なさったあんた方をバカにしとるわけじゃないぞ」

「東蔵？」

「増山本家の東蔵よ。あいつも差し入れに顔を出しとってな。東蔵、会ったことないか？　海坊主のような」

「ああ、あちらの本家のご主人の」

増山東蔵も日良谷の長である。軽部、増山、それぞれに長がいるわけだ。しかし対立しているということはなく、二人仲良くこの村をまとめている。

「おお、そういや、瀬戸山先生があんたらにすまながっていたぞ。常男が来たもんで飲み会が中途半端になってしまって」

「気にされなくてもいいのに。先生のせいでもなし」

「あんたも察しが悪い。すまながっていたということは、裏を返すと、先生が飲み足りなく思っているということさ。案外、あとで呼びにくるかしれんぞ」

義照の予言は当たった。そろそろ寝ようかと布団を敷き始めた十時過ぎだっただろうか。離れの雨戸がノックされた。出てみると瀬戸山医師が立っていた。

「さっきの続きをやりませんか。変に醒《さ》めて眠れそうになくて」

と杯を口に持っていくジェスチャーをする。

「常男君は？」

「それがまったく馬鹿馬鹿しい話でね、腹が痛い、キノコにあたったかもしれないと言うんだよ。しかし一過性の腹痛でしかなくて、整腸剤を飲ませて休ませといたら、けろっとした顔で宴会に戻っていった。まったく、東京に行って神経が細くなってしまったのかね」

瀬戸山は義照と同じことを言った。心はすっかり日良谷人のようだ。

「そういうわけで飲み直しましょうよ。実は猪鍋《ししなべ》も用意してあったんだよ」

兄と私は瀬戸山と一緒に診療所に向かった。

山の夜は、はや冬の様相で、吐く息は白く、どてらを重ねて羽織っていてもまだ足りないくらいであった。

途中、村の若者たちと出くわした。懐中電灯で足下を照らしながら、数人が一団となって向こうからやってくる。若者たちは、酔っぱらい特有の大声で、好き勝手にわめいたり笑ったりしている。近づいてみると、軽部邦彦《くにひこ》に増山芳夫《よしお》、そしてハンチングをかぶった増山常男であった。常男は背中に角刈りの男をおぶっていた。これは軽部健児《けんじ》。さらに少しあとからもう一人歩いてきたが、これは若者ではなかった。つるつる頭の増山東蔵だ。

「酔い潰《つぶ》れたか？」

瀬戸山が笑って声をかけた。

「ふがいない。あれしきで潰れおって」

東蔵が手にした枝で健児の後頭部を小突いた。健児はむずかるように首を振る。

「先生、健児のやつ、だいじょうぶっすかねえ」

一升瓶を抱いた増山芳夫が呂律《ろれつ》の回らない声で言った。瀬戸山は若者の輪の中に入っていくと、常男の背中の上でぐったりしている健児の頰や首筋に手を当てた。健児は不快そうに頭を振り、うめき声を漏らす。常男は所在なげに、エナメルの靴の爪先《つまさき》で地面を掻《か》く。

「だいじょうぶだ。呼吸はしっかりしてるし、体温も低下していない。家に着いたら横向きにして寝かせてやれ。首の後ろを冷やすといいが、この感じからだと、そこまですることもないだろう。それから、頭は冷やしていいが、体は冷やすんじゃないぞ。布団はきちんと掛けてやれ。今ももう一枚くらい着せてやれ」

健児の体には丈の長いどてらがねんねこのように掛けられていた。軽部邦彦が自分の綿入れを脱ぎ、健児の背中に置いた。

「今どきの若いやつはだらしない。あれしきで潰れおって」

東蔵がまた健児を小突く。芳夫が、まあまあといった感じで東蔵の肩を抱き寄せた。

「じゃあ先生、おやすみなさーい」

邦彦がほがらかに挨拶《あいさつ》し、常男がよたよた歩き出した。ほかの者もひとかたまりになって続く。

「誰か替わってやれ。常男は都会に行って足腰がやわになっとるぞ」

東蔵がからかうように声をかけた。すると常男は立ち止まり、体をねじり、ぎょろりと剝《む》いた目を東蔵に向けた。

「なんちゅう目じゃ。ああ、やっぱり誰も替わるな。鍛錬じゃ、鍛錬。鍛え直してやるからしっかり歩け」

東蔵が枝を振り回す。常男は首から垂れたチェーンに手を持っていく。なお東蔵を睨《にら》みつけながら、両脚を踏ん張り、十字架のヘッドを握りしめるそのさまは、怒りをなんとかこらえているようであった。

それが私が最後に見た増山常男の姿だった。

そうなるとは夢にも思わず、私たちは若者たちと別れて診療所に行き、仕切り直しの酒盛りをはじめた。

ひとくさり戦争の話をしたあと、東京の話を聞かせてくれと瀬戸山に請われた。彼はやはり都会が恋しいのか、もっと聞かせろ聞かせろと目を輝かせた。兄は兄で、話すうちに興に乗り、官能小説家であることを漏らしてしまい、それがまた瀬戸山の興味を惹《ひ》き、宴はいつ果てるともなく続いた。

常男はその頃、自宅の離れで冷たくなっていたのである。

結局、診療所に泊まってしまった。一升瓶も鍋もそのままの座敷に雑魚寝《ざこね》である。

早朝、兄と二人、重たい体を引きずって軽部本家に戻った。朝食は断わってもうひと眠りし、昼を食べたあと、まだ残っている酒を抜くために温泉に入り、昼寝をし、もう一風呂《ひとふろ》浴び、それで一日が暮れた。なんとも緊張感のない、怠惰な一日だった。

夕食後、それが一変する。また風呂にでも行くかと一服つけていると、軽部本家のおかみさんが血相を変えてやってきた。

「お客さん方、増山の常男とは仲が良かったんだよね？」

「仲がいいというか、日良谷に来る時に一緒になって」

するとおかみさんは声をひそめて言った。

「死んだそうだよ」

兄と私は驚くよりもまず、きょとんと顔を見合わせた。そして恭一が笑った。

「ゆうべは元気そうだったよ」

「それがさ、首吊《つ》ったんだってさ」

「首吊り？」

「そう。自分ちの部屋で」

「どうして彼が自殺なんか？」

「知らないよ、わたしゃ。ああ、恐ろしや恐ろしや」

おかみさんは自分の両肩を抱きしめ、でっぷりした体をぶるぶる震わせた。私たちは事の真相を確かめるために常男の家に急行した。

常男の実家の前には人垣ができていた。一人、二人と摑《つか》まえて、どういうことなのかと尋ねてみるが、離れで首を吊ったらしいということしかわからない。恭一は人垣を掻き分けて敷地の中に入っていき、私もあとに続いた。

離れの玄関先に数人が立っていた。その中には白衣を着た瀬戸山の姿もあった。恭一が口を開こうとすると、瀬戸山は目を伏せ、黙ってかぶりを振った。離れの戸は開け放たれており、中からすすり泣く声が漏れ聞こえてくる。さりげなく中を覗《のぞ》くと、何人かが畳の上にへたり込んでいた。彼らの中心にはシーツのようなものが掛けられた物体が横たわっている。そして部屋の手前の鴨居には浴衣《ゆかた》の帯が垂れている。帯の先は輪っかになっている。

あの気のいい青年が死んだ？　首を吊った？　信じられなかったが、目の前には事実が横たわっていた。

恭一は瀬戸山を人のいない裏手に連れていき、あらためて尋ねた。

「常男君が亡くなった？」

瀬戸山は無言でうなずいた。

「嘘でしょう。ゆうべは元気に酒盛りをしていたのに」

「私も信じられない」

瀬戸山は唇を嚙《か》む。

「しかも首吊り自殺？」

「ああ」

「鴨居から垂れていた帯で？」

「そのようだ」

「最初に誰が見つけたのです？」

「家の方だと思う」

「いま発見されたのですか？」

「一時間くらい前かな」

「遺書は？」

「さあ、私にはわかりかねる」

「いつごろ亡くなったのでしょうか」

「私は法医学は専門外なので……。ただ、末端にまで硬直が及んでいたので、死んでからかなり時間が経っていると考えられる。正しくは監察医に判断してもらわないと」

「そうだ、警察は？」

恭一はあたりを見回す。それらしき人間は見あたらない。

「駐在に電話させた。しかしなにぶんこんな山奥だから、すぐには来られない」

瀬戸山は無念な様子でかぶりを振った。

恭一はそれから、集まった地元民の一人一人に質問をしてまわった。いわゆる聞き込みである。実は、恭一は元々探偵小説作家だった。しかし探偵小説では飯が食えないと、官能小説に鞍替《くらが》えしたのだ。


帰省してきた常男は離れに滞在していた。

この日の朝、食事の時間になっても常男は母屋に姿を現わさなかったが、前夜は宴会で帰りも遅かったようなので、家人は常男のことを放っておいた。

昼時になっても常男は姿を現わさず、母親の美津子《みつこ》が離れに起こしにいった。ところが呼んでも返事がない。玄関の戸には鍵《かぎ》がかかっており、中には入れない。雨戸はたてられており、内側から閂《かんぬき》がかかっている。美津子は、まだ寝足りないのだろうと、母屋に引き返した。

戸締まりがそれほど厳重であったのには理由がある。こんな山奥にも泥棒が出るのか？　そうではない。出るのは動物である。熊や猿がやってきて、勝手に家の中に入ってしまうのだという。そのため日良谷には昔から、戸締まりに気をつかう習慣があった。

日中は、常男はそのまま放っておかれた。父省三《しょうぞう》と兄勇男《いさお》は山に行っており、母美津子は炭の仕分け、兄嫁千賀子《ちかこ》は二人の幼子の世話に追われていた。

日が暮れ、省三と勇男が山から帰ってきて、夕飯の支度が整っても常男は姿を現わさない。勇男が離れに呼びにいくが応答はない。それでさすがにおかしいということになり、合鍵を使って玄関を開けたところ、寝間着姿で首を吊っている常男を発見したのである。

勇男は母屋に異状を知らせたあと、瀬戸山医師を呼ぶために隣家に走った。常男の家には電話がないからだ。必要な場合はいつも増山本家の電話を使わせてもらっている。

勇男は診療所に電話をかけた。その間に、本家の末息子、増山芳夫が離れに駆けつけ、省三と二人で常男の体を畳に降ろした。

瀬戸山の見立てによると、もう手遅れということで、駐在に電話をかけた。現場の保存のため、離れへの出入りは家族を除いて禁じた。

遺書は今のところ見つかっていない。

以上が、人々の話をつなぎ合わせた結果である。

聞き込みを終えると恭一は、ずかずかと離れの中に入っていき、泣き崩れたり呆然《ぼうぜん》としたりしている遺族にお悔やみを言った。だが兄の真の目的は、死体や室内の様子を観察することにあった。彼は外に出てくると、私にささやいた。

「指輪は家に帰ったらはずすものか？」

「は？」

「常男は三つ四つ指輪をはめていただろう」

「うん」

「いま見たら、死体は指輪をしていないんだ、一つも」

「普通、結婚指輪ははめっぱなしだけど、アクセサリーとしての指輪ははずすと思うよ。じゃまだし、傷つくし」

「ネックレスはしてるんだけど」

「そうなの？」

「ああ。指輪をはずすならネックレスもはずすだろう。ただのチェーンならともかく、あのネックレスにはでかい十字架がついている。家の中でそんなのぶらさげてうるさくないのか？」

「うーん、どうだろう。僕はネックレスなんてしたことないからわからない」

「首吊りのじゃまにもなると思うのだが」

一時間近く経ってようやく、一人の駐在が自転車を押しながらやってきた。巡査は

離れに入ったかと思うと、すぐに出てきて、

「これは私の手に負えない。本署に来てもらわないと。電話を貸してください」

と野次馬を見渡した。

「おい、これから本署に連絡するのか？」

軽部義照が人垣の中からずいと出てきた。

「電話では、家の中の様子がおかしいから来てくれと、それだけしか言わなかったでしょう」

駐在は義照を睨《にら》み返した。

「誰だ、駐在に電話したのは？」

義照は振り返り、ぎょろりと目を剝《む》いて一同を見回す。増山芳夫が小さく手を挙げた。

「どうしてちゃんと伝えなかった」

「あわてて……」

芳夫はうなだれ、頭を掻《か》いた。

「いい歳して、このバカちんが！」

そう怒鳴りつけたのは増山東蔵である。腕を高く上げ、息子の頭に拳骨《げんこつ》を落とす。

横にいた村人が、まあまあと割って入る。

この時点で午後八時。結局、警察本隊の到着は翌朝に持ち越されてしまった。それも、山奥ということでなめられたのか、自殺の形式的な捜査だからなのか、刑事二人、鑑識一人、医者一人、という実にこぢんまりとした構成だった。

午前中に現場検証が終わり、午後からは寄り合い所で事情聴取が行なわれた。

私たち兄弟も事情聴取の対象である。

寄り合い所の外で順番待ちしている間にも、兄は積極的に聞き込みを行なっていた。主に、警察にどういう質問をされたのか、それに対して何と答えたのかと尋ねていた。

順番がやってきて、私たちは寄り合い所に入った。座卓を挟んで二人の刑事と向き合い、姓名を名乗り、東京からの旅行者だと言うと、

「こんなところに旅行？」

右側の刑事が眉《まゆ》をひそめた。

「この集落に知り合いがいるのか？」

左側の刑事も怪しむような顔をする。

「いませんよ。ひと月前まで、日本にこんな場所があるなんて知らなかった」

恭一は実に反抗的だ。一度小説の内容で警察に呼びつけられたことがあり、以来警察を敵視している。

「増山常男とは面識があったのか？」

右側が問う。

「だから、この土地には縁がないと言ったでしょう」

「ここに来たあとで話したことがあるかと訊《き》いておるのだ」

「多少口を利いた程度は」

「一昨日の晩は話したか？」

「一口に晩と言われても長うござんして」

「見かけました」

刑事に癇癪《かんしゃく》を起こされる前に私が口を挟んだ。

「話といえるほどの話はしていませんが」

「何時のことだ？」

「八時ごろと十時半ごろ」

「どこで会った？」

「最初が診療所で、次が外で」

「変わった様子はなかったか？」

「べつに。ねえ？」

と恭一に同意を求めるが、彼は薄毛を整えるのに忙しい。

「悩んでいるような様子が見えたとか」

「いいえ。診療所に来た時には腹が痛かったそうですけど」

「自殺をほのめかすようなことは口走っていなかったか？」

「いいえ」

「東京での生活に疲れている、過酷な労働に高い物価に空疎な人間関係、帰京するのは気が重い」

「なんです、そりゃ」

恭一が笑った。

「増山常男がそう漏らすのを聞いた者がいるんだよ」

「冗談でしょう」

「どうして貴様に冗談を言う必要がある。この集落の何人かが聞いているんだよ」

兄と私は顔を見合わせた。常男は私たちの前では、故郷をけなし、東京を讃《たた》えていたではないか。初対面の人間には胸の内は秘しておいたということなのか。

「十時半ごろ、外で見かけたと言ったな？」

右側が言う。私ははいと答える。

「そのとき彼は一人だったか？」

「いいえ。何人かと一緒でした」

「一緒にいた者の名前はわかるか？」

この時点の私は、彼らの顔と名前が一致していなかった。しかし恭一がすらすらと答えた。

「増山東蔵、増山芳夫、軽部邦彦、軽部健児」

「常男が酔《よ》い潰《つぶ》れた健児を背負っていたのだな？」

「そうだよ」

「彼らを見かけたあと、あんたらはどうした？」

「瀬戸山先生と一緒に診療所に行きました」

私が答えた。

「軽部本家に戻ったのは？」

「夜が明けてからです。少々酒が過ぎまして」

「高田錦《にしき》、実にうまいねえ。土産に買って帰らなくっちゃ」

恭一がとぼけた調子で言った。

「そんなところかな。ご苦労さん」

左の刑事がペンを置いた。

「もうおしまい？」

恭一が確認する。

「次の者を呼んできて」

右側が犬を追うように手を振った。

「じゃあ今度は僕が質問する番だ」

恭一は脚を組み直す。二人の刑事は揃って小首をかしげる。

「こっちは質問に答えてあげた。だったらこっちの質問にも答えてください。それが戦後民主主義というものでしょう」

「何の質問だね」

左が言った。

「現場の様子とか——」

「捜査上の秘密は民間人には明かせない」

「そんなたいそうなことは訊きませんって。常男君が亡くなったのはいつなのです？そのくらい教えてくれても罰は当たらないでしょう」

刑事たちは顔を見合わせた。

「おおよそ、一昨日の午後七時から昨日の午前零時にかけて」

左が答えた。

「それはお医者さんの見解でしょう。僕たちは十時半に目撃しているのだから、少なくともその時刻までは生きていたわけですよね」

「十一時に見たという者がいる。事情聴取はまだ終わっていないので、さらに遅い時刻の目撃証言が出てくるかもしれないが」

「十一時から零時にかけて——帰宅してすぐに首を吊《つ》ったわけですか。なるほど。あと、常男君は離れの玄関の鍵《かぎ》を持っていました？」

「離れの箪笥《たんす》の上に置いてあった」

「指輪は？　離れのどこかにありました？」

「あったよ。母親が持っておられた。畳の上に落ちていたそうだ。それが？」

「いや、べつに」

「べつに？　人にものを尋ねておいてその言い草はなんだ」

右側が眉を吊りあげた。

「常男君の遺体を見たら、はめていた指輪がなかったので、泥棒に入られたのかと思ったのですよ。さてと、次の人を呼んでくるかな」

私たちは逃げるように寄り合い所を出た。


村人に対する恭一の聞き込みを総合すると、一昨晩、私たちと道で別れたあとの増山常男の行動は以下のとおりであった。

まず、軽部邦彦と増山芳夫と一緒に軽部健児を彼の家まで送り届けた。増山東蔵は一人でさっさと本家に帰っていった。

それから三人一緒に帰宅の途についた。最初に邦彦の家に着き、ここからは常男と芳夫の二人になった。次に常男の家に着き、これが十一時のこと。芳夫は常男の離れには寄らず、増山本家に帰っていった。

これ以降、増山常男を見た者はいない。

宵の口、村の全員に招集がかかった。寄り合い所で大切な話があるという。

寄り合い所の中には全員は入りきれず、五分の一くらいは土間や道で話を聞くことになった。私たち兄弟も中に入りそこねたくちである。

招集をかけたのは警察で、彼らはいきなり一同をどよめかせた。

「増山常男君は自殺したのではありません。他殺——誰かに殺されたのです」

しばらくはただざわついていただけだったが、

「常男は東京での生活に悩んでいました」

誰かがそう発言すると、堰《せき》を切ったように異議が唱えられた。

「あの晩の宴席でも、『死にたいよ』と溜《た》め息《いき》を漏らしていました」

「事実、首を吊っていたのでしょう？」

「離れは密室だったのですよ」

「静かに！　静かに！」

右の刑事が声を張りあげた。座が静まってから、左の刑事が口を開いた。

「自殺でないことは絶対です。なぜなら、首を絞めた跡が二種類認められたからです。一つは、こういうふうに」

と自分の首を、下顎《したあご》に沿うような感じで指でなぞった。

「これは鴨居から下がっていた帯の跡です。首を吊ると、こういうふうに斜めの跡ができます。ではもう一つの跡はというと――」

今度は、喉仏《のどぼとけ》の下あたりを水平になぞる。

「首吊りでは、こういう跡は絶対にできません。こういう跡が付くのは、他人に首を絞められた場合です。さらに詳しく調べてみると、前者には生活反応がないとわかりました。生活反応というのは、生存している時でないと生じない人体の変化で、たとえば皮下出血は生きている間だけ発生します。もう少し簡単に言えば、死体の傷をよく観察すれば、それが生前できたものなのか死後できたのか判別がつくということです。そして増山常男君に関しては、前者の絞め跡には生活反応がなく、後者にはあった。つまり彼は、誰かに首を絞められたあと、鴨居に吊るされたのです」

座がふたたびざわついた。

「わしは六十年日良谷にいるが、人殺しなどあったためしがない」

一人の村人が怒ったように言った。

「こんな山奥に強盗が来たとでもいうのか」

別の男が言う。

「静かに！　そう、問題はそれです。離れから盗まれた物もないようだ」

左はそこで言葉を止め、一同をゆっくりと見回してから、

「死亡時刻は夜の十一時から十二時にかけてです。そんな遅くに外部から人が来るでしょうか。ここは山の中ですよ。車の音を聞いたという話もない。したがって、犯人は最初からこの村の中にいたと考えるのが自然でしょう」

場が静まりかえった。

「この中の誰かが常男を殺したと？」

そう言ったのは軽部義照である。

「そうです」

「村の者どうしが殺し合う？　そんなバカな話があろうか！」

増山東蔵が最前列で立ちあがった。

「いいえ、犯人はここにいます」

左は断言した。沈黙しているような、それでいてざわついているような、奇妙な空気に支配される。

「潔く名乗り出なさい。もう逃げられんぞ」

右が言った。

「幼稚な捜査方法」

恭一があくびを漏らした。

「誰だっ、不謹慎なのは！」

右がいきり立つ。

「そういや、外から来た者がおるが……」

ある男がぼそっとつぶやいた。私たち兄弟に視線が集まった。

「馬鹿者。お客さんにそんな失礼を言うやつがあるか」

軽部義照が叱りつけた。

「けど……」

「彼らは無実だ」

そう言ったのは瀬戸山である。

「おとといの晩はうちで飲んでいた。朝まで私と一緒だった」

ふたたび座が静かになった。

「ともかく――」

右が咳払《せきばら》いをし、注目を集め直した。

「増山常男を殺したおまえ、おまえはもう追い詰められている。少しだけ時間をやるから、その間に覚悟を決め、名乗り出てこい。麓《ふもと》への道路は封鎖してある。妙な考えも起こさんことだ」

集会はお開きとなり、村人たちは三々五々家に散った。恭一と私も軽部本家の離れに戻った。

「哀れだね」

私はぽつりとつぶやいた。

「殺されに帰ってきたようなものじゃないか。これじゃああの世で、ますます日良谷のことを嫌ってしまう」

恭一は反応しない。浜に打ちあげられたクラゲのように、畳にぐにゃりと腹這《はらば》いになっている。

「いったい誰に殺されたのだろう」

これにも答はない。この質問には答えられなくて当然か。

われわれは一旅行者にすぎない。増山常男とは多少しゃべったが、あれしきでは、彼がどういう人間で、村の誰と親しく、誰と反目していたのかわからない。ましてやほかの村人とは挨拶《あいさつ》程度の会話しかしていない。先の集会ではじめて見た顔もたくさんある。常男は口が悪そうだったので、それが災いしたのかもしれないという想像は成り立つ。しかし彼の人間関係や帰省後のふるまいがわからない以上、推理の進めようがない。

それでも無理やり考えるなら――常男は瀬戸山のことを藪《やぶ》医者だと罵《のの》っていた。しかし現実には、瀬戸山は村人から非常な信頼を得ている。ということは、常男と瀬戸山との間には個人的な確執があり、常男はそれを恨みに瀬戸山を悪く言っていたのではないか。確執の原因が医療とは無関係でも、相手が医師なら「藪医者」という表現で叩《たた》くだろう。そしてその確執が殺人事件にまで発展した。

だめだ。瀬戸山医師は、常男の死亡推定時刻である十一時から十二時にかけて、私たちと一緒にいた。

あるいは――宴会からの帰り道、常男は東蔵に小言を食らっていた。おそらく宴会の最中もうるさく言われたのだろうし、われわれと別れたあともいびられ続けたと想像できる。そのことで二人はいさかいを起こし、東蔵が常男を――。

いずれにしても、たんなる妄想の域を出ない。

「誰が殺したのだろう」

考えるのをやめ、阿呆《あほう》のように繰り返す。尋ねているのではなく、独り言である。しかし何度も繰り返すうちに恭一が応答した。

「これが自殺でないとすれば、犯人は明らかなんだよ」

「え？」

「ただ、明らかである一方、説明がつかないことが残るという、奇妙な状況でもある」

「誰が犯人なの？」

私は兄に顔を寄せた。

「それに、ちょっと立ち寄っただけの人間がしゃしゃり出るのはどうかという気分でもある」

「だから誰？」

「しかしまあ、警察に足止めを食らうことになるのも困るし、まだ名乗り出ていないようであれば、そうするよう勧めてくるか」

恭一はゆっくりと体を起こした。

「だから誰なのよ？　犯人は誰？」

私は兄の腕を取って前後に揺する。

「増山芳夫に決まってるだろう」

「僕はこの村の人間じゃない。あなたと常男君の間に何があったのか、まったくわからない。けれど表に現われた状況に鑑《かんが》みて、あなたしか犯人たりえないという結論に達しました」

恭一の言葉を、増山芳夫は肯定も否定もしない。

「常男君の死が自殺でないとしたら、密室が問題となります。犯人は常男君を殺して離れの外に出たあと、どうやって玄関を施錠したのでしょう。常男君のお兄さんに聞いたところ、離れの玄関の鍵《かぎ》は二つあったそうです。一つは常男君に渡してあり、一つは母屋に置いてあった。犯人は常男君から奪った鍵を使った？　しかし死体発見後、離れの箪笥《たんす》の上に常男君の鍵があったことが確認されています。では、玄関の戸は内側から施錠し、窓から逃げた？　これもありません。雨戸に閂《かんぬき》がかかっていました。戸板と戸板の間にはかなり隙間があるので、糸や針金で操作することは可能かもしれませんが、そのような工作を行なった跡は認められませんでした。残る可能性としては、家族による犯行ですか。合鍵を使って施錠した。しかし家族の誰かが犯人であるのなら、現場は密室にしないほうが得策です。密室にすることで、鍵を使える立場にある人間が怪しいと、容疑者の対象を狭めてしまうことになるからです。いや、そういう理屈は抜きに、死体発見後の憔悴《しょうすい》ぶりからして、家族による犯行はなかったように思います。では家族による犯行を捨てるとして、犯人は密室からどうやって消え失《う》せたのでしょう」

芳夫は正座をして恭一の話を傾聴している。ここは増山本家の一室である。芳夫と私たち兄弟のほかに人はいない。

「先程、犯人は常男君から奪った鍵を使ったのだろうかと言いましたよね。その直後、鍵は離れの箪笥の上にあったと否定した。しかし実は、やはり犯人は常男君から奪った鍵を使ったのです。しかしそれでは、室内に鍵があったという事実に反する。外から鍵をかけたあと、その鍵をどうやって箪笥の上に転送できるでしょう。一つだけ方法があります。死体が発見されたあと返しにいく。もう少し具体的に言えば、お兄さんが離れの玄関を合鍵で開けたあと、離れに入って鍵を戻した。手品師が用いるような詐術です。そしてその手品を行なえるのは、増山芳夫さん、あなたをおいてほかにいない。なぜなら、常男君の死体が発見されたのち、彼の家族のほかに離れに入ったのはあなただけだからです。厳密には、瀬戸山先生も離れに入っています。常男君の状態を見るためにね。けれど瀬戸山先生は常男君を殺せない。なぜといって、常男君が死んだとされる一昨日の午後十一時から十二時にかけて、先生は僕らと一緒に診療所にいた。その時間帯は飲み始めたところなので、便所にも立っていません。体が二つないかぎり、診療所を抜けて常男君を殺しにいくことはできません。対してあなたはどうか。寄り合い所からの帰り道、一人抜け、二人抜け、常男君は最後二人きりになります。あなたとね。あなたは常男君の家の前で彼と別れたと言っていますが、それは嘘です。常男君の離れに寄り、彼を殺してから帰宅した」

芳夫は依然として無言である。話の途中に目を閉じたのが唯一の反応だった。

「あなたはおそらく、昨日は山に出ていないでしょう。ゆうべ飲み過ぎたなどと理由をつけて仕事を休んだ。この家にいて、常男君の家の様子に注意を払っていた。あちらの家には電話がなく、緊急時にはかならずここに電話を借りにきます。あなたはその時を待っていた。そして予想どおり、お兄さんが血相を変えて飛び込んできました。あなたは隣家の離れに行き、体を降ろす手伝いをしたあと、あるいはその前に、何食わぬ顔をして鍵を返却した。さらに穿《うが》った見方をすれば、あなたは故意に警察の到着を遅らせたのではないですか？　駐在所への伝え方が悪く、本署の捜査員の到着が半日遅れとなってしまったわけですが、では誰が要領の悪い電話をかけたのかというと、誰あろう、犯人であるあなたなのです。捜査の立ちあがりが遅くなればそれだけ死体現象は進行し、死亡時刻や死因の推定がやりにくくなる。人々の記憶も薄れ、証言があやふやになる。あなたはそれを狙ったのではありませんか？　以上には想像によることも多く含まれています。失礼があったら許してください」

恭一は頭を下げて口を閉ざした。

芳夫は正座をしたまま動かない。恭一も背筋を伸ばし、目を閉じた彼のことをじっと見つめている。将棋盤を挟んで長考する棋士のようだと私は思った。

やがて芳夫がくくっと笑った。そして挑むような目を私たち兄弟に向けた。

「ええ、僕です。僕が常男を殺しましたとも」

「どうして？」

私は性急に尋ねた。

「どうして？」

芳夫はあきれたように笑うだけで答はよこさない。恭一は、なお追及しようと身を乗り出す私を手で制し、

「言いたくないのであれば結構です。プライバシーに立ち入るつもりはありません。僕はただ、東京で仕事が待っているので、事件の早期解決を望んでいるだけです。いま僕が言ったことが正しく、あなたが犯人であるのなら、早速警察に名乗り出てください。そうすれば僕らは予定どおり、あしたここを発《た》つことができます」

じゃあ行こうかと、ゆっくりと腰をあげる。

「話します。いや、聞いてください」

芳夫が笑いをおさめた。足を崩し、恭一が腰を降ろすのを待って話し始める。

「どうして殺したのかよくわからないのです。ごまかしているのでもからかっているのでもありません。常男には少々含むところがありました。けれど殺すほどの気持ちだったとはとても思えない。ではどうして殺してしまったのかというと、あの晩は酒を飲んでいた。酒が入ると、ちょっとしたことにも、おかしく思ったり、悲しく感じ

たり、感激したりするでしょう。僕もそうだったのです。常男のことがむしょうに腹立たしくなり、自分の感情を制御できなくなってしまった。常男の部屋に行ったのは、彼を殺すためではありません。あの晩道であなた方とすれ違った時、僕が一升瓶を下げていたのを憶《おぼ》えていますか？　常男と二人でもう少し飲もうかということになったのです。ただそれだけだったのです。なのに殺してしまった。常男が、東京の生活に疲れたと弱音を吐くんです。それでいて日良谷のことを、田舎だ地の果てだとボロクソに言う。じゃあおまえの望みはどの土地でどう暮らしていくことなのかと尋ねても答はない。そういうことを、一升瓶をかわるがわるラッパ飲みしながら話しているうちに、僕の中で何かが外れてしまったのです。おまえは勝手に村を捨てたくせに、自分なんか下の村にもたまにしか行けないのに、おまえは十年間好きなことができて、自分は今後一生この村で生きていかなければならず、東京に幻滅し日良谷も嫌いなら天国で暮らせばいいだろう——そんなことが頭の中に渦巻いて、気がついたら常男が畳の上でぐったりしていました」

機械がしゃべっているように淡々とした調子だった。

「上着の襟を両手で摑《つか》んで、柔道の絞め技のような感じで首を絞めたようでした。常男は息をしていませんでした。揺すったり叩《たた》いたりしても息を吹き返しませんでした。瀬戸山先生を呼ぼうとは考えませんでした。駐在に電話しようとも思いませんでした。

今まで人を殺したことなんてありません。怖かった。警察に捕まり、刑務所に入れられることが怖かった。邦彦の妹との婚約も解消になってしまう。そうです、自分がかわいかったのです。だから誰にも知らせなかったし、偽装工作も行なった。首吊《くびつ》りに見せかけたのもそう、密室にしたのもそう、もたもた電話をかけたのもそう。寝間着に着替えさせたのは、一人になってから死んだと思わせるためです。ほかに何か聞きたいことはありますか？」

恭一は黙ってかぶりを振った。

「一つお願いがあります」

芳夫が居住まいを正した。

「何でしょう」

「警察に名乗り出るのは明日でいいですか？　家族や親戚《しんせき》、友達と別れをしたいから。許嫁《いいなずけ》とも」

悲しそうな目をしていた。

「もちろんです」

恭一はうなずく。

「だから今晩のうちは、僕のことを誰にも話さないでいてもらえますか？」

「諒解《りょうかい》しました。ではこちらの願いも一つ聞いてください」

「何でしょう」

「変な気は起こさないでください」

「変な気？」

「自殺はいけません」

恭一はひと膝《ひざ》乗り出して訴えかけた。芳夫はきょとんとし、次にほほえんだ。

「自殺なんてしませんよ。生きて日良谷に戻ってきます。僕はこの村を愛している」

2

日良谷をあとにして二年が経った秋の日、恭一と私は群馬の草津温泉にいた。

目の前の池からはもうもうと湯気があがっている。湯畑と呼ばれる草津の源泉だ。ここに湧いた七十度の湯が、外気で冷まされたあと、各旅館へと送られる。

湯畑の周りには土産物屋や飲食店がずらりと軒を連ねていて、浴衣《ゆかた》がけの男性や小旗に導かれた団体さんが引きも切らず歩いている。ここは草津温泉の中心地である。

「なあ、どうして草津になんか来たんだよ」

私は最前からそう繰り返している。今度の旅行は草津にすると恭一が言い出して以来、ずっと尋ねている。

「草津の湯は高血圧に効くんだよ。動脈硬化にも」

九十キロの体を石柵《せきさく》にあずけ、恭一はエメラルドグリーンの湯畑をぼんやりと眺めている。湯がそのような神秘的な色をしているのは、温泉の中に生育している藻のせいらしい。

「そういう温泉ならほかにいくらでもあるだろう。俗っぽいところが嫌いなくせに、どうしてまた草津なんかに」

「俗っぽいほうが気楽なんだよ」

兄は湯畑を眺め続ける。しばらくしてから、前を向いたままぽつりと言った。

「夢の中で真理に目覚めることがあるだろう。宿題の答がわかるとか、いい文章が閃《ひらめ》くとか」

「はあ？」

「三月くらい前のこと、眠っていた僕に真理が舞い降りた」

「草津に行けと？」

私は笑った。

「お告げがはたして正しいのか、栗林《くりばやし》氏に調べてもらった」

「探偵社の？」

以前、盗聴や盗撮に関する取材で世話になった。

「お告げは正しかった。増山芳夫は常男君を殺していない」

「はあ？」

「日良谷での一件はもう記憶の彼方《かなた》かな」

「憶えてるよ。でも……」

増山芳夫は四年の実刑判決を受け、収監された。控訴はしていない。殺人罪でなく傷害致死罪が適用されたため、そういう意味では殺していないといえるわけだが。

「殺したのは徳本滋《とくもとしげる》だ」

「徳本？　日良谷には軽部と増山しかいなかっただろう」

するとと恭一はおもむろに振り返り、そして言った。

「徳本滋、別名瀬戸山辰巳」

3

徳本滋は怠惰で狡猾《こうかつ》な男だった。手首をくじいたと言っては製粉工場での勤労奉仕を休み、作業終了時にはかならず一握りの米を帽子の中に隠し入れて帰宅した。

戦地に赴いても徳本は怠惰だった。やれ下痢が止まらない、やれ敵弾に当たったと言っては、前線に出ていくのを拒んだ。もちろん口先で言っただけでは聞き入れられないことがほとんどなので、よく自分で自分の体を傷つけた。

徳本は多くの時間を救護テントの中で過ごし、そこで、医師として従軍していた瀬戸山辰巳と親しくなった。親しくなった理由の一つは、出身地が同じ東京だったこと。二つ目が年齢が近かったこと。三つ目が瀬戸山が医者だったこと。

徳本は十六の時までに両親と兄弟をすべて失っていた。兄の一人が満州で戦死した以外は、みな病死である。徳本の家は貧しく、満足な治療が受けられなかった。日々衰弱し、ついに死んでいく家族を見るにつけ、自分が医者ならばと徳本は悔しく思った。しかし医学を志そうにも、食うや食わずの毎日では如何《いかん》ともしがたい。

そういう過去があったことで、徳本は瀬戸山の仕事に非常な興味を抱いた。この薬は何だ、聴診器で何を聞いているのだと、積極的に質問をした。瀬戸山は親切な男で、うるさがらずにいちいち答えてくれたし、徳本の情熱を感じてか、そのうち簡単な手当てを手伝わせてくれるようになった。好きこそ物の上手なれとはよくいったもので、徳本は海綿のように知識を吸収し、腕をあげた。調剤をし、注射を打ち、裂傷を縫うようにもなった。

その瀬戸山が復員船の中で死んだ。出航前から熱っぽいようなことを言っていたのだが、東シナ海を航行中、ついに力つきた。遺体は水葬にされ、遺品は徳本が彼の実家に届けることになった。

瀬戸山の実家は練馬《ねりま》にあった。瀬戸山辰巳の父親は開業医で、彼はその跡継ぎだと徳本は聞いていた。たび重なる空襲により東京のあちこちが焦土と化し、徳本の出征前とでは様子がすっかり変わってしまっていたが、練馬のそのあたりは戦火をまぬがれており、瀬戸山医院は案外簡単に見つけることができた。診療所と住居が一つになった、西洋風の上品な建物であった。

だがそこに人が住んでいる様子はなかった。門扉が幾重にも巻かれた鎖で封鎖されていたのだ。その向こうの玄関扉にも、板きれが縦横に打ちつけられていた。

途方に暮れ、門の前を行ったり来たりしていると、横合いから声をかけられた。

「辰巳ちゃん？」

徳本は足を止めた。煤《すす》けた中年女性が立っていた。

「瀬戸山先生のところの辰巳ちゃんよね？　わたしよ、向かいの福沢《ふくざわ》」

その女性は徳本の元に歩んでくると、徳本の腕を取り、よく生きていたわねと涙ぐみ、みんな三月の大空襲で亡くなったのよと目頭を押さえた。

彼女は勘違いしているのだと、徳本はすぐに理解がいった。瀬戸山とは顔つきや体格が似ており、部隊の中でもたまに間違われたものだ。瀬戸山が銃を持って哨戒《しょうかい》に行き、徳本が彼を装って救護テントに残ったこともあった。敗走敗走でジャングルの奥に押し込められ、部隊の志気も下がっていくと、たまにそういう遊びでもやって気をまぎらわさないことにはやってられなかった。

「あの晩はご親戚《しんせき》の法事で日本橋《にほんばし》のほうに行ってらしたの。そしたら空襲になって、集まっていた親戚一同浜町《はまちょう》の明治座に避難したそうなの。でも不運なことに、あそこは最も被害がひどかったところの一つで、火の回りは速いし、大勢が逃げ込んでいたので外に出るに出られなくて……」

福沢はその場にしゃがみ込み、顔を覆って号泣した。

徳本はやりきれなかった。だがその一方で、生来の狡猾さがよみがえった。突如として、頭の中にすばらしい考えが浮かんだ。

「父や母は亡くなったのですか?」

徳本は確認した。福沢はうなずいた。

「弟や妹も?」

うなずく。

「法事に来ていた親戚も?」

うなずき、また号泣する。泣きやむのを待ち、徳本は尋ねた。

「今、この家の権利はどうなっているのでしょうか」

「茨城のほうの親戚の方が管理していらっしゃる。ほかの財産も。辰巳ちゃんが帰ってきたらと、連絡先を預かっているわ。いま探してくるから、ちょっと待ってて。ああ、おなかすいたでしょう。もうすぐお芋がふけるから、うちにいらっしゃい」

徳本は心の中で快哉《かいさい》を叫んだ。瀬戸山辰巳になりすまそうというのが彼の魂胆だった。

徳本は戦争に行く前から天涯孤独の身である。地位も学歴も資格も伝手《つて》もない。この先徳本滋として生きたところで、親しんだ名前を継続して使えること以外、何の利点もないのだ。一方、瀬戸山辰巳になってしまえば、財産も最高学府を卒業した証《あか》しも医師の資格も手に入る。

ただ容貌《ようぼう》が似ているというだけだったら、徳本もこのような入れ替わりを思いついたところで、荒唐無稽《こうとうむけい》だと笑い飛ばしたことだろう。双生児のように瓜二《うりふた》つというわけではないのだ。なのに実行に踏み切ったのは、瀬戸山の家族が全員死んでいたからだ。身近な親戚もことごとく空襲の犠牲になった。

残るは遠い親戚と友人知人であるが、家族ほど瀬戸山辰巳の面影を濃く持ってはいまい。おまけにこちらは戦争帰りだ。昔の瀬戸山と違うように感じても、尋常ならぬ体験の連続で顔つきや性格が変わってしまったのだと解釈してくれるのではなかろうか。一夜にして髪が抜け落ちてしまった兵士も珍しくないのだ。

徳本は土屋《つちや》という茨城の親戚を訪ねた。偽者であるとバレたらバレたでかまわないという軽い気持ちだった。面識はないのだから、さっさと逃げれば相手も追いかけようがないだろう。

賭《かけ》はまんまと当たった。徳本は瀬戸山辰巳として財産を相続した。世の中は混乱のさなかにあり、瀬戸山辰巳の死亡通知が届いていなかったのもさいわいした。

土屋は業突張りで、管理料をよこせと言ってきた。もめると正体がばれるのではないかと恐れ、徳本は向こうが要求するだけくれてやった。それでも残った取り分は、貨幣価値が変わったことを差し引いても、向こう五年は何もせずに暮らせるだけあった。

さてこれからどうするか。当分遊んで暮らせるわけだが、どうせ遊ぶのなら好きなことをやってみたかった。医者だ。戦場でまねごとをして、徳本はすっかりその気になっていた。免許は手に入った。医院の建物も医療器具も焼けずに残っている。

だが徳本は、瀬戸山医院をそのまま継ぐことには二の足を踏んだ。多少の知識を蓄え、実践を積んだとはいえ、今の腕で都会の人間を騙《だま》せるか不安だった。それに、偽医者をやるやらないは別にして、東京で暮らすのは危険だと思った。瀬戸山辰巳を知った人間が多く、気が抜けない。

日良谷に行ったのは、そういう理由からであった。東京から遠く離れたここなら、瀬戸山辰巳を知る人間は一人としていない。ろくに医者にもかかったことのない人間が相手なら、嘘八百の医術もまかりとおる。この山里でしばらく修業を積み、東京に戻る。その頃には、瀬戸山を知る人間も彼の記憶を薄くしていることだろう。一石二鳥である。したがって徳本にはそもそも、僻地医療に貢献しようなどという気持ちはさらさらなかったのだ。

しかし環境は人を変える。

偽医者は存外簡単だった。何かといえば消炎剤と鎮痛剤を与え、傷を消毒して包帯を巻き、手に負えなかったら、麓《ふもと》の村や町の病院に行けと言えばいい。

そんないいかげんなことをやっていても、村人たちは、先生先生と慕ってくる。おはぎを持ってくる、食事に招待される、将棋に誘われる、診療所の掃除をしてくれる。

徳本はそれまでの人生の中で他人に望まれたことなどなかった。それが百八十度変わった。待合室がただの溜《た》まり場《ば》になり、肩を揉《も》め腰をさすれと勘違いな要求をされても、少しも悪い気分はしなかった。

日良谷で徳本の人生は大きく変わった。清浄な空気と人々の純朴さにより、彼の屈折した心は徐々に浄化されていった。

五年、十年と月日は流れ、徳本はすっかり日良谷の人間になっていた。東京に戻ろうという気持ちはもうなくなっていた。

そこに、増山常男が東京から戻ってきたのである。

4

「――物証があるわけではないのだ。だが栗林氏は、瀬戸山辰巳という青年医師が復員船の中で死んだという証言を得ている。その証言をした元軍人は、増山常男らしき青年にも同じ話をしたそうだ」

恭一はそこで言葉を置き、試すように私を見つめた。

私たちは湯畑の前の石柵《せきさく》にもたれて話をしている。周囲は観光客でにぎわっているが、こちらの話に足を止める者はいない。

「東京で暮らしていた常男君は、何かのきっかけで瀬戸山先生の正体を知り、それを確かめようと日良谷に帰ってきた？」

「ただ確かめるために、遠路はるばる、捨てた故郷に帰ってきやしないさ。恐喝だよ。常男君は東京でちんぴらに身を落としていたそうだ。仲間の一人に、近いうちにまとまった金が入るとも漏らしていたという」

「じゃあ――」

私はその先を口にするのをためらったが、兄は聞こえたかのようにうなずいた。瀬戸山先生、いや徳本滋は、増山常男に脅されて逆上し、あるいは秘密を守り通すために、彼を殺したということなのか？　常男が口にしていた「ヤブ」とは「もぐり」という意味だったのか？　もぐりの医者であれば、たしかに「日本一腕が悪い」ことになるが。

「いやしかし、すると増山芳夫はどうなる。彼は自分が犯人であると認めたじゃないか。手口も動機も明かした」

「嘘をついたのだな」

「おいおい、嘘というのは、自分の不利を覆すためにつくものだろうが。無実の者が嘘をついて殺人犯になるか？　ならない」

　私はかぶりを振った。

「嘘は人をかばう時にも使うよ」

「先生をかばった？　どうして？　かばうにも限度がある。彼は現実に有罪判決を受け、現在も刑務所に入っているんだぞ」

「うん、その理由はあとで話すとして——」

「ちょっと待てよ。矛盾していることはまだあるぞ。常男君が殺された時、瀬戸山先生は診療所で僕らと飲んでいたじゃないか」

　私は思い出した。

「常男君が殺されたのはいつだい？」

兄は問う。

「十一時から十二時にかけて」

「それは目撃情報と合わせてのことだろう。監察医の所見では七時から十二時にかけて。その間、先生と常男君が二人きりになったことがあったじゃないか。八時ごろ、常男君が診療所にやってきて、僕らは軽部本家に戻った」

「それが何だっていうんだ。殺す機会があったということ？　いくら機会があったとしても、実際には殺していない。なぜなら、八時よりずっとあと、十時半頃に、僕らは常男君を見かけたじゃないか。それも瀬戸山先生と一緒に」

私はとうてい納得できない。すると兄はとんでもないことを言い出した。

「あのとき常男君は、すでに死んでいたんだよ」

「はあ？」

「僕らがすれ違ったのは常男君の死体だ」

「何言ってんだ。あのとき常男君は健児をおんぶしていたじゃないか」

「あれは常男君が健児をおぶっていたのではない。健児が常男君を抱えていたのだ」

「何だって⁉」

「健児は常男君の死体の背中に張りつき、胴に両腕を回して抱きかかえていた。その状態で丈の長いどてらを二人の上にねんねこのように羽織らせれば、前の人間が後ろを背負っているのか、後ろが前を抱えているのか、見分けがつかなくなるよね。いや、通常、二人がそういう体勢でいる場合、ほぼ百パーセント前が後ろを背負っているものなのだ。その先入観により、常男君が健児を背負っていると僕らは思ってしまった。健児の、酔って眠りこけているような演技にも騙されたわけだがね。つまり、どてらの袖《そで》から出ていたのは常男君の腕、どてらの裾《すそ》から出て地面に立っていたのは、常男君の靴を履いた健児の足。健児の両腕は常男君の胴に回されているが、それはどてらの中に隠れて見えない。常男君の足は宙に浮いており、こちらもどてらの中に隠れていた。二人羽織だな。いま思えば、あの時の常男君は一言もしゃべっていないんだよなあ」

あまりのことに言葉が出てこない。

「そういう目くらましが成立したのは、夜だったからだ。しかも街灯のない山道だった。真っ昼間だったら、おんぶしているにしては不自然に見えたことだろう。常男君の表情に生気がないとも感じただろう。しかしあのトリックを成立させた最大の要因は、周囲の協力だ。二人と一緒にいた村人たちが、常男君がさも生きているようにふるまっていたので、すでに死体であったとは夢にも思わなかった」

「そうだよ。あの時はほかに何人かいた。みんな騙されていたというのか？」

私は混乱しきっていた。

「落ち着け。騙されていたのは僕ら二人だけだ。あとの五人は、常男君は死んでいると知っていた。一致協力して僕らを騙したのだ」

「なんだよ、そんなバカな話があるかよ。みんなして嘘を？　人が死んでいるんだぞ。嘘をついてる場合じゃないだろう。それともまさか、全員で常男君を殺したとでも言うのか？」

「殺したのは瀬戸山先生だ。それを隠蔽《いんぺい》するために村人が動いた」

「どうして？」

「先生をかばうためさ。十時半の時点で常男君が生きていたとなれば、先生は嫌疑の対象から外される。先生はその後僕らと飲むのだから、常男君を殺せない。つまり村人たちは、先生の偽アリバイ作りに一役買ったのだな」

「だからどうしてかばう。先生はいい人だから？　だが、殺してもいない者たちがそこまでやるか？　死体を動かし、嘘をつき――犯罪じゃないか。おまけに増山芳夫はやってもいない殺人を告白して刑務所に入った？　バカな！　あの場には増山本家の主人もいたぞ。若い衆だけならともかく、いい大人が、それも村の長が殺人の隠蔽にかかわるなんて、そんなバカな話が――」

「あるんだよ。なぜそこまでして事実の隠蔽を図ったのかということが、この事件最大の謎であり最重要な点なのだが、その説明をする前に、事件発生から時間を追ってさらってみよう」

　さすがに疲れたのか、恭一はベンチの方に歩いていく。

「瀬戸山先生が犯人であるという前提は間違っていないのだな？」

　あとをついていきながら、私は待ちきれず尋ねた。頭の整理がまるでつかない。

「絶対にそうだとは言えないよ。なにしろ物証がない。状況証拠と噂話に想像の翼をつけて構築しただけさ。ただ、瀬戸山先生を犯人とするなら、これまで釈然としないながらも無理に納得していたいくつかの事柄が、正しい鞘《さや》の中に収まるのがはっきりと認識される」

　恭一はベンチに腰を降ろし、タバコに火を点《つ》けてから話を続ける。

「常男君は、根は小心者なのだ。派手な恰好《かっこう》をしていたのがその証しさ。実体の弱さを隠すために、華美な鎧《よろい》を着て虚勢を張る。そして小心者であるから、強請《ゆすり》を行なうために帰郷してきたのに、気後れして肝腎《かんじん》の用件をなかなか切り出せない。結局、実行したのは三日目の夜だ。常男君は寄り合い所での歓迎会を中座して診療所に足を運んだ。僕らが飲んでいた時にやってきたよね。宴会の途中という妙なタイミングで恐喝を実行したのは、彼が小心者だったからにほかならない。酒の勢いで、よし行ってやれとなったのだ。

　僕らが暇《いとま》を告げたあと、常男君は瀬戸山先生を強請《ゆす》った。そして返り討ちに遭う。

先生もずいぶん酒が入っていたので自己制御がきかなかったのだろう。常男君を診察台にでも押し倒し、上着の襟で首を絞めた。やがてわれに返り、蘇生《そせい》を図るが、彼はついに息を吹き返さなかった。先生は覚悟を決める。寄り合い所に行き、常男の帰りを待っていた若者たちを前に、彼を殺してしまったと打ち明けた。殺人の原因となった自分の過去も包み隠さず明かした」

「どうして寄り合い所に行くんだよ。覚悟を決めたのなら、まず警察を呼ぶだろう。診療所には電話があったじゃないか」

私は口を挟んだ。

「それは日良谷が村落共同体だからだよ。日良谷にかぎらず、小さな共同体の中にあっては、自分一人の判断で行動することは御法度だ。そこは一つの家のようなものなのだ。したがって、日良谷という家の長——軽部義照と増山東蔵——にも連絡を入れ、寄り合い所に来てもらっていたはずだ。

先生は警察に出頭するつもりだったのだ。ただ、その前に、日良谷の人たちの前で、日良谷の人間として、けじめをつけようとした。ところが先生の告白を聞いた村人たちは意外な行動に出た。組織だった隠蔽工作が提案されたのだ。先生は驚きながらも、その理由に納得し、提案を受け入れる。

では具体的にはどう隠蔽する。死体を埋めてそれでおしまいというわけにはいかない。村の人間には、常男は急に帰京したと言っておけばいいが、常男がいつまで経っても戻ってこなければ、東京の知人が騒ぎ出す。だから、常男の死そのものを隠蔽するのではなく、死んだ事実は明かしたうえで真相を隠すことにした。

まずやらなければならないのが、瀬戸山先生を容疑者の対象から外すことだった。その障害となっているのが浅倉兄弟だ。先生と常男が診療所の中で二人きりになったことを知っているからね。そして部外者なので、隠蔽工作への荷担も頼めない。浅倉兄弟には、先生と常男は何ごともなく別れ、常男はその後死に、そのとき先生には確固としたアリバイがあった、と思わせなければならない。そのために、若い衆と長と先生が三位一体となってひと芝居打つことになった。僕らに目撃されていなければ、警察を相手に先生の偽アリバイを主張するだけでよかったのだがね。

露天風呂《ろてんぶろ》の帰りに軽部本家の主人と会ったよね。あのとき彼は、常男は現在診療所から寄り合い所に戻ってきて飲んでいる、というようなことを言ったよね。芝居の始まりだ。ただ、あの時の軽部義照は、寄り合い所で隠蔽工作の話し合いをした帰りに、たまたま僕らと出くわしただけなのだと思う。だからあの台詞《せりふ》は即興で、本当の幕が開くのはもう少しあと、先生が僕らを飲み直しに誘いにきてからだ。

診療所に向かう途中で若者たちと出くわしたのは、もちろん仕組まれた出会いだ。健児が常男君に背負われているふりをしていたこと、周りを固めていた人間も常男君が生きているように演技していたことは、すでに話したとおりだ。一つ補足しておくと、別れ際、常男君が顔を動かして東蔵を睨《にら》みつけたように見えたが、これは横にいた邦彦か芳夫が、僕らの見えない位置から手を出して頭を動かしたのだろう。そのあとネックレスをいじったのは健見だな。ごく短い時間であれば、片腕で常男君を支えるのも可能だ。

浅倉兄弟に生きている常男を見せたあとは、常男の家の離れに死体を搬入し、首吊《くびつ》りを装わせ、密室にする。密室にした理由は二つ。一つは自殺の補強。もう一つは、実はこちらのほうが重要で、検視対策だ。常男は十一時までは生きていたといくら主張したところで、検視の結果、死亡時刻は八時前後と出てしまったら、偽装が見破られてしまう。そこで、離れを密室にすることで死体の発見を遅らせ、死亡時刻の推定を難しくさせようと図った。死後の経過時間が長くなればなるほど、死亡推定時刻の幅が広がるからね。駐在に要領を得ない通報をしたのも、捜査員の到着を遅らせたかったからだ。芳夫の不手際を叱りつけた義照や東蔵は、実に名演技だった」

そして、ようやく警察がやってくると、常男が東京での生活に疲れていると漏らしていたと、みんなして嘘の証言をしたわけか。

「だが、この隠蔽工作が秀逸なのはここからで、宇宙ロケットのように切り離し式になっていたことだ。一段目で目的が達成できなかったら、それは潔く切り離し、二段目のエンジンに着火する」

「自殺の偽装が通用しない場合を考えて、増山芳夫という偽の犯人も用意しておいた」

私は確認する。恭一はうなずいて、

「なぜ最初から芳夫を犯人としなかったのかというと、そりゃ、うまいこと自殺で片づけられれば、芳夫に苦労をかけずにすむからね。ではなぜ偽の犯人を立てなければならなかったのか。他殺が疑われたとしても、誰が殺害したと特定されないので問題ないのではないか。いや、犯人を立てないと捜査が続き、捜査が続けば嘘が発覚するかもしれない。それを予防するためにも、替え玉を捜査当局に差し出すというのは賢明な策といえる。世間は大いに誤解しているが、警察というのは、社会秩序の維持に努める組織であって、真実を追究する組織ではない。警察というのは、ある人物を逮捕することで事態が収束し、失われた秩序が回復するようなら、その人物が真に犯人である必要はない。だから冤罪《えんざい》があとを絶たないのだが、それはともかく、増山芳夫が犯人ですと名乗り出て、彼の供述に矛盾がないようであれば、警察はそれで満足さ。真実を追究しようという姿勢がないので、指輪の件も見過ごしてしまった。こんな山奥からは一日も早く引き揚げたいという気持ちもあっただろうしね」

「指輪？」

「常男君の指からはずされていた指輪。あれは二人羽織の芝居に際してはずされていた。どてらの袖《そで》から出るのは常男君の手なのだが、しかしそれを健児の手であると思わせたいわけだから、指輪をしていたらおかしいよね。だからあらかじめはずしておいたのだけれど、芝居のあと、はめ戻すのを忘れてしまった。そこで、死体発見後、離れに入った芳夫が戻すことになるのだが、常男君の家族がいるのではめることができなかった。あるいは死後硬直のせいでうまくはめられなかったのかもしれない。仕方なく畳の上に置いてきたわけだ」

恭一は何本目かのタバコを足下に捨て、以上、と言葉を結んだ。

「それで？　集団で隠蔽《いんぺい》工作を図ったわけは？」

結局そこに戻ってくる。兄はまた新しいタバコをくわえ、風を避けるようにしてマッチをすった。

「日良谷を無医村に戻したくなかった」

マッチの燃えさしを指で弾《はじ》き、青い空に向かって白い煙を吐く。

「瀬戸山先生が診療所を開いて十余年、日良谷の人々は医者のありがたみが身に染みたと思う。医者のない生活はもう考えられない。しかし彼が警察に捕まれば、明日からは医者のない環境に置かれてしまう。そう、まさに放り出されてしまうのだ。代わりの医者など来てくれない。そう簡単に代わりが見つかるのなら、瀬戸山先生以前に誰かが定着している。瀬戸山先生の帰りを待つこともできない。傷害致死罪が適用されれば、案外早く出てこられるかもしれない。けれどたとえ執行猶予がついて刑務所に入らずにすんだとしても、瀬戸山先生は診療所に戻ってこられない。警察に捕まれば必然として、もぐりであることが発覚するわけで、二度と医者として活動できない。残された村の者はどうなる。たとえもぐりであっても、医術の心得のある人間は必要なのだよ。だから身代わりを警察に差し出すことにした。決断を下したのは二人の長だろう。瀬戸山先生が医者でなければ、どんなに人がよくても、殺人をかばうことはなかったと思う。瀬戸山先生も医者だから、この無謀な提案を受け入れた」

「しかし——、周囲で隠蔽工作をする者たちはいいとしても、身代わりになる人間が納得するとは思えないが」

「納得するんだよ。なぜなら日良谷は村落共同体であり、一つの家だからだ。そこに住む者はみな、個人よりも家の利益を優先して考え、行動する。言い方を換えれば、個を捨て家のために犠牲になれる者だけが住み続けている。常男君はそういうことができない性質だから出ていったのだよ。ある意味自然淘汰《しぜんとうた》であり、逆説的には、常男君は日良谷を愛していたともいえる。異分子が混じっていたら秩序が乱れると無意識のうちに感じ取り、自分から群を離れた。

それに考えてごらんよ、一生を日良谷で終えるつもりなら、殺人の前科がつこうがまったく関係ないじゃないか。刑務所での数年間はもちろんつらい。しかし前科者ということで就職を拒否されるか？　縁談が壊れるか？　自宅に石を投げられるか？　日良谷の中にいれば、決してそのようなハンディを背負わされることはない。逆に、家のために体を張ってくれたということで、みんなから感謝される。

そう、おそらく、芳夫は身代わりとして刑務所に入っているのだと、村の全員が知っているのだと思う。事件当日は、若い衆と二人の長だけで話を進めたのだろうが、その後長が一軒一軒回って説明したはずだ。その長の一人が増山東蔵で、その息子である芳夫が泥をかぶるわけだ。無謀な計画に巻き込む責任として、わが子を差し出すことにしたのだ。上に立つ者の鑑《かがみ》ではないか。東蔵の苦しい胸の内を思えば、みな納得してくれたさ。常男君の両親も、わが子を失った悲しみや恨みは決して捨てられないが、長がそこまで村を思っているのならと、感情を押し殺して承諾したのだよ」

恭一は溜《た》め息《いき》をつく。

「それでどうするの？　告発し、捜査と裁判をやり直させる？」

私はふと気になって尋ねた。

「そうしたほうがいいのか？」

兄は逆に尋ねてきた。私は即答できない。兄は言う。

「さっき僕は警察のことを、真実でなく秩序のために動いていると、なかば揶揄《やゆ》して言ったわけだが、その行動原理はそう悪いことではないようにも思う。今現在、あの事件の真犯人が捕まっておらず、犯人とは違う人間が服役中であることで、何か不都合が生じているか？　もちろん、芳夫は娑婆《しゃば》の空気が恋しいだろうし、彼の両親は息子のことを思うといたたまれないだろうし、常男君のほうの両親は真犯人が裁きを受けずに納得いかないだろうし、瀬戸山先生は罪の意識にさいなまれていると思う。けれどそれらは合意のうえでの苦労だ。要するに秩序はひとまず保たれている状態なのだ。それをあえて破壊する必要がどこにある。真実真実というが、いったい誰のための真実なんだ。闇雲に情報を開示して秩序を混乱させることが正義か？　この世には、『必要悪』とか『嘘も方便』とかいう言葉がある。人という生き物は、嘘や悪をうまく使いこなしつつ、今の時代まで繁栄を続けてきたのだよ」

湯畑の周りは相変わらずのにぎわいだ。人々は声高にしゃべったり笑ったりしながら、記念写真を撮ったり土産物屋を冷やかしたりしている。

「彼には日良谷で人生をまっとうしてほしい、瀬戸山辰巳として」

私はぽつりと言った。それが徳本滋に与えられた罰だ。

「冷えてきたな」

恭一は太った体をぶるっと震わせ、そこの共同浴場にでも行ってみるかと腰を上げる。

徳本滋が生きている間に、彼の志を継ぐ者は現われるのだろうか。私はそれが少し気がかりだった。

転居先不明

1

誰かの目を感じるの。

喉《のど》の奥から絞り出すような声で妻が漏らしても、夫は正面を見据えたまま、十本の指を器用に使い分けてキーボードを叩《たた》き続ける。

「わたしのことをじっと見つめるのよ」

佳代《かよ》は顔をあげ、今度は甲高い声で利光《としみつ》に訴えかけた。

「聞こえてる」

利光が眉《まゆ》をひそめた。

「毎日よ。スーパーで、コンビニで、公園で、図書館で、フィットネスクラブで。佐《さ》藤《とう》さんと立ち話している時にも」

佐藤というのは、引越してきて以来何かと親切にしてくれる隣家の奥さんである。

「誰が？」

そう尋ね返してくる利光だが、ノートパソコンのディスプレイから目を離さない。

「わからない。だから気味が悪いんじゃないの」

「気のせいだろう」

「わたしも最初は気のせいだと思ったわ。でも違うの」

「どう違う」

「それは……、言葉では説明できない。とにかく視線を感じるのよ。痛いくらいに感じるの」

佳代は自分の両肩を抱いてみせる。

「そういうのを、気のせいという」

「違うってば。ちゃんと聞いてよ」

「聞いてる。そんな声を出されたら、夢の中でも聞こえる」

利光は右手で右の耳を覆い、左手一本でキーボードを叩く。

「声が大きいのは生まれつきです」

「ボリュームの調節くらいできるだろう」

「誰かがわたしのことを見ているのよ。じっと観察しているのよ。あとを追い回して。そういう変な人間にわたしが襲われてもいいの？」

佳代は手を振りたてて訴える。

「ストーカー？」

「そうよ、ストーカー」

「歳を考えてものを言え」

利光は鼻先で笑い、右手をキーボードの上に戻すと、猛烈な速度で十指を動かした。

佳代は彼の肩口を押さえつけた。

「失礼ね。おっしゃいますけどね、この間渋谷《しぶや》に出かけた時、お茶を飲みませんかって声をかけられたんだから」

「飲んだのか？」

利光はぴたりと手を止め、しかめた顔を佳代に向けた。妻は首をかしげ、思わせぶりに笑ってみせる。夫は視線を天井に飛ばし、ぼそっとした声で、

「そういう時は、コーヒーだけでなくメシもおごらせろ」

「断ったわよ。気持ち悪い」

佳代は首をすくめた。利光はどこかほっとした表情で、人差し指を振りながら、

「じゃあ、そいつが犯人だ。断られた腹癒《い》せにあとを追いかけている」

「妬《や》いてる？」

佳代は挑発的に首を突き出す。

「妬いてる妬いてる」

利光はぷいと顔をそむけ、パソコンに向かう。

「でも、あの時の男につきまとわれているのかもしれないわ、冗談ではなく」

「だから、気のせいだって」

「事実、視線を感じるのよ」

佳代は今一度自分の両肩を強く抱きしめ、溜め息混じりに首を振った。

パチパチとキーを叩く乾いた音が、がらんとした居間に響く。パソコンは無線LANでインターネットに接続している。といっても佳代はパソコンについては素人同然なので、無線LANが何であるのかは知らない。

少し間を置いてから利光がつぶやいた。

「なるほど、たぶんあれだな」

「何?」

「『目』についてピンときた」

「何? 誰?」

佳代は勢い込んで尋ねる。利光はニヤニヤするだけで答をよこさない。

「きちんと話してよ。気持ち悪いじゃないの」

「顔だよ」

「顔?」

「アイシャドーがところどころ剝《は》げ落ちている。左目の下。化粧がおかしいと、だからじろじろ見られたんだよ」

佳代は驚き、テレビの上に置いてあった小さな鏡を手に取った。化粧は少しも崩れていなかった。

「ふざけないで」

佳代は利光の背中をひっぱたいた。パソコンが立て続けに警告音を発した。

「何するんだよ」

利光が血相を変えた。手が滑り、入力を間違ったらしい。

「人の話を真剣に聞かなかった罰よ」

「こっちは仕事をしてるんだぞ」

「わたしが事件に巻き込まれても平気なの？」

「取り越し苦労につきあってられるか」

「ちゃんと聞いてよ。ちゃんと聞いたら、わたしの言うことが本当だとわかるから」

佳代は夫の二の腕を取る。

「そういう話は仕事をしていない時にしろ」

利光は肘《ひじ》を振って妻の手を振りほどく。

「ちょっと手を休めてくれればいいじゃない」

「夫の勤め先に足を運び、会議中の夫の横で、家庭の心配事を相談する妻がどこにいる」

「あなたは会社員じゃないでしょう」

「この家が俺の仕事場だ。仕事をしている時には声をかけるな。俺がこうして働いているから、誰かさんは働かずに暮らしていけてるんだろう」

「ま！　ちょっと前までは誰の稼ぎで食べてたのよ」

「五年も昔の話だ。とにかく仕事のじゃまはするな。これは命令だ」

「じゃまされたくなかったら二階の部屋でやってちょうだい。こんなところで仕事されたら、テレビだって見られやしない」

すると利光はノートパソコンを閉じ、ソファーから腰をあげた。大股《おおまた》で居間を横切る。

「わたしがストーカーに襲われてもいいのね⁉」

去りゆく背中に佳代は声をかけた。

「じゃあ訊《き》くが、そのストーカーとやらから、毎日変な電話がかかってきているのか？　ポストからあふれるほどの手紙が、サーバーがダウンするほどのメールが届いているのか？」

利光は振り返ることなく、そう捨て台詞《ぜりふ》を吐いてドアの向こうに消えた。

田之上《たのうえ》佳代が東京に越してきてふた月が過ぎようとしていた。

佳代はそれまで九州の宮崎にいた。宮崎市から南に車で一時間半ほど下った、野生馬と芋を洗う猿で有名な小さな町で、佳代は生まれ、育った。大学は福岡だったが、その二年半を除けば、四十年になろうとする人生のほとんどを、太平洋からの潮風を受けて過ごしたことになる。大学生活が二年半と中途半端なのは、在学中に結婚し、学校を中退したからだ。今でいう、できちゃった結婚である。

その相手が田之上利光だった。利光は大学のサークルの二年先輩で、結婚当時はすでに大学を卒業し、九州を地盤とする大規模小売店に就職していた。二人の新婚生活は福岡市内の2DKのアパートで始まった。

ところが利光は生活能力のない男だった。佳代が出産のために実家に戻っていると、ある日ふらりと訪ねてきた。生まれたばかりの息子の顔を見にきたというが、しかし一週間も十日も滞在する。仕事はいいのかと尋ねると、上司と喧嘩《けんか》して辞めたと、しれっとした顔で言う。利光はそのまま実家に居着いてしまった。

ガソリンスタンド、農協、ドライブイン、パチンコ屋――どの仕事も一年と続かない。いつしか、利光が家で子供の相手をし、佳代が働きに出るようになった。市役所の臨時職員の給料などたかが知れていたが、さいわい家賃が必要なかった。食費も光熱費も請求されなかった。末娘ということで、実家が何くれとなく甘やかし、結果的に佳代たちは、車を持ったり海外旅行をしたりと、収入がないわりには裕福な生活を送ることとなった。利光はそんなぬるま湯にどっぷりと浸《つ》かり、五年、十年と、息子やその友達と、野球やテレビゲームをやって過ごしていた。

そんな男が突然、商売をはじめた。どこで知識を得たのか、海外から雑貨や骨董《こっとう》品を輸入し、インターネットによる販売をはじめた。五年前のことだ。

これが当たった。一年目こそ、仕入れたがらくたに寝場所を占拠されたが、二年目からは黒字に転じ、三年目には、佳代の年収の十倍以上の利益をあげるようになった。インターネットバブルにうまいこと乗じたのだ。

そして利光はまた唐突に、東京に引越そうと言い出したのである。曰《いわ》く、トレンドを肌で感じる必要がある、曰く、会社が東京にあるのと宮崎にあるのとでは客の食いつきが違う、曰く、取材もされやすい、曰く、要するに上京すればもっと金持ちになれる。

いきなりそう言われたところで、旅行に行くのとはわけが違う。この歳になって未知の土地に移り住むのには大きな抵抗があるし、高校生活もなかばを過ぎた息子を今さら転校させるのは酷だ。

佳代がそうしぶったところ（むしろ冗談と思って相手にしていなかった）、利光はさらに驚くべきことを口にしたのである。先だって市場調査のため上京した折、練馬にいい出物があったので、手付けを打ってきたという。中古ながら一戸建てで一千二百万円、４ＬＤＫで一千二百万円、二十三区内の駅から徒歩二十分で一千二百万円、こんな物件は今後一生待っても出てこないぞと、妻の手を取り、息子の肩を引き寄せ、唇の端に泡を浮かべて力説する。

佳代は唖然《あぜん》とし、次に混乱し、しばらく経ってようやく怒りが湧き起こってきた。しかしその怒りをぶつける前に、当人が目の前から消えてしまった。身辺の整理がつきしだい追ってこいと、夫は妻子を残してさっさと上京してしまったのである。

それが一年半前のこと。

佳代はあとを追うつもりなどなかった。利光はあまりに身勝手だと思った。生まれてはじめて自力で大金を手にし、舞いあがっている。そんな男は一生単身赴任しているがいい、事業に失敗して泣きついてきても実家の敷居はまたがせないと、はらわたを煮えくりかえらせていた。

なのに今、佳代は東京の練馬にいて、利光と一緒に暮らしている。

気持ちの整理がついたわけではない。

利光の上京から半年、一人息子が高校を卒業し、福岡の専門学校に入学した。彼は最初、「月に二度は帰ってくるよ、栄養補給に。高速バスで四時間だしね」などと言っていたのだが、いざ入学してみると、月に一度も帰ってこない。夏休みでさえ、わずか三日の滞在で福岡に戻っていってしまった。自立心が旺盛《おうせい》で、新しい環境に適応できたことは、親として喜ばしいことであったが、自分の手元から何のためらいもなく離れていってしまったことは、親としてこのうえなく寂しいことであった。

佳代は取り残されてしまった。昨日も今日も、老いた両親と日がな一日向き合って暮らす。明日からもその繰り返しが待っている。

佳代はいつしか恐怖を感じるようになった。自分は間もなく四十になる。もう四十かと憂鬱《ゆううつ》にもなるが、考えてみればまだ人生のなかばでもある。なのにこのままこの鄙《ひな》びた田舎で朽ちはてていってよいのか。こうやって刺激も活気もない暮らしを続けていたのでは、老け込むのも早いのではないか。

ひとたびそんな考えが芽生えると、胸が苦しくてたまらなくなる。悲しく、恐ろしく、突然わっと叫び出したくなる。だから佳代は上京を決意した。

昨年末、利光が帰省してきた。クリスマス明けから一週間ほど滞在し、三箇日が明けるとともに東京に戻っていった。佳代はそれにくっついていった。

もちろん不安はあった。東京のことなどまるでわからない。高校の修学旅行とディズニーランドへの家族旅行で行った経験しかない。残してきた両親のこともある。けれど佳代は故郷をあとにした。何がしたいからではなく、何かをしなければという強迫観念に背中を押され、未知の世界に旅立った。

あれからふた月が経った。

東京に慣れたとは、まだいえない。山王下《さんのうした》の交差点で玉突き事故というニュースを聞いても、その場所が東京のどの辺にあるのかピンとこない。一把百九十八円もするホウレンソウを買うのはためらわれる。けれど、池袋の東口と西口を間違うことはなくなったし、エスカレーターで右側を空けることもおぼえた。フィットネスクラブやカルチャーセンターに顔見知りもできた。

そうして少しずつ余裕が出てきたある日、佳代は「目」を感じるようになった。五日前だったか、いやもう一週間になるだろうか、具体的に何月何日の何時頃からとは言えないのだが、気がついたら、背中や首筋に視線を感じていた。

隣家の夫人と立ち話をしている時、公園のベンチで携帯電話で話している時、カルチャーセンターの休憩時間に、一息つこうと入った喫茶店で、買物をしている最中にも、どこからか視線が飛んでくる。

ハッとしてあたりを見回すと、この巨大な街のこと、数えきれないほどの人がいる。けれど、その中の特定の誰かがこちらを注視しているようには見えなかった。みな、田之上佳代という人間に対して無関心であるように思われた。

だが佳代は視線を感じてならない。今日も外出していた間じゅう「目」に追いかけられ続けていた。

夫に相談してみたものの一笑に付された。佳代は憤慨する一方、そうよ気のせいよと自分に言い聞かせた。

しかし明くる日外出した佳代は、やはり誰かの目をそこに感じた。その翌日も、さらに翌日も。突然、こめかみや首筋に、剝《む》き出しになった歯の神経を刺激されるような鋭い痛みが走る。痛みはたいてい一瞬で、ハッと周囲を窺《うかが》った時にはもう消えている。

折にふれ、佳代は利光に話して聞かせた。彼は「気のせい」の一点張りだった。それでも執拗《しつよう》に訴えかけると、探偵に調べてもらえと笑われ、それはまだいいとして、医者に診てもらえなどとひどいことまで言われた。

佳代は独りで行動した。「目」を感じたらかならず周囲を注視し、目にとまった顔を可能なかぎり頭に叩《たた》き込んだ。ポケットには常にメモ帳を忍ばせ、「女、四十代、眼鏡、パーマ」とキーワードを残しておいた。だが、そうやって地道にデータを集めてみたものの、いつも同じ顔が存在しているようではなかった。

佳代は独りで考えた。誰が自分をつけ狙うだろうか。東京に来て日が浅く、恨まれるほどつきあいのある人間はまだいない。切符を買う際や電車の乗降でもたもたして多くの人に迷惑をかけたが、たったそれだけで恨みを買ってしまうものなのだろうか。だったらまだ、お茶の誘いを断わった男に追い回されていると考えたほうが納得できる。それとも東京というところは、ふと見かけただけの、何の利害関係もない他人につきまとうような人間が棲息《せいそく》している恐ろしい街なのだろうか。

桜が開花した。例年より三日早いという。日一日と桜は花びらを広げていき、それにつれて世の中も浮きたっていく。

けれど佳代は沈んでいた。相変わらず「目」につきまとわれている。大泉中学の前の桜並木を歩いていても、誰かがあとをつけているのではと気が気でなく、通りの上にまで張り出した薄桃色のアーチを愛《め》でる余裕などない。自宅の中にいても、いるはずのない誰かを感じてしまう始末で、佳代は軽いノイローゼのような状態に陥っていた。

そんな折であった。

この家に一番近い、目白通りのLというコンビニに行っていた利光が、帰ってくるなり缶ビールの詰まった袋を投げ出して二階に上がっていき、しばらく仕事部屋にこもっていたかと思ったら、やがておおと野太い声をあげ、荒々しい音を立てて階段を駆け降りてきた。

「俺が悪かった。おまえが正しかった」

居間に飛び込んでくるなり、利光は頭を下げた。佳代がぽかんとしていると、彼はくぐもった声で、

「ああそうさ、おまえはたしかに、誰かに見られている」

「え？」

「俺もだ。実は俺もじろじろ見られていたのだが、今日まで気づかなかった。鈍かった。すまない」

利光はまた頭を下げる。

「あなたも？」

「さっきコンビニで立ち読みしてたら、後頭部がむずむずした。ふと顔を上げてみると、雑誌ラックの前のガラスに人の姿が映りこんでいた。俺の斜め後ろに若い男が立っている。男はずっと顔をそむけ、回れ右をし、背後の棚を物色しはじめた。俺は不審なものをおぼえ、何か用かと尋ねてみた。男は何でもないと答えたが、やつが俺を見ていたのは明らかだった。俺と目が合いそうになったから、緊急避難のために後ろを向いたのだ。なぜそう断言できるのかというと、そいつの目の前に並んでいたのが、そいつの生活にまったく必要のないもの、生理用品だったからだ。俺は男を外に連れ出して追及した。そして俺を見ていた理由を聞き出した。驚くべき話だった」

利光は言葉を止め、小さく出した舌先で唇を舐《な》めた。

「誰なの？　ねえ、誰だったのよ⁉」

佳代は夫に摑《つか》みかかるように尋ねる。

「名前はいちおう聞いておいたが、それをここで言っても無意味だ。今日はたまたまその彼だったが、それ以前におまえをじろじろ見ていたのはほかの人間なのだから」

「どういうこと？」

「クヌギという名字に聞き憶《おぼ》えがないか？　成功の功に刀で功刀《くぬぎ》」

利光はそう言いながらソファーの方に歩んでいく。

「コンビニで捕まえた男？」

「違う。五年前に起きた殺人事件の被害者」

「は？」

「その事件は、発生した場所から、ワイドショーや雑誌ではこう呼んでいた。『練馬大泉一家惨殺事件』」

佳代はしばし眉《まゆ》を寄せたあと、ああとうなずいた。「練馬大泉一家惨殺事件」という言葉の響きは、なんとなく聞き憶えがある。

「功刀、功刀。うん、言われてみると、そういう変わった名前の家で事件があった気がする」

「練馬大泉一家惨殺事件は、半年にわたって二十三区の西部方面で続いた強盗殺害事件の幕引きでもあった」

「ああ、なんか、連続強盗事件ってあったね」

と応じたものの、具体的にどういう事件だったのか、佳代はすぐには思い出せなかった。そして記憶を探るうちに、おやと思った。

「ねえ、事件があったのはこの近く？」

この家の住所は練馬区大泉町である。

「近くとはいえない」

利光は小脇に抱えていたノートパソコンをガラステーブルの上に置いた。

「じゃあどの辺？」

「こういう場合、『近く』とは表現しないだろう。近所ではなく、まさにここなのだから」

佳代はきょとんとした。

「五年前、この家は功刀さんのものだった」

と利光は、右手を水平に伸ばし、輪を描くようにゆっくりと動かした。何秒かの間を置き、佳代は金切り声をあげた。

「何ですって⁉」

「練馬大泉一家惨殺事件は、まさにこの家の中で起きていたんだよ」

「なに言ってるの。質《たち》の悪い冗談はよして」

佳代は顔をゆがめ、しかしわずかに笑った。

「まったく、冗談であってほしいよ」

利光はふうと息をつき、ノートパソコンを開く。

「ふざけないで。この家で殺人事件が？　そんなことがあるはずないじゃない」

「あったんだよ。だから俺はじろじろ見られた。おまえも見られている。つまり好奇の目だ。ああこいつが、あの惨劇があった家に越してきた物好きか」

「嘘」

佳代は右を見る。左を見る。振り返る。この家で殺人が？　そんなはずがあるものかと思う。壁も、床も、天井も、どこも汚れていないではないか。

「練馬大泉一家惨殺事件？　功刀？　何よ、それ」

佳代は引きつった笑いを浮かべ、必死に思い出そうとする。大泉とか殺人とか功刀とかいう単語が空回りするだけでまるで思い出せない。五年も前の話だし、また当時は宮崎に住んでいて、東京での出来事には関心が薄かった。

「読んでみろ」

利光が醒《さ》めた声で言い、液晶の画面を佳代に向けた。

〈練馬大泉一家惨殺事件、最後の真実〉

画面の中央に、極太の見出しが毒々しい色の文字で躍っている。

「以前雑誌に載ったものがインターネットに出回っている」

利光が画面をスクロールさせると、細かい文字がはてしなく続いていた。

2

西武池袋線大泉学園駅。池袋から準急で十五分のこの駅を中心とする一帯は、関東大震災後、私鉄資本により開発された。その名から察せられるように、そもそもは郊外の学園都市を目指していたのだが、大学の誘致に失敗し、結局、田園の中の長閑《のどか》な住宅地となった。このあたりは江戸の昔より、練馬大根等、蔬菜《そさい》の有名な産地だった。

もっとも現在では、この一帯を郊外と称するにはいささかの抵抗がある。駅前には商業ビルが雑然と建ち並び、中には高層の再開発ビルもあり、バスのロータリーがあり、その上を空中歩道が覆いと、立派な都会の風景だ。開発当初は坪十円で分譲されたというが、現在の坪単価はその十万倍である。

ただし、すべてが変わってしまったわけではない。大泉学園駅から北に延びる大泉学園通りの見事な桜並木は開発当初に植えられたものだし、目白通りを越えたあたりから路地に入ってみると、行儀良く建ち並んだ住宅の合間合間に、大根やキャベツの畑が今も散見される。功刀邸があったのも、そんな平和な一角であった。

町が平和なら、功刀家も、あのような陰惨な事件が起きそうな雰囲気を醸している
というわけでは、決してなかった。薄いグレーの壁に焦げ茶色の屋根に白い窓枠――日本中のどこにでもあるツーバイフォー工法の住宅である。猫の額ほどの狭い庭には、春にはパンジー、夏にはスイートピー、冬にはポインセチアと、季節の花が咲き乱れる。家の前の通りにまでプランターを並べ、塀の上からは大小のバスケットを吊《つ》るし、一年を通じて花屋の店先のような明るく華やいだ表情をしていた。事件のあった当時も、丹精されたコスモスやガーベラが咲き誇っており、だからいっそう被害者が哀れでならなかったと、捜査にあたった警視庁石神井《しやくじい》警察署の一人はそう述懐している。

功刀久志《ひさし》は山梨県出身の四十六歳。大学入学時に上京、卒業後都内の証券会社に就職、二十八歳の時に同期入社の仲根美智子《なかねみちこ》と結婚、三年後に長男和也《かずや》をもうけ、和也が小学校にあがるのと同時に三十五年ローンで大泉に住宅を購入、証券不況の折に退職、元同僚と経営コンサルタント会社をはじめ、事件当時は専務取締役の地位にあった。同居の家族はほかに、久志の実父である正《ただし》。どこにでもある平凡な家庭である。

久志の仕事上のトラブルもなかったという。

なぜこのような平和な家が血で染まってしまったのか。

発見

「頭の中が真っ白になってしまって、『佐藤です、練馬の佐藤です、お隣さんが大変です』を繰り返すことしかできませんでした」

功刀家の異変を一一〇番通報した主婦は蒼《あお》ざめた表情でそう振り返る。彼女は、事件から三か月が経った今でも、あの時の光景が突如として鮮明によみがえり、人ごみの中で悲鳴をあげてしまうことがあるという。

平成＊年九月二十日早朝のことであった。功刀家の隣に住む彼女は、六時過ぎに起き、新聞を取り込もうと玄関を出た。外は横殴りの雨だった。前夜より台風十七号の影響で天気が荒れていた。彼女は新聞をポストから取ったあと、門のところにとどまって、自分の家や近所に被害は出ていないかと、あたりに目を配っていた。

すると隣家の玄関が開き、パジャマ姿の男の子が姿を現わした。功刀久志の長男で区立中学三年生の和也である。彼もまた新聞を取りに出たのだろうと思い、彼女はおはようと声をかけた。ところが少年は挨拶《あいさつ》を返してこず、玄関先に倒れた。全身から力が抜けてしまったように、腰から崩れ落ちた。彼女は驚き、あわてて隣家に飛んでいき、さらに驚かされた。

和也の左目が潰《つぶ》れていた。頬骨のあたりまでが異様に腫《は》れていた。パジャマのあちこちが赤黒い斑点《はんてん》で汚れている。

「助けて……。助けて……」

少年は譫言《うわごと》のように繰り返したという。

彼女は和也を助け起こしながら家の中を覗《のぞ》いた。すぐそこに男が倒れていた。廊下から玄関の土間にダイビングするように俯《うつぶ》せで倒れていた。頭髪の半分がハリネズミのように真横にはねていた。ヘアワックスで固めたのではなく、血によってそうなっているのだと、素人目にもわかった。どうしたのだと少年を問い質《ただ》すが、彼は「助けて」を繰り返すばかりだ。家人を呼ぼうと奥に向かって声を張りあげても応答はない。

彼女は土足のまま家の中にあがり、襖《ふすま》が開いていた部屋を覗いてみた。するとその部屋の中にも血まみれで人が倒れており、彼女は功刀家の居間の電話を使って一一〇番通報を行なった。その時刻は六時二十一分であったと、警視庁本部通信司令センターの記録には残っている。

概況

功刀邸は、一階に居間兼食堂と和室、二階に洋間が二つと和室が一つの4LDKで、事件が起きたのは一階部分でである。一階の間取りは、玄関をあがってすぐ右手に二階への階段があり、その隣が六畳の和室、玄関の左手が洗面所と便所と風呂《ふろ》、短い廊下の突き当たりが居間兼食堂、食堂の奥には台所、となっていた。

現場の惨状はベテラン捜査員の背筋をも凍りつかせた。とくにひどかったのが和室で、三組の布団が部屋のあちこちに乱れ飛び、それがぐっしょり朱《あけ》に染まっていた。血海に沈んでいたのは、世帯主の功刀久志、妻の美智子、久志の父親の正、の三人である。三人ともパジャマ姿で、いずれも頭部にいちじるしい損傷を受けており、警察が到着した時にはすでに心停止していた。テレビやスタンドも倒れるなど、室内には争った跡が残っていた。

玄関で倒れていた男にも手の施しようがなかった。寝室の三人同様、頭部がぱっくり割れていた。彼は功刀家の者ではなく、所持していた運転免許証によると、杉並区に住む高浜豊《たかはまゆたか》ということだった。年齢は三十八歳。

男は土足で、防水素材によるパーカとパンツを着用し、デイパックを背負い、右手にはゴルフの5番アイアンを握っていた。クラブのヘッドは血で汚れていた。また、彼の遺体のそばには、ヘッドのあちこちがへこんだ金属バットが落ちており、ここにも多くの血液と毛髪が付着していた。

死者は以上の四名で、家屋内にほかに人はおらず、したがって功刀和也が唯一の生存者であった。

和也の怪我の程度は、瞼《まぶた》の裂傷と眼球の打撲、頬骨の骨折、肩の打撲で、命に別状なわれた。

はなかった。意識もはっきりしており、搬送先の病院でその日のうちに事情聴取が行

「夜中に目が覚めたんです。なんだか騒々しいんです。下の部屋から話し声がするんです。目覚まし時計を見たら三時前でした。みんなもう寝ているはずなのにおかしいと思いました。しばらく待っても話し声はやみません。ときどき怒鳴るような声が混じるし、物を叩《たた》くような音もするし、それで、どうしたのだろうと、様子を見に降りていきました。いま思うと、よく降りていけたなと怖くなるけど、あの時には別にどうもありませんでした。きっとまだ半分寝ていて、頭が働いていなかったのだと思います。でも、階段を降りきって、襖が開いていた和室を覗いたとたん、一気に目が覚めました。覗いた時にはもう、三人とも血だらけで倒れていました。そして小柄な男が箪笥《たんす》を引っかき回していました。男はすぐに僕に気づき、振り返りました。まったく見憶《おぼ》えのない人でした。ものすごく恐ろしい形相をしていました。そして僕の方にゆっくり近づいてきました。僕はおろおろあたりを見回しました。両親と祖父が倒れていて、見知らぬ男がいて、そして僕の足下近くにバットが転がっているのが目にとまりました。僕のバットです。小学五年の時に祖父に買ってもらったものです。普段は玄関の傘立てに突っ込んでありました。それが布団の上に転がっていました。ヘッドには赤いものがこびりついていました。この見知らぬ男が持ち出して、父たちを殴

りつけたのだと察しました。男はすぐそこまで迫っています。僕はとっさに身をかがめてバットを拾いあげました。めちゃくちゃに振り回しました。そしたらどこかに当たったらしく、男がギャッと声をあげました。僕はそれでバットを振るのをやめたんだけど、そしたら男はくるりと背を向けて、布団の間を跳ぶような感じで窓の方に向かっていって、外に逃げていくのかと思ったら、床の間に立てかけてあったお父さんのゴルフバッグからクラブを抜いて、上段に振りかぶってこっちに戻ってきたのです。やられる！ と思って廊下に逃げたのだけど、向こうもものすごい勢いで突っ込んできて、こっちもバットを構えたんだけど、向こうのが顔とか肩とかに当たって、死ぬかと思って、もうヤケクソでむちゃくちゃ振り回して、ヘトヘトになるまで振り回して、気づいたら男が倒れていました。すみません。殺されると思って、無我夢中でバットを振ってしまったんです。ごめんなさい。そのあとは……、ずっと呆然《ぼうぜん》としていました。どのくらい時間が経ったかわからないけど、やっと大変なことを思い出して和室に戻りました。お父さんもお母さんもおじいちゃんも倒れたままです。呼んでも揺すっても返事をしてくれなくて、あたりは血だらけだし、どうにかしなくちゃいけないんだけどどうしていいかわからなくて、また呆然としちゃって……。いつ、どうやって外に出ていったのか、まるで憶えていません。隣のおばさんに助けられたことも」

女性捜査員の質問に十五歳の少年は、つたない言葉づかいながらも、しっかりとした調子で答えた。しかし聴取を担当した彼女は、また別の印象を抱いたともいう。

「最初は、まだ子供なのに気丈だなと感心していたのですが、あまりにも手際がよくて、しだいに作為のようなものを感じるようになりました」

先の和也の話は、引用の便宜上長々とつなげたのではない。捜査員が一つを尋ねたところ、あれだけを一気にしゃべったというのだ。

聴取終了後、家族は三人とも手遅れだったと伝えたところ、和也は顔を覆って泣き崩れた。しかしその時の眉《まゆ》の動き、口元の震え具合、上下する喉仏《のどぼとけ》、机に拳《こぶし》や額を打ちつけるさま、いちいちが絶妙で、まるでドラマを見ているようだったという。


当日の現場検証ならびに鑑識作業により、以下のことが確認された。

功刀久志、美智子、正、高浜豊の四人ともに、頭部の損傷が致命傷となっていた。

死亡推定時刻はいずれも九月二十日の午前三時前後。

金属バットのヘッドに付いていた血液と毛髪は、功刀久志、美智子、正、高浜豊のものであった。グリップには和也の指紋のほかに、高浜の指紋が認められた。

5番アイアンのヘッドに付いていた血液は和也のもの。ヘッドの形状と和也の顔の傷の形も一致した。床の間のゴルフバッグの中に5番アイアンはなかったので、出所はここに間違いなかった。グリップには高浜の指紋のほかに、持ち主である功刀久志の両手の指紋も付いていた。ほかの指紋はいっさいない。

高浜が背負っていたデイパックの中には、ドライバー、懐中電灯、布製の粘着テープ、梱包《こんぽう》用のビニール紐《ひも》、軍手、カッターナイフ、モデルガンが入っていた。

一階居間の窓ガラスの、クレセント錠に近い部分が拳大に割れていた。ガラス片は室内側の壁とカーテンの間に落ちていた。居間から廊下、和室と、靴による泥があがっていた。割られた窓の近くの床からは鮮明な靴跡が採取でき、これは高浜が履いていた安全靴の底の模様と一致した。

以上から警察は、高浜豊は居間の窓を破って功刀家に侵入、玄関に置いてあった金属バットで家人を襲い、金品を物色していたのではないかとの見方を示した。つまり高浜による強盗殺人である。

早速、免許証記載の住所に捜査員が派遣され、また高浜は車のキーを持っていたので、功刀邸を中心に放置車輛《しゃりょう》の捜索が行なわれることになった。

ダイイングメッセージ？

功刀邸の現場においてはさらに二つの重要な事実が確認されていた。ただし二件とも捜査の初期段階ではその重要性に気づく者がなく、捜査会議の席でそれらが持つ意味について検討されることはなかった。

一つは、功刀久志の手である。彼の左手は握った状態で、人差し指一本だけを立てていた。見ようによっては、自分の血でダイイングメッセージを書き遺《のこ》したふうでもあった。だが、現場のどこにも血文字のようなものは認められず、指先が示す方向に何かが落ちているということもなかった。それに、功刀久志は右利きであった。文字を書いたり何かを指さしたりする場合は利き手で行なうのが普通であろう。瀕死《ひんし》の状態でとっさに手が出たのならなおさらである。

右手が塞《ふさ》がっていたので、やむなく左手を出したということでもなさそうだった。久志の右手は、小指を立て、残り四本の指を握りしめていた。ちょうど指切りをするような感じである。

「左右の指の種類と数で何かを表現しているのではないかという考えが頭をよぎりました。市場の競りでは指で数値を表現します。手話とも考えられる。けれどダイイングメッセージなんて推理ドラマでもあるまいしと、誰にも言わなかったし、独自に追究しようともしませんでした」（捜査一課巡査部長）

もう一つの重要な発見はビデオテープである。功刀家の三人が死んでいた一階の和室には、テレビ受像器とビデオデッキが一体化した、いわゆるテレビデオがあった。合板製のラックから落ち、畳の上に横倒しになっていた。プラグも壁のコンセントから抜けていた。犯人と争った際、そうなったと思われた。
指紋の採取と写真撮影がすんだあと、一人の捜査員がテレビデオをラックの上に戻し、プラグをコンセントに差した。故障していないか確かめるつもりだったという。テレビは問題なく映った。中にはテープが入っていたので、ビデオデッキ部分の稼働も確かめてみた。すると、再生ボタンを押しても何も映らなかった。だが巻き戻しボタンを押すとテープは動いた。巻き戻しの途中で止め、再生ボタンを押すと、今度は画像が出てきた。最初に見た箇所はテープの途中で、そもそも何も録画されていなかったのだ。ビデオテープに録画されていたのはお笑い番組で、若手の芸人が半裸で笑ったり怒ったりしていた。
「いい歳をしてこんな番組を録画してまで見ていたのかと、少々あきれました。それ以上何も感じませんでした。あの場にいたほかの者も、そうとしか思わなかったはずです」（石神井署巡査部長）
二つの事実が真相究明に寄与するのはまだ先のことである。

犯行日記

石神井警察署と警視庁捜査一課による七十人態勢の捜査はすぐに実を結んだ。
高浜豊の住まいは京王井の頭線久我山《くがやま》駅に近い四階建ての賃貸マンションだった。

管理する不動産屋によると、高浜は独り暮らしで、勤務先は都内の飲食店ということだった。しかし入居時の書類に記載された居酒屋に行ってみると、高浜は二年前に退職していた。その後の勤めについては誰も知らなかった。

家宅捜索の結果、功刀久志や彼の家族、彼の会社とのつながりを示すものは見つからなかった。ただ、1LDKの賃貸マンションには似つかわしくない金品が多数発見され、捜査員の注意を大いに引いた。高級ブランドの腕時計や指輪、外国の金貨である。

いっぽう高浜の車は、石神井署と委託契約を結んでいる民間の駐車場で発見された。元は功刀邸から徒歩十分の距離にある目白通り沿いのコンビニエンスストアの駐車場にあったのだが、運転手不在のまま長時間放置されていたため、店員の通報によりレッカー移動されていた。

そのグローブボックスの中に、高浜の犯行を裏づける決定的な証拠が存在した。システム手帳である。

●四月二十二日
天気予報どおり、夜半に雨足が強くなる。
1：15　車で自宅出発。

1：50　S（註・ファミリーレストランの名称）方南町店到着。徒歩にて現場へ。
2：10　高橋道明《たかはしみちあき》邸（杉並区和泉四—×—×）到着。居間の窓を破って侵入。一階寝室で就寝中の主人を粘着テープで拘束、目隠し。夫人をモデルガンで脅し、案内をさせる。集金後、梱包用ロープで夫人を絞殺。
3：30　S方南町店に帰還。
3：45　帰宅。
【戦利品】現金二百十二万円、海外ブランドの腕時計三点、金地金五十グラム四枚。
【反省点】老女と思ってなめてかかっていたが、絞殺は意外と大変だった。時間はかかるし、こちらの掌《てのひら》が切れた。要手袋。

●五月十六日
寒冷前線通過。
1：50　車で自宅出発。
2：35　S野方店到着。徒歩にて現場へ向かうも、雨足が弱まったため引き返す。S内で待機。
3：45　雨が完全にあがる。星空の下、帰宅の途へ。
【反省点】天気予報を鵜呑《うの》みにするな。

●六月九日
梅雨入り。
1：30　車で自宅出発。
2：15　S野方店到着。徒歩にて現場へ。
2：35　和久田寿伸《わくたとしのぶ》邸（中野区若宮一―×―×）到着。洗面所の窓を破って侵入。二階寝室で主人を拘束、目隠し。夫人は案内役。子供が目覚めたが、三歳前後だったので放置。集金後、カッターナイフで夫人の頸動脈《けいどうみゃく》を切断。
3：40　S野方店に帰還。
4：20　帰宅。
【戦利品】現金三十一万円、海外ブランドの腕時計三点、ネックレス五点、指輪十点、ブレスレット四点。
【反省点】返り血を浴びた。やはり絞殺か。
●八月一日
台風十号。
0：50　車で自宅出発。

1：45　L（註・コンビニエンスストアの名称）等々力《とどろき》不動店到着。徒歩にて現場へ。

2：00　前田《まえだ》宏一《こういち》邸（世田谷区尾山台二―×―×）到着。居間の窓を破って侵入。一階寝室で主人と夫人を拘束、目隠し。二階寝室で子供を拘束、目隠し。夫人の拘束と目隠しを解き、案内させる。集金後、夫人を絞殺。忘れ物チェックで一階寝室に立ち寄ると、主人の目隠しがずれていたため、彼も絞殺。

【戦利品】現金五十四万円、商品券三万円分、プラチナイーグルコイン¼オンス五枚、メイプルリーフ金貨½オンス十枚。

【反省点】動転し、主人のことは素手で絞めてしまった。だいじょうぶか？

四月より、東京二十三区の西部地区で、強盗殺人事件が三件続いていた。強い雨の深夜に発生、一階の窓を割るという侵入手口、粘着テープによる家人の拘束、採取された同一の指紋、という共通点から、同一犯によるものとみなされて捜査が進められていた。雨の晩が選ばれたのは、窓ガラスを破る音や被害者の悲鳴を消すためであろうと推測されていた。

その連続強盗殺人事件の詳細が、高浜豊の手帳に記されていたのだ。筆跡は高浜本人のものであった。テレビや雑誌から得た情報を書き写したということはない。警察が発表を控えている事柄が多く含まれていた。

高浜の死体から採った指紋も、過去の強盗殺人事件で採取された指紋と完全に一致した。久我山のマンションで発見された宝飾品や金貨は、三軒の被害者宅から持ち出されたものであるとも確認された。

高浜豊こそ、一連の凶悪事件の犯人と断定して間違いなかった。

犯行日記にはさらに、功刀家を狙った犯行についても途中まで記されていた。

●九月二十日
台風十七号。
1：55　車で自宅出発。
2：47　L大泉目白通り店到着。懐中電灯の電池を購入。徒歩にて現場へ。

高浜の死体が持っていた財布の中にはL大泉目白通り店のレシートが入っており、それによると、九月二十日の二時五十一分に単一電池の二個パックを一つ購入している。その姿は防犯用ビデオにも映っており、コンビニの店員も、高浜の顔写真に見憶《おぼ》えがあると答えた。つまり、高浜の手帳に記されていたことは、一から十まで真実なのである。

日記が中途半端に終わっているのは、記述者本人が車に戻ってこられなかったからだ。これもまた事実を裏づけている。

疑問

手帳の記述により今回の事件は、

〈侵入先で三人（功刀久志、美智子、正）を殺した強盗（高浜豊）が、もう一人残っていた家人（功刀和也）に撃退された〉

という図式が決定的となった。各マスコミもその方向で事件を扱った。

しかしながら警察は、事件発生から一週間が経過しても、公式にそう発表することを避けた。小さな疑問点がいくつか残っていたからだ。

①拘束されていなかった被害者　前三件において高浜は、家宅に侵入したのち、まず家人の自由を奪っている。こそこそ物色して時間を取られるより、家人を拘束して自由に動き回ったほうがいいと考えたのだろう。ところが功刀家の場合、誰一人として縛られていない。

②過剰な殺人　高浜はこれまで不必要な殺しはしていない。顔を見られた人間だけを殺し、目隠しをしておいた者は生かしている。ところが今回は全員を手にかけている。

一階寝室の襖《ふすま》を開けたところ、三人ともまだ起きていて、だからまとめて始末することにしたのだろうか。
③凶器　高浜はなぜ被害者宅のバットを凶器として使ったのか。今までは自分が持ち込んだ凶器を使っている。三人まとめて殺さなければならないため、鈍器で殴ることにしたのだろうか。絞殺は時間がかかるし、カッターナイフは殺傷能力が低い。しかし、はじめて入った他人の家で、とっさの行動として、バットを手にできたというのはどういうことか。バットは傘立ての中にあった。何本もの傘に囲まれて見えにくい状態にあった。もっと目につきやすい場所に、御影石の置物や金属製の花器があったというのに。
④傷　検死報告書によると、功刀美智子の体には古い傷があった。数日から数週間前にできたと思われる打撲傷が、腕、肩、背中、腿《もも》と、服に隠れた部分に複数箇所認められた。この傷は事件とは無関係なのだろうか。
⑤寝室　どうして一階で大人三人が寝ていたのだろうか。二階には三部屋あり、うち一部屋は子供部屋として使われていたが、残る二部屋は空いていた。なのに大人三人が一階の六畳間で川の字になって寝ていた。夫婦は同室でいいとして、父親が一緒というのはどういうことだろう。老人は階段の昇り降りが大変でトイレも近いから一階に、という考えはあるだろうが、ならば夫婦は二階に寝るのが普通ではないのか。功

刀正は週に三日プールに通うほど元気な老人で、添い寝の必要はまったくなかった。

以上五つの疑問をふまえ、あらためて聞き込みが行なわれた。

近隣住民への聞き込みは初動捜査段階にも行なわれている。ただしそれは強盗事件としての聞き込みである。事件当日の三時前後にガラスが割れる音や悲鳴を聞いていないか、通りを歩く不審な人物を見ていないか——。

今度の聞き込みは、功刀家の内情を尋ねるものだった。その結果、夫から妻へのドメスティック・バイオレンスの疑いが出てきた。

「一年くらい前でしたか、奥さんが目の周りに青痣《あおあざ》を作っていました」

と語るのは、一一〇番通報した隣家の主婦である。

どうしたのかと尋ねると、転んで打ったという。その痣が消えたかと思ったら、今度は頬を腫《は》らしていて、柱にぶつけたという。さらにしばらく経つと、脚を引きずって歩いている。ただごとではないと感じ、彼女は美智子を問い詰めた。美智子は答えにくそうに、「主人に……」と一言だけつぶやいたという。

近隣のほかの家からも、「首に包帯を巻いていた」とか「夏でも長袖《ながそで》を着ていた」とかいう話が出てきた。功刀家の家庭内暴力は、町内では周知の事実となっていたようであった。

それが真に事実なら、美智子の死体に残っていた古い傷も、夫である久志の暴力によってもたらされたと考えられる。

一つの結論

事件発生から二週間が経過した。

大泉の功刀邸は雨戸が閉ざされ、庭の花々も日々元気を失っていた。

功刀和也は埼玉にある母方の実家に身を寄せていた。彼は高浜の命を絶ったわけだが、それは正当防衛とみなされ、身柄は拘束されていなかった。ただし、事件のショックが大きいということで学校は休み、精神科医のケアを受けていた。

捜査本部の見方はある方向に固まりつつあった。

功刀和也は母親を守ろうとしたのではないか。

和也は美智子が日常的に久志に虐待を受けていることを知っていた。九月二十日の深夜も一階寝室での虐待の様子が二階の部屋まで届いてきた。それがいつにも増してひどいものだったからなのか、あるいは今まで我慢を積み重ねていたものが限界に達してしまったからなのか、和也は一階に降りていって久志を強く諫《いさ》めた。けれど久志は聞く耳を持たず、逆に、親に意見するとは何事だと和也に手を出す。和也はそれでキレてしまった。玄関からバットを取ってきて久志に殴りかかった。その際、正や美智子が止めに入った。だが和也は頭に血が昇っていて周りが目に入らない。気づいたら久志は血の海に沈んでいた。制止に入った二人も折り重なるように倒れており、ぴくりとも動かなかった。

では、高浜豊の死体はどう説明するのか。一晩のうちに別種の二つの事件が重なったと解釈すれば説明がつく。

無惨な姿で倒れる両親と祖父を前に、少年はただ茫然《ぼうぜん》とするだけで、救急車を呼んだり隣家に駆け込んだりすることもできなかった。そうするうちに、突然、人が現れた。高浜が盗みに入ってきたのだ。和也は驚き、バットで挑みかかる。高浜は、まさか盗みに入った先で死体と遭遇しようとは思ってもいなかったので、うろたえ、逃げ遅れる。ゴルフバッグからクラブを抜き、応戦したものの、先手を取った和也に撲《う》ち負けた。

玄関に倒れる男を見おろし、和也はふたたび茫然自失状態に陥る。しかし徐々に頭が回復してきて、男が土足であることやディパックの中身から、こいつは泥棒なのだと察する。そして、この見知らぬ侵入者に罪を押しつけてはどうだろうかと閃《ひらめ》く。

この男が父母と祖父を殺した。侵入に気づかれてしまったため、玄関で見つけた金属バットで三人を撲殺した。自分はその強盗殺人犯を撃退しただけなのだ。つまり正当防衛である。殺したのではなく、死なせてしまっただけ。

肉親殺しの責任を問われるのが恐ろしく、和也はそういうシナリオに沿って事情聴取に応じたのではなかろうか。そう考えると、話しぶりが妙に饒舌《じょうぜつ》だったのにも説明がつく。

粗相して花瓶を割ってしまった子供が、猫が倒したなどととっさに嘘をつくことがある。しかし和也の嘘はそういう低いレベルではない。警察を呼ぶ前に、高浜の死体にバットを握らせ、グリップに指紋を付けているからだ。高浜が三人を殴ったと、物証の面からも思わせようとした。大人顔負けの偽装工作である。

捜査員たちは以上の仮説に沿って証拠を探しはじめた。この段階で功刀和也を取り調べるとしたら、実はおまえがやったのだろうと責め、自白を導き出すしかない。しかし今の時代、そのようなやり方は通用しない。ことに相手が未成年者だけに、より慎重な扱いが求められた。

証拠映像

それに気づいたのは、テレビデオを元に戻した石神井署の巡査部長だった。プロ野球日本シリーズのナイター中継を見ていてピンときたという。

現場検証の際、彼はテレビデオの中にあったテープの内容に違和感を覚えていた。十代二十代の若者が見るような番組が録画されていたからだ。だが彼はそれを、いい大人のくせに幼稚な趣味をと、笑ってすませてしまった。なぜ「ふさわしくない」番組が録画されていたのか、別の見方で解釈しようとはしなかった。彼はそれを大いに悔やむ。

彼がもう一つ「初歩的な失策」だと悔やむのが、先入観による見切りである。犯行時刻は深夜、現場には布団が敷いてあった、被害者は三人ともパジャマ姿だった、という状況から、犯行は被害者の就寝中に発生した、眠っていたのなら当然テレビデオは使われていなかったと、単純に判断してしまった。ビデオには予約録画という機能があることを忘れていた。

では、彼はナイター中継の何にピンときたのか。

テロップである。打撃戦の試合がもつれて番組が延長になり、あとの番組が三十分ずつ繰り下がるという断わりが流れ、それが彼を刺激した。

「事件当夜もナイター中継が延長されたのではないかと思いました。それが予約録画を狂わせ、意図しない番組をビデオテープに記録させる結果となった」

はたして九月十九日には、ある民放でレギュラーシーズンのナイター中継が行なわれていた。そして試合が長引いたため三十分延長され、以降の番組も開始が三十分繰り下がっていることが確かめられた。

また、ナイター中継を行なった局は、その日の深夜の時間帯に、若手芸人によるお笑い番組を放映していた。編成上は二時からの三十分番組である。

そして現場のテレビデオの中にあったテープに録画されていたのが、このお笑い番組であった。テレビ局に内容確認を行なったところ、九月十九日深夜放映分に間違いなかった。

「しかし被害者が録画したかったのはそれではなく、次の番組だったのではないでしょうか」

次の番組とは、編成上は二時三十分開始四時三十分終了の洋画劇場である。功刀久志（あるいは美智子、正）は、それを録画予約して床に就いた。ところがナイター延長の影響で、二時の番組の開始が二時三十分と遅れてしまい、意に反してお笑い番組が録画されてしまった。そう解釈することで、いい大人がお笑い番組を、という違和感にも説明がつく。

警察はさらに、録画内容を秒単位で検証した。

テープはＶＨＳの百二十分テープで、お笑い番組は、先頭部分から標準速で録画されていた。映像は十九分三十三秒続き、突然消えた。番組がまだ途中だというのに、ぷつりと切れたのだ。以降は何も録画されていなかった。

仮に、先の推理どおり、被害者がナイター中継の延長を知らずに洋画劇場を録画予約しておいたのだとしたら、テープには三十分間のお笑い番組が全部と、洋画劇場の一時間半分が録画されたはずである。なのにお笑い番組の途中で録画が終わっているのは、一階寝室で争いが発生し、テレビデオのプラグが抜けてしまったからにほかならない。予約録画が始まって十九分三十三秒後に。時刻に直すと二時四十九分三十三秒。九月二十日の二時四十九分三十三秒に、功刀久志、美智子、正の三人が、一階寝室で襲われたのだ。

出遅れはあったものの、一本のビデオテープにより、犯行推定時刻をここまで絞り込むことができた。そしてそれは功刀和也の嘘が証明された瞬間でもあった。

追及

功刀和也は石神井署に任意で呼ばれた。聴取には若い女性捜査員があたった。緊張感を与えないための配慮だった。

捜査員はまず、ビデオテープの件を説明した。順を追い、ゆっくりと、ホワイトボードも使って説明し、一階寝室での事件発生が九月二十日の二時四十九分三十三秒であったことを和也に充分理解させてから、次に透明なビニール袋を差し出した。中には感熱紙のレシートが一枚入っていた。そして以下のようなやりとりが展開された。

「どこの店かわかりますね？」

「うちに一番近いコンビニ」

「そう、L大泉目白通り店。歩いてどのくらい？」

「十分くらい」

「レシートの日付を読んでごらん」

「九月二十日」

「このレシートは、君の家に盗みに入った男の財布の中にありました。彼は君の家に忍び込む前に、このコンビニで懐中電灯の乾電池を買っています。もう一度日付を読んでごらん。今度は時刻まで」

「九月二十日二時五十一分」

「それがどういう意味だかわかるかな」

「質問の意味がわかりません」

「あの泥棒は、九月二十日の二時五十一分にL大泉目白通り店にいたのです。ところで、さっき一つの結論が出ていたよね。君のご両親とおじいさんが襲われたのは二時四十九分三十三秒だと。おや、変だね。一階の寝室で事件が発生した頃、泥棒はまだコンビニにいただなんて。それとも彼は、二時四十九分三十三秒には君の家にいて、ご両親たちを襲ったあと、懐中電灯の電池が切れてしまい、あわててコンビニに買いに走ったのかしら。でも、コンビニまでは十分かかるんでしょう？」

和也の顔面は蒼白《そうはく》で、かさかさに乾いた唇は小刻みに震え、上下に並んだ歯がカスタネットのように音を立てるのが外まで聞こえてきたという。

　手負いの小動物のように怯《おび》える少年の横に回り込み、捜査員は、何があったのか正直に話してごらんなさいと、姉のようにやさしく語りかけた。少年は強張《こわば》ったまま意思を表示しない。時折首を左右に振るが、それが否定の意味なのか震えているのかは判然としない。

「君はお母さんを助けようとしたのではないの？　聞く耳を持たないお父さんにカッとして、バットを握ってしまったのではないの？」

　何を尋ねても、和也は答える素振りを見せなかった。そこで聴取にあたった彼女は、あらかじめ組み立てておいた推理を聞かせ、それを少年に認めさせるという形を取った。

〈過って三人を死なせてしまった↓そこに見知らぬ男が入ってきた↓驚きのあまりバットで殴りかかった↓男が泥棒だとわかった↓家族の死も泥棒のせいにしようと偽装工作を行なった〉

　少しずつ区切り、少年の反応を窺《うかが》いながら、彼女は語って聞かせた。

　和也は終始無言で耳を傾けていた。捜査員が話し終えても何も言わなかった。彼女は少年の後方に立ち、答が返ってくるのをじっと待った。沈黙は一時間も続いたという。

そして和也は机に泣き伏した。

「お母さんがかわいそうで……」

死者は語る

ある警察OBによると、「刑事に一番必要なのは法律や科学の知識ではない。体力や根気でもない。勘」なのだそうだ。

聴取の様子を別室のモニターで見ていたあるベテラン捜査員は、少年が泣き崩れる姿に不自然さをおぼえ、この事件にはまだ裏があると感じた。

功刀和也の身柄を拘束したあとも、彼についての聞き込みが少人数で継続された。やがていくつかの新事実が浮き彫りになった。功刀家を訪ねたことのある和也のクラスメイトから、金属バットはいつも和也の部屋に置いてあったという話が得られた。それを裏づけるように、和也の部屋から空のバットケースが見つかった。小学生の時に和也と親しくしていた者からは、当時一階の和室は正一人が使っており、久志と美智子の寝室は二階だったという話が聞けた。

ところで、警察の捜査は集団作業である。立場や資質や得意分野の違う人間が、与えられたポジションで能力を発揮し、全体で目標の達成を目指す。一から十まで一人でやることはないし、そうする必要もない。

たとえば、大きな事件の際にカメラの前に座って文書を読みあげたり頭を下げたりする警察幹部は事件の現場には出ていかない。したがって、彼らの働きが事件解決に直接結びつくということは通常ありえない。サッカー・チームの監督がPKを蹴《け》らないのと同じことだ。だが今回の捜査においてはきわめて珍しい現象が見られた。

幹部クラスの者は事件現場には出向かないが、ゴルフ場には足を運ぶ。逆に、現場に出ていくようなクラスの警察官はゴルフを楽しむ余裕などない。だから捜査員はそれを見過ごし、幹部に手柄を譲ることとなった。

下からの報告書に目を通していたある幹部が、凶器の指紋について疑問を呈した。

「ゴルフクラブは手袋をはめて握るものだ。それも、男はたいてい片手だけはめる。利き手でない方に」

ならば、グリップには利き手の指紋だけが付くことになる。ところが高浜豊が凶器として使ったとされる5番アイアンには、功刀久志の両手の指紋が付いていた。

功刀久志は右利きだった。なのに5番アイアンのグリップには左手の指紋まで付いていた。幹部の指摘を受け、久志が所有するほかのクラブを調べたところ、左手の指紋が付いているものは一本としてなかった。

なぜ5番アイアンにだけ左手の指紋が付いているのか。久志は、いつ、何を目的として、5番アイアンを素手で握ったのか。

手袋を忘れてゴルフ場に行ったことがあったのだろうか。しかしそうだとしたら、ほかのクラブにも左手の指紋が付いていないとおかしい。

家の前で軽く素振りする程度なら、手袋をはめないで行なうこともあるだろう。しかしこの場合も、5番アイアン以外のクラブにも指紋が付いてしかるべきである。

ではこう考えてはどうだろう。ゴルフ以外の目的でクラブを使ったので手袋は必要なかった。たとえば、雨樋《あまどい》に引っかかったバドミントンの羽根を取ろうとした。庭に迷い込んだ猫を威嚇するために用いた。

だが、久志が5番アイアンを素手で握ったのが、「事件当夜」「寝室の中で」と、条件をつけられたらどうだろうか。猫の威嚇や素振りのためにクラブを持ったとは考えにくくなる。そして前出の幹部は、報告書添付の死体写真を見て、久志が5番アイアンを素手で握ったのは、「事件当夜」「寝室の中で」であったと断言した。

ゴルフクラブの握り方は大きく分けて三種類ある。一つはテンフィンガーグリップ。十本の指でしっかりと握る。左手と右手の間は空けない。野球のバットの握りと一緒だ。ただしゴルフではあまりポピュラーではない。

二つ目がオーバーラッピンググリップ。左手の人差し指と中指の間に右手の小指を重ねる。

残る一つがインターロッキンググリップ。左手の人差し指と右手の小指をからませて握る。

この、インターロッキンググリップで握っている両手からクラブを引き抜き、引き抜いた反動で左右の手が離れたらどのように見えるか。左手は、人差し指が立っていて、あとの四本は握っている。右手も握った状態で、小指だけが立っている。——それはまさに功刀久志の死体の手の状態である。

久志はゴルフクラブを持って死んだのだ。それをあとから誰かが抜き取った。久志が握っていたのは5番アイアンである。そのグリップに左手の指紋がついていたからだ。久志の死体は手袋をしていなかった。

しかし疑問は残る。久志は何を目的として「寝室の中で」ゴルフクラブを手にしたのか。

まず思いつくのが、強盗を撃退するためということだが、これはありえない。なぜなら久志は、高浜が侵入した時にはすでに死んでいたからだ。レシートとビデオテープにより証明ずみである。

次に考えられるのが妻への虐待だ。クラブで殴っていた。しかしこれも科学的に否定された。5番アイアンのヘッドに付いていた血液や毛髪は和也のものだけだった。美智子の皮膚の組織、着衣の繊維等も認められなかった。

そしてもう一つの疑問。誰が久志の手からクラブを抜き取ったのか。高浜か？　侵入を和也に見とがめられ、バットで殴りかかられたため、応戦しようと、死体が握っていたクラブを拝借した。それは違うだろう。死体からクラブを取るにはしゃがまなければならず、抜き取るのもちょっとした力仕事だ。作業している間に少年に殴られてしまう。武器がほしいのなら、ゴルフバッグの中から取ればいい。目についたものを手当たりしだい投げたほうがいい。

では高浜でないとしたら誰が？　美智子と正は死んでいたのだから、違う。あと誰がいるか。和也しかいない。

最後の真実

これまで警察は、ある部分和也を子供扱いしていた。事情聴取や取り調べには、あたりの柔らかな女性捜査員をあててきた。

しかしついに男性のベテラン捜査員が出馬することになった。十五歳の少年は、見た目よりずっと狡猾《こうかつ》で悪辣《あくらつ》だった。

「久志さんは何のために真夜中にゴルフクラブを手にしたのか。君の行動を見直すことで、答は自《おの》ずとあぶり出される。君はこう言っている。『母に暴力をふるうなと父に意見したら逆に手を出されたので、カッとなってバットを手にしてしまった』。つまり、君がバットを手にしたのは反射的な行動だったという。ところが君の友達によると、バットは玄関ではなく二階に置いてあったという。わざわざ二階まで駆けあがり、バットを取って駆け降りてくるのが、反射的な行動といえるだろうか」

無言を貫く少年を前に捜査員は、教師のような厳しさで語りかけた。

「君は最初に下に降りた時点で、すでにバットを持っていたのではないのか？　久志さんに手を出されたからカッとして反撃したのではなく、最初から、一階で寝ている三人のうちの誰かを、あるいは三人全員を殴ろうと思って、バットをかついで降りていった」

少年の呼吸はぜいぜいとあえぐようであり、机の上に置かれた両手は高熱に冒されたように震えていたという。しかし捜査員は何にもまどわされることなく、機械のように冷徹に言葉をつないだ。

「何が君にバットを握らせたのか。動機についてはひとまず置いておく。寝込みを襲われ、美智子さんと正さんは抵抗できなかったが、久志さんは自分の身を守ろうとゴルフクラブを手に取った。そう、これが久志さんがクラブを手にした理由だ。そしてこれこそ反射的な行動で、だからゴルフをするのでもないのに、いつもの癖でインターロッキンググリップで握った」

久志がインターロッキンググリップだったことは、彼のゴルフグローブが雄弁に語っていた。革製のグローブの人差し指の付け根部分に、小指をからませた跡が残っていた。
「反撃を受け、顔に傷を負ったものの、勝ったのは先手を取った君だ。気づいたら三人が血まみれで倒れており呆然《ぼうぜん》としてしまったと君は言ったが、それは本当だろう。不意の侵入者高浜に驚き、思わずバットで殴りかかった、というのも本当だろう。だが、泥棒が反撃のためにクラブを手にしたというのは嘘だ。高浜は一方的に君に撲《う》たれ、息絶えた。そして君は、そのあと夜が明けるまで呆然としていたわけではない。久志さんの手から5番アイアンを抜き、高浜の手に握らせた。〈泥棒がバットで家族三人を殺し、自分にもゴルフクラブで殴りかかってきたが、命からがら退治した〉――最初の事情聴取で語ったような嘘を考え出し、偽装工作を行なった。泥棒に殺人の罪をも押しつけ、自分は勇気ある少年を、しかし家族を失った悲劇の主人公を装おうとした。

　だが残念なことに、君はゴルフをやらなかった。もし君にゴルフの知識があったなら、久志さんの手からクラブを抜き取ったあと、立っていた左の人差し指と右の小指を畳み、クラブを握っていた事実を見えなくしたことだろう。左手の指紋があってはならないことも知っていたら、いったんグリップの指紋をすべて拭《ふ》き取り、あらためて右手の指紋だけスタンプするという工作も行なったことだろう。

君にゴルフの知識がないとしても、もし久志さんの反撃が空振りに終わっていたなら、久志さんの死体からクラブを奪い、バッグにしまうだけでよかった。それだったら、グリップについてわれわれに詮索《せんさく》されることもなかっただろう。人差し指と小指が立っていて、それが妙だと思っても、クラブが使われた形跡がなければ、手の形とクラブを結びつけて考えなかった。しかし残念なことに、君は顔に傷を負ってしまった。クラブの血をぬぐってバッグに戻したのでは、どうやって傷ついたのだと、かえって怪しまれる。だから手の込んだ偽装をすることになったのだが、それもまた墓穴を掘る結果となった。世の中、悪いことはうまくいかないようにできている」

ある意味、久志の両手の形はダイイングメッセージであるともいえた。

この日、和也は何も語らなかった。捜査員の質問に対して肯否すら示さなかった。動機についても黙したままだった。しかし警察は見当をつけていた。

美智子に日ごろ暴力を働いていたのは、久志ではなく、和也だったのではないのか。その根拠は、夫婦の寝室が二階から一階へと変わったこと。息子が暴れるようになり、彼のそばにいてはなお刺激すると、一階に避難した。

美智子は日常的に息子から暴行を受けていた。しかし隣人には、原因は夫であると嘘をついた。子供の将来を考えたのだ。家庭内暴力を行なっていることが明るみに出ると、進学等で不利になると心配した。おそらく夫と相談したうえでのことだろう。久志は愛息を思い、暴力夫の汚名をあえて着た。

今回両親と祖父を殺した理由も、家庭内暴力の延長にあると警察は睨《にら》んでいた。

三日間黙秘を続けたあと、少年はようやく口を開いた。

事件当夜、遅くにコンビニに行ったことを祖父にとがめられ、腹が立ってどうにも寝つけず、金属バットを持って階下に降りていったという。それで人を殴ったらどういうことになるか、まったく頭にはなかったという。布団の上から祖父の体を撲ちつけるうちにどんどん興奮してきて（その時の状態について少年は、「アドレナリンが出てきた」と表現した）、気づいたら三人とも血の海に沈んでいたという。

レシートとビデオテープで時間の矛盾をあばかれた時には観念したが、その一方で間違いを訂正しなかった。父親は暴力的な人であり、そこから母親を守ろうとしたということであれば、世間の同情を引き、情状酌量されると計算したのだ。

跋

大泉のあのあたりに行ってみると、路地の彼方《かなた》に関越自動車道の高架が見える。白い防音壁に包まれ、住宅の低い屋根と屋根の間を貫いて走るその姿はいささか唐突で、SF映画の未来都市から切り取ってきたようでもあるし、健康な体に埋め込まれた異物のようでもある。トンネル状の防音壁のおかげで日常生活が破壊されるようなことはないが、耳をすますと地虫の唸《うな》りのような重低音が感じられ、正体不明の不安をかきたてる。

白い窓枠の功刀邸は今もこの地に残っているが、雨戸は今日も立てられたままだ。花も、もうない。

庭のコスモスもバスケットの中のガーベラも茶色に枯れはてている。それを片づける者もいない。

花の意味がようやくわかったと、ある捜査員がつぶやいた。

家の中がすさんでいるから、せめて花にでも囲まれていなければやっていられなかった。あるいは、外見を華やかに飾ることで、家庭の中も明るく活気にあふれていると隣近所に見せかけたかったのかもしれない。

功刀和也は家庭裁判所から少年院に送られた。成人した頃に出所する予定である。

3

「事件後ここは、二年近く放置されたあと、功刀さんの親戚《しんせき》によって売りに出された」

利光は片手を挙げ、観光案内でもするように、左から右へとゆっくり動かす。

「けれど曰《いわ》く付きの家だから売れない。不動産屋は値段を下げる。それでも事情だけに売れない。ようやく、何も知らない田舎者が食いついた。たった一千二百万で買えた裏には、そういう理由があったというわけだ。やられたよ。バブルが崩壊したから安いのだと納得していたのだが、まさかね」

「何よ、それ……」

佳代はうめいた。

「そりゃ好奇の目で見られもするよな。四人もの生き血を吸った家に越してきたのだから」

「なに人ごとのように言ってるのよ」

佳代は顔をゆがめる。

「でもある意味これでひと安心だろう。恨みを買ったとか、変質者につけ狙われているとか、そういうのではないとわかって」

「ある意味って何よ！　安心なわけないでしょう！　ここで人が死んでるのよ！　四人もよ！　病死じゃないのよ！　やめてよ！」

まるで子供のように、佳代はわめきながら両腕を振りおろした。

「リフォームはしてあるさ」

「もー、リフォームしたとかしないとか、そういうことは関係ないでしょう」

「気持ち悪いと感じるのは、過去に人殺しがあったと知ったからだろう。知らなかったさっきまでは、べつにどうもなかったじゃないか。功刀さんが化けて出たことがあったか？　高浜が夜な夜な夢枕に立つのか？」

「化けて出るなんて言わないの！」

「リフォームについては近いうちに不動産屋に確かめるよ。畳や襖《ふすま》に染みこんだ血痕《けっこん》が梅雨時の湿気で浮かびあがってきたら、さすがに俺もぞっとしない」

「やめて！」

佳代は耳を塞《ふさ》ぎ、頭を激しく振る。

「リフォームしてあっても気持ち悪いって。建て直してないと、ううん、たとえ建て直してもダメよ。人殺しがあったのよ、ここで。そんなとこに住めるわけないじゃない。なのに売りに出すなんて、いったいどういうこと？　詐欺だわ。そうよ、これは詐欺じゃないの」

「詐欺とはいえないだろう。不動産屋は黙っていただけで、嘘をついたわけじゃない。商売とはそういうものさ。俺も似たようなことをやってる」

夫はあくまで暢気《のんき》に構えていて、それは妻をいっそういらつかせる。

「おかしいよ。おかしい。絶対におかしい」

あることに気づき、佳代は顔をあげた。

「犯人は十五歳？　功刀和也？」

首を突き出し、夫を睨みつける。

「そう、中学三年生。実にやりきれない事件だった」

「ほら、やっぱり嘘だ。あやうく騙《だま》されるところだった」

佳代は笑った。利光は眉根《まゆね》を寄せた。佳代はディスプレイの端を指先でつついて、

「なんなの、このインチキ記事は」

「インチキ？」

「そうよ、どうして実名が出てるの？　未成年なら少年Aでしょう。功刀和也が仮名だという断わり書きもなかった。つまりさっきの文章はフィクション。誰の小説？あなたが手慰みに書いたの？」

利光は緩くかぶりを振った。

「ノンフィクションだよ。雑誌掲載の記事だ」

「嘘。未成年の犯罪者を実名報道するなんてありえない」

「だから大騒ぎになったんじゃないか。事件の凶悪性に鑑《かんが》みてという理由で、出版社は少年の実名をさらした。顔写真も目消し線なしで掲載した」

佳代は、あっと一言発したまま固まってしまった。思い出した。たしかに週刊誌の回収騒動があった。

「その発禁処分になった記事がネット上に流出しているというわけ。良識ある者の目にとまれば当局に通報され、削除されるのだけど、しばらく経ったらまたどこかのサイトに掲載される。いたちごっこさ。ともかくこの記事は本物。信じられないのなら、自分で調べてみろよ。図書館にでも行けば、今の記事が嘘かどうかなんてすぐにわかる」

利光はノートパソコンの蓋《ふた》を閉じた。

「引越そう」

佳代は夫の腕を取った。

「どうして？　気持ち悪いから？」

「そうに決まってるでしょ」

「気の持ちようだと言ってるだろう。実害は何もないんだぜ。幽霊が出るというのなら、明日にでも引越すが」

「幽霊なんて言わないでって！　じろじろ見られるのも嫌よ」

「今だけだよ。過去の事情を何も知らなくてかわいそうにと哀れに思われているからであって、うちはちっとも気にしてませんからと笑っていれば、そのうちみんな、俺たちに興味をなくす」

「笑えないわよ。ねえ、引越そう」

佳代は夫の腕を前後に揺する。利光は顔をしかめ、妻の手を振りほどいて、

「そんな金あるかよ。ここ、買ったばかりなんだぞ」

「不動産屋にお金を返してもらうのよ」

「無理だよ」

「騙されたんだから、当然の権利よ。ごねたら訴える」

「裁判なんてめんどくさい。時間もかかる。だいいち、金を返してもらったところで、その千二百万で買える家なんて東京にないぞ。マンションは嫌だからな。庭のない家に住む人間の気が知れない」

「じゃあどうするっていうのよ！」

佳代は腕を上下に振りたてる。

「どうもしない。今までどおりここに住むさ」

「嫌よ、嫌」

佳代は足を踏み鳴らす。

「話の種になっていいじゃないか。友達に自慢できるぞ」

「バカ言わないで」

「そんなに嫌か？　じゃあ宮崎に帰れよ。そんなことより、メシにしてくれ。腹減ってたまらん」

利光はあくびをしながら大きく伸びあがる。

4

佳代は悲鳴をあげた。

赤い液体が床に広がっている。複雑な曲線を描き、表面がわずかに盛りあがっている。

血だと思った。鮮血が足下に広がっている。食器棚の引き出しや冷蔵庫の扉にも飛沫《しぶき》が散っている。

「どうした？」

藍染《あい》めの暖簾《のれん》を掻《か》き分け、利光が台所に入ってきた。佳代は夫に抱きつき、

「血が、血が……」

と後ろ手に床を指さした。

「血？」

利光は驚いたような声をあげ、佳代の体を横に押しやると、その場にかがみ込んだ。右腕を伸ばし、人差し指の先で血の海の表面に触れる。

「血？」

利光は立ちあがり、振り向くと、佳代に向かって右腕を突き出した。人差し指を佳代の顔に近づける。赤く染まった爪の先を。

「な、何するの」

佳代は顔をそむけた。利光は指を突きつけたまま、じっと佳代を見つめる。流し台の縁に沿い、佳代はじりじり後退する。

「血？」

利光はすっと人差し指を引っ込めたかと思うと、それを自分の口元に持っていった。血色の悪い唇をわずかに開き、黄色い苔《こけ》の浮かんだ舌を差し出し、血の付いた指先をそこに触れる。

「醬油《しょうゆ》」

利光がぶっきらぼうに言い放った。

「え？」

「きれいに拭《ふ》いておかないと黴《かび》が生えるぞ」

利光は横倒しになったペットボトルを拾いあげ、赤いキャップを締めてから流し台の上に置いた。

「醬油？　血？」

佳代は首を突き出し、流し台と床を交互に見る。流し台には醬油のペットボトルがあり、床には赤い血の海が――いや、黒い醬油だまりができていた。

「目医者に行くか？」

利光はあきれたように言って台所を出ていく。


天井の方で音がした。

佳代はハッと目を開けた。暗い天井を見つめ、耳をそばだてる。

今度は右の壁の方から音がした。いや、人の声だ。

――イヤッ
そう聞こえた。

佳代は布団の中で身を固くした。二つの拳《こぶし》を握りしめ、息をひそめ、右方向に神経を集中させる。

しかし今度は天井からだった。

――イタイ
佳代は悲鳴をあげた。

左の方がざわついた。隣の布団で寝ていた利光が目覚めたようだ。

「あなた」

佳代は声をかける。本当は夫の方に寄っていきたいのだが、金縛りに遭ったように体が動かない。

「何？」

利光はまだ夢の中を漂っているような声で応じた。

「何かいる」

「何か？」

「……、幽霊」

「え？」

「しっ」

佳代は短く戒めた。隣の布団が大きく動き、黄みがかった光が視界に侵入してきた。利光が枕元のスタンドをつけたのだ。

――タスケテ
「聞いた？　聞こえた？」

首だけを横に向け、佳代は尋ねた。

「耳鼻科に行くか？」

「え？」

「建材が膨張したか収縮したかして音を立てたんだよ」

利光は怒ったように言って電灯を消す。

台所から居間に入った時、視界の片隅で何かが動いた。

白っぽい何かだ。ふわふわと漂うような感じで視界の中に入ってきた。

それが何であるかを予感し、佳代は反射的に顔をそむけた。

しばらくは立ったまま体をねじって固まっていたが、しかしそのうちに、何か不思議な力に操られるように、佳代の体はそちらの方に向いていった。

また見えた。白い。ふわふわと、まるで重さがないように、軽やかに動いている。

「あなた！」

佳代は白いものに背を向け、大声で夫を呼んだ。

「どうした？」

利光が歯ブラシをくわえて入ってくる。

「出た」

「何が？」

「幽霊」

佳代は肩越しに背後を指さす。利光は目を剝《む》き、次に眉《まゆ》を寄せ、佳代を押しのけて、幽霊が出た方に向かって歩いていく。

「いいかげんにしてくれ」

不機嫌そうな声に振り向くと、利光が白いものを掴《つか》んで左右に振っていた。

「カーテンがどうした？」

たしかにそれはレースのカーテンにしか見えなかった。

「でも、動いて……」

佳代はおどおど目を動かす。

「窓が開いてりゃ風で揺れる」

「え？」

「さっき俺が開けた」

「どうして開けるのよ！」

佳代は叫ぶように食ってかかる。

「どうして怒るんだよ。換気だよ、換気」

利光は空いたほうの手で頬をあおぎ、歯ブラシをグラインダーのように動かしながら洗面所に戻っていった。

佳代は窓際まで歩むと、白い布の端をぐいと掴み、感情を込めて上下に揺すった。薄い生地が音を立てて裂け、ステンレスのフックがばらばらと床に落ちた。

すっかり疲れてしまった。こんな状態がいつまで続くのだろうかと、佳代は絶望的な気分になった。

妻が自ら「目」を呼び寄せているのだと、夫にはすぐにわかった。

5

原因は訛《なま》りだ。本人は標準語をしゃべっているつもりなのだが、端から聞いているとまるでなっていない。方言は封印できても、アクセントやイントネーションはなかなか矯正できるものではない。佳代は四十年間ずっと九州にいたのだ。利光も九州で生まれ育ったわけだが、この一年半で東京の水にも慣れ、妻の言葉のおかしさがよくわかった。

しかも佳代は地声が大きい。近所の奥さんと立ち話をしている時、携帯電話で話している時、スーパーで店員に話しかけた時、滑稽《こっけい》な響きが周囲の耳を惹《ひ》き、それで視線を浴びることになったのだろう。

そうピンときながらも妻に教えなかったのは、めんどくさく思ったからだ。訛っていると言えば、どう訛っているのだと訊《き》き返されるだろう。一度指摘したら、ことあるごとに、まだ直っていないかと尋ねられるだろう。それがわずらわしく思え、化粧の具合がおかしいのだろうと、適当なことを言ってごまかした。そう、あの時には他意はなかった。

ところが、「目」についてうるさく言い続ける妻を放置するうちに、利光の中にある考えが芽生えた。

プロバビリティーの犯罪というのがある。probabilityとは「ありそうなこと」という意味で、数学や哲学的には、「確率」「蓋然性《がいぜん》」というふうに訳される。

たとえば、ある男に殺したいほどの恨みを抱いているとしよう。そいつが無類の酒好きだとしたら、一緒に寿司屋に行く。相手は車で来ているため酒は控えるが、こちらはお構いなしに注文する。ガンガン飲む。すると相手は、こちらが勧めたわけでもないのに、ついにこらえきれず酒に手を出し、それで車を運転し、事故で死んでしまうかもしれない。死なないにしても、人をはねてしまうとか、警察の検問に引っかかるとかで、その後の人生を狂わすかもしれない。

またたとえば、銭湯でよく一緒になる男を殺したい場合、彼が髪を洗っている間に、彼の石鹸《せっけん》を彼の足下に落としておく。すると男は立ちあがり際に石鹸を踏んでバランスを崩し、タイルの床に頭を打ちつけて死んでしまうかもしれない。

前者の場合、相手が酒を飲むか飲まないかは運まかせである。その後に事故を起こすか起こさないかも。泥酔したが検問にも引っかからず無事帰宅という可能性も多分にある。後者も、対象が石鹸を踏むか踏まないか、踏んだあとひっくり返るか、転んだあと頭を打つか、打ち所が悪いかは、神のみぞ知るである。

こういった、「うまくいけば儲《もう》けもの、失敗しても疑いがかからないので問題なし」という、成功率は低いが罪が発覚する率もきわめて低いという消極的な計画犯罪がプロバビリティーの犯罪である。

要するに、運を天にまかせた犯罪である。けれど、行きあたりばったりとか無計画とかいうこととは違う。巧妙で狡猾《こうかつ》な、ある意味最も質《たち》の悪い犯罪である。

この、プロバビリティーの犯罪を佳代に対して仕掛けたらどうかと、利光はふと思った。佳代を殺そうというのではない。

利光はこの一年あまり、独り暮らしをしてきた。早くに結婚し、ずっと九州の片田舎で暮らしていた利光にとって、東京での独身生活はまさに別世界だった。夜更かし朝寝坊をしても誰にも文句を言われなかった。好きな時間に好きなものを好きなだけ飲み食いすることができた。女遊びも思うがままだった。そういう生活を期待して単身赴任したわけではないのだが、結果的にいい思いをすることができた。

妻との二人暮らしになり、ある面助かった。栄養のバランスの取れた食事を作ってもらえ、いつでも清潔な下着やシーツが用意されるようになった。けれど多くの自由が失われた。一度箍《たが》を緩めてしまうと、それを元どおり締め直すのは非常な苦痛である。あいつがいなくなればまた楽しい毎日が戻ってくるのにと、妻の上京以来利光は、心のどこかでずっと思っていた。そういう気持ちが一つの企《たく》みに発展した。

この家で人殺しなど起きていない。

練馬大泉一家惨殺事件は現実の事件である。五年前の九月二十日未明、功刀家の三人、久志、美智子、正と、連続強盗殺人犯である高浜豊の計四人が、功刀家の十五歳の長男によって撲殺された。

だが、惨劇の舞台となった功刀邸はここではない。功刀邸は五年前の事件後売りに出されたが、因縁が嫌われて買い手がつかず、結局更地にされて現在も放置されている。練馬区の大泉学園町で。

練馬区大泉町のこの家が相場をはるかに下回る価格で売りに出されていたのは、事業に失敗し、緊急にまとまった金を必要としていた元の持ち主がダンピングしたからだ。

先だって佳代に見せたインターネット上の流出記事を利光が見つけたのは、もう半年も前のことである。大泉界隈《かいわい》の旨《うま》い店を探そうとネットサーフィンしていたところ、ひょいと引っかかってきた。陰惨でやりきれない顛末《てんまつ》を目で追いながら利光は、ところどころで妙に感心したものである。

功刀邸があったのは大泉学園町、自分の家は大泉町。いずれも最寄り駅は西武池袋線の大泉学園で、北口から歩いて二十分程度のところにある。淡いグレーの外壁を持つツーバイフォー住宅、一階に二間で二階に三間という間取りも同じである。庭が狭く、近くにキャベツ畑があり、関越道の高架が見え、最寄りのコンビニがL大泉目白通り店で、隣家が佐藤さんであることも。

その、半年前の記憶が、利光の脳裏にふとよみがえった。

この家と、一家惨殺事件のあった功刀邸が、実は同じであったと佳代に吹き込んだらどうなるだろう。当然、気味悪く思うだろう。引越したいと口にするだろう。そのとき自分が引越しを拒否したらどうなるだろう。実家に戻ると言って荷物をまとめる、ということはないだろうか。ないかもしれないし、あるかもしれない。

利光は、ひとつ試してみることにした。成功する率はそう高くないだろうが、うまくいけば自由が手に入る。失敗しても、法律で罰せられるというような不具合は発生しない。嘘をつくにはいい季節でもある。コンビニで男を問い詰めたら驚愕《きょうがく》の事実が判明したなどと適当なことを言って、インターネットのとあるサイトを妻に見せた。

成功率が低いと踏んだのは、嘘が発覚する道筋がいくらでもあったからだ。たとえば、隣の佐藤さんに話せば笑い飛ばされる。図書館で当時の新聞雑誌を調べれば、功刀邸の正しい住所がわかる。また、曰《いわ》く付きの家に越してきた物好きということで人の目を集めるとしたら、範囲はせいぜい同じ町内止まりだろう。なのに佳代はもっと広い範囲でじろじろ見られているわけで、冷静になって考えれば、夫の言っていることはおかしいと、すぐにわかろうというものだ。

けれどそれでいいのだ。過大な期待をかけずに推移を見守るのがプロバビリティーの犯罪、宝くじを買うようなものだ。嘘が発覚した時にはジョークということですませてしまえばいい。

あれから二週間が経ち、桜の花もすっかり散った。

ここまで引っ張ることができるとは、望外の結果である。妻は隣人に確かめることもなく、図書館に行こうともせず、今日もびくびくしている。思い込みから錯視を起こし、ちょっとした物音にも過敏に反応し、地縛霊の影に怯《おび》えている。

この調子だと、案外、本当に実家に帰ってくれるかもしれない。利光は期待に胸を膨らます。

6

ドンと音がした。低く、鈍く、窓ガラスに何かがぶつかったような音だ。

佳代が正座したまま動きを止めていると、また同じような音がした。

「あなた！」

夫に見てきてもらおうと思った。しかし呼びかけてから佳代は、彼は今うちにいないと思い出した。税理士に相談があると、池袋に出かけていったのだ。

どうしようと思ううちに、みたびドンと音がした。佳代は畳みかけの洗濯物を放り出し、寝室を出た。

音は台所の方から聞こえる。佳代は居間に入り、藍染《あい ぞ》めの暖簾《のれん》の前で足を止めた。「誰?」と声をかける。返事はなく、代わりに、低く鈍い音が届いた。台所の窓が音を立てている。またドンと鳴る。建材の膨張や収縮による音とは質がまったく違う。ラップ現象という言葉が佳代の頭をよぎる。

幽霊なんかじゃないと、佳代は自分に言い聞かせる。猫よ、野良猫に違いないと心の中で繰り返し、今にも飛び出してきそうな心臓を押さえつけ、意味不明の言葉を連呼しながら、暖簾を掻《か》き分け台所に飛び込んだ。

窓を見る。磨《す》りガラスの向こうは黒く静まりかえっている。何かが存在しているような気配は感じられない。

冷蔵庫の前に立ち、佳代はじっと窓を睨《にら》みつけた。ずいぶん待ったが、音はしない。やっぱり猫だったのだろう。

佳代がそうホッとした次の瞬間、爆音が轟《とど ろ》いた。最前の音ではない。テレビだ。テレビがものすごい音で鳴っている。

佳代は振り返り、暖簾を掻き分けた。ワイヤーシェルフの上のワイドテレビは画面が真っ暗だった。

音源は寝室のテレビだった。フルボリュームで鳴っていた。佳代は本体に飛びつき、突き指しそうな勢いで主電源を切った。消してもなお、耳の奥でキンキン音がこだまする。

「あなた？　帰ってきたの？」

佳代はきょときょと目を動かしながら尋ねた。返事はなかった。返事があるはずがないともわかっていた。利光が出かけてからまだ三十分しか経っていないのだ。

佳代は取り込んだ洗濯物の間にへたり込んだ。

夫が帰ってきたら引越すことを訴えよう。それが聞き入れられなかったら自分一人だけでもこの家から逃げ出そう。

そんなことを思っていると、また新しい音が耳に侵入してきた。今度は水の音だ。細かく叩《たた》きつけるような、シャワーを思わせる音だ。

恐怖がきわまったのか、佳代はとくに躊躇《ちゅうちょ》することなく、ぼんやりとした表情で風呂《ふろ》場《ば》に向かった。

脱衣場に入ったとたん、佳代はあやうく転びそうになった。床が濡《ぬ》れていた。濡れた着物の裾《すそ》を引きずったような、うっすらと長い跡だ。

浴室のドアの上半分には磨りガラスがはまっている。ガラスの向こうは真っ暗だ。そこに、ざあざあと勢いよく水が流れる音が響いている。

「あなた？」

佳代は声をかける。返事はない。が、シャワーの音がやんだ。

「あなたなの？」

声をかけ、佳代は振り返る。脱衣籠《かご》の中は空である。

ふたたび水が激しく落ちはじめた。

「あなた？」

返事はない。けれど確実に何かがいる。

佳代は壁のスイッチを入れた。磨りガラスが白く染まる。その向こうに人影はない。

しかしシャワーは落ち続けている。

佳代はドアのノブに手をかけ、回した。ノブを引き、浴室を覗《のぞ》いた。

シャワーから水が勢いよく落ちている。ヘッドは壁のフックにかかっている。

人の姿は、ない。

栓を締めようと、佳代は浴室に足を踏み入れた。

足下に黒いものが見えた。髪の毛だった。排水溝を塞《ふさ》ぐように、髪の毛の山ができている。

一瞬、佳代はきょとんとし、それから悲鳴をあげた。頭の中がふっと軽くなり、よろめき、壁にぶつかった。がらがらと騒々しい音を立てて、浴室キャビネットが倒れた。

浴槽の上にも黒いものが見えた。アイボリーの蓋《ふた》の上に一つまみの髪の毛があった。

佳代はふたたび悲鳴をあげた。一分くらい、口を大きく開けたまま固まっていて、それからハッと目を剝《む》いた。

「なんで、なんで……」

佳代は洗い場にしゃがみ込み、頭を抱えた。

「なんで、なんで……」

佳代はしゃくりあげながらキャビネットを立てた。

「もう、嫌……」

シャンプーをキャビネットに戻す。ボディタオルを戻す。髭剃《ひげそ》りを戻す。

「もうっ、嫌！」

佳代は風呂場を飛び出した。

7

池袋の税理士事務所に行くと言って家を出た利光は、最寄りのコンビニで雑誌を二冊立ち読みしたのち、自宅に引き返した。

そっと門扉を開けると、玄関先を素通りし、建物と塀の間の狭いスペースを抜けて裏手に回った。台所の窓を強めに何度か叩くと、妻が様子を窺《うかが》いにやってきた。利光は素早く表に回り、玄関から家の中に入った。靴は靴箱に収めた。

寝室に入ると、テレビを点《つ》け、ボリュームを最大に上げてから浴室に急いだ。スピーカーが破れるほどの爆音のおかげで足音は消されたはずだ。たっぷり水を含ませたタオルで脱衣場の床を掃いてから浴室に入り、シャワーを全開にし、そうして利光は空の浴槽の中に身をひそめた。浴槽の上には蓋をした。

シャワーの音に釣られて、やがて妻がやってきた。利光は風呂の蓋を少しだけずらして片手を外に出し、シャワーの栓を閉じた。少し間を置いてふたたび水を出し、手を引っ込め、蓋を元どおり閉ざした。今まさに浴室内に何かが存在していると思わせるための小細工だ。

妻は浴室を覗き込み、この世のものとは思われぬ叫び声をあげた。おそらく排水溝を塞いだ髪の毛の不気味な山に驚いたのだと利光は思った。それは彼が数日をかけ、入浴した際に集めた、彼と妻の抜け毛だ。

当初、利光はここまで手を加えるつもりはなかった。この家が練馬大泉一家惨殺事件の舞台であると吹き込んだあとは、黙って推移を見守るつもりでいた。ところが妻が予想以上に過敏に反応したもので、じゃあ背中を押してやれと、つい興に乗っててしまった。

頭上の蓋をそっとのけ、利光は浴槽から立ちあがった。人造大理石の縁をまたぎ越し、洗い場に足を持っていく。

このあとは、家を抜け出し、近くのファミレスでしばらく時間を潰《つぶ》して、何食わぬ顔で帰宅する。その時、妻がどんな顔をしているか、何と言い出すか、それを想像すると、利光の顔は自然とほころぶ。

と、利光は体が宙に浮くのを感じた。

石鹸《せっけん》を踏み、滑ったのだと理解した時にはもう、彼は浴槽の縁に後頭部を打ちつけていた。

8

髪の毛は浴槽の蓋の上にあったのではなく、よく見ると、二枚の蓋の間から、雑草が生えるように伸び出していた。

佳代はそれで、中に夫が隠れていると気づいた。そして頭の中で将棋倒しのような連鎖反応が発生し、すべてを察した。

この家で人死にがあったというのはエイプリルフールのジョークだったのだ。今日の怪現象も利光の子供じみたいたずらなのだ。

腹が立ち、怒りに涙が湧いた。恥ずかしさに全身が熱くなった。

実家に転がり込まれ、子供の面倒は見てやるから働いてこいと尻《しり》を叩かれ、ある日突然商売を始められ、一言の相談もなく家を買われ、勝手に上京され、俺が食わせてやっていると恩着せがましく言われ、家政婦のように扱われ、質《たち》の悪いジョークで痛めつけられ、いったい自分は何なのだろうと情けなくなる。知らず涙が湧いてくる。

「なんで、なんで……」

佳代は洗い場にしゃがみ込み、頭を抱えた。

「なんで、なんで……」

佳代はしゃくりあげながらキャビネットを立てた。

「もう、嫌……」

シャンプーをキャビネットに戻す。ボディタオルを戻す。髭剃りを戻す。

「もうっ、嫌！」

プラスチックの床に石鹸を叩きつけ、佳代は風呂場を飛び出した。

あなたなんか滑って転んで尻餅《しりもち》でもつけばいいのよ——。

ただ、そう思っただけなのに。

解　説——とことん刺激的な五篇

村上貴史（ミステリ書評家）

■短篇

歌野晶午について、二〇〇三年に刊行され、第五七回の日本推理作家協会賞長編及び連作短編集部門を受賞した『葉桜の季節に君を想うということ』で知った方も少なくなかろう。同書は、同時に第四回の本格ミステリ大賞を獲得し、『このミステリーがすごい！』や『本格ミステリ・ベスト10』でも一位に選ばれている。あるいは、再び本格ミステリ大賞を獲得した一〇年の『密室殺人ゲーム2.0』で知ったという方もいるだろう。一一年に刊行されて直木賞の候補となった『春から夏、やがて冬』が入り口という方もいるかも知れない。なかには、綾辻行人が『十角館の殺人』でデビューした翌年（つまり一九八八年）、同じく講談社ノベルスから島田荘司の推薦を受けて、さらに〝晶午〟という名も島田荘司から授けてもらって『長い家の殺人』でデビューした当時からの読者もいるかも知れない。

さて、『葉桜の季節に君を想うということ』『密室殺人ゲーム2.0』『春から夏、やがて冬』、そして『長い家の殺人』。いずれも長篇である。歌野晶午は、長篇でデビューし、長篇で賞やランキング一位を射止めてきた作家なのだ。

しかしながら、だ。彼は『葉桜の季節に君を想うということ』に先だって、九五年と九七年にも日本推理作家協会賞の候補になっている。それぞれ「水難の夜」と「プラットホームのカオス」であり、いずれも〝短編および連作短編集部門〟でのノミネートだった。決して短篇を不得手とする作家ではないのである。いやむしろ、短篇のほうが、彼の大胆な着想だけを夾雑物《きょうざつぶつ》なしにぎゅっと凝縮して完成させられるだけに、その才能と特徴がくっきりと表現されるともいえよう。

歌野の短篇集としては、まず、ノンシリーズの短篇を集めた『正月十一日、鏡殺し』が九六年に刊行され、さらに、デビュー作を含む初期三長篇で活躍した信濃譲二を探偵役とする『放浪探偵と七つの殺人』が九九年に刊行された。前者には「プラットホームのカオス」が、後者には「水難の夜」が収録されている。これらに続く第三短篇集が、本書『家守』であり、〇三年に発表された（四篇収録された〇〇年の『安達ヶ原の鬼密室』は、短篇集というより一冊の本として捉《とら》えておきたい）。

大胆さが話題になった『葉桜の季節に君を想うということ』と同年に発表されたわけだが、本書収録の短篇の大胆さもなかなかのものである。場面転換が巧みであるし、特に、過去と現在、あるいは幻想と現実の重ね方が実に見事だ。そのための視点の選び方にも唸《うな》らされる。そうした確かな技術が読者に驚愕《きょうがく》を与え、同時に、両極端の要素を一つの器に押し込むことによる荒々しい刺激が物語にコクをもたらしている。『家守』は、そんな五篇が集まった短篇集なのだ。

■家守

第一話「人形師の家で」は、まさにこの短篇集の冒頭に配置されるのに相応《ふさわ》しい一篇である。まずはギリシャ神話のピグマリオンが若い女性の立像を作るエピソードが語られ、続いて、ピグマリオンを知って人形を集め始め、ついには自分で石膏《せっこう》像を造るに至った男が描かれる。その男が作った石膏像が一夜、命を得たという物語が提示されるのだ。

そしてようやくこの物語の主人公であるタッキーが顔を出す。旧友であるゴッちゃんからの手紙で、彼は故郷に呼び戻された——二〇年前に母が父を殺した故郷に。半年前にその母も没した。その際に残された遺書を読んだからこそ、彼は忌まわしい記憶の残る故郷に戻る決意をしたのだった……。

物語は、タッキーとゴッちゃんの少年時代の回想を交えながら進んでいく。そして結末でピグマリオンから始まるすべてのエピソードが一本の線で完璧《かんぺき》に結ばれるのだ。幻想と現実を多重構成で編み上げたからこそ語り得た結末であり、実に美しい。

しかもだ、ラスト三行が含む三つの言葉が、そのミステリの美とは別の切れ味で読者の胸を打つ。「神仏」「幼なじみ」「誕生日」。これらの言葉のなんと鋭利なことか。グサグサグサと読者の感情に切り込んでくるのだ。その傷の痛みと、直前の謎解きで得た知性への衝撃が響き合い、深い余韻を残す。いや素晴らしい一篇だ。

続く表題作の「家守」。短篇の冒頭で犯人とおぼしき視点から殺人の場面が描かれ、以降は視点を切り替えて、刑事の視点で殺人事件の捜査が描かれる。そしてニュートラルな視線を挟んで刑事が語り続けるが、終盤でさらに視点人物が切り替わり——という構成の一篇だ。

本篇の特徴は、まずはなんといっても殺人事件のトリックである。密室の巨匠、ジョン・ディクスン・カーの系譜に連ねたくなるようなトリックを、歌野晶午は使っている。その解明を導く伏線の使い方も素晴らしい。

そしてその贅沢《ぜいたく》なトリックと関連はあるものの、表裏一体というほどではない位置に、そのトリックと同じくらい重要な要素を、歌野晶午は置いた。ある悲劇的な事件である。それも二六年も前の事件だ。この事件の関係者の境遇と、短篇の中心になっている殺人事件の関係者の境遇を巧みに重ね合わせることで、本篇は、なんとも情を刺激する物語と相成った。結末で語られる決意も、短篇全体のなかにこう置かれてみると、なんとも切ない。二つの事件の距離感のみならず、粘着質な情念と、ドライで即物的な殺人動機の対比も素晴らしい。歌野晶午の構成の上手さを痛感させられる短篇である。

第三話「埴生の宿」も奇妙な挿話で幕を開ける。気付いたら病院らしきところで寝起きしていて、身近にいるのは見知らぬ人間ばかり、という男の物語だ。その見知らぬ人間たちの大半は、彼の家族と同じ名を名乗るものの、まったくの別人としか思えない。一体何が起こっているのか。そんな状況に置かれていた男だが、また気付いてみると懐かしい自宅に戻っていた。そしてまさに彼の認識しているとおりの次男が顔を出したのである。

読者が「どうせこういう仕掛けだろう」と考えるその一歩先を行く展開である。そしてそこで場面は一気に転換し、見知らぬ人物から謎めいたアルバイトを持ちかけられた一人の若者の物語へと続くのである。アルバイトの三日間が語られた後にまたしても場面転換が訪れ、ある俳優の若手時代の回想が続く。そうこうするうちに半裸の死体が転がる。とにかく読者の思考の一歩先を走り続けるのである。個々のエピソードが、そこで完結するかたちで読み手の心を魅了するだけに、その場面転換の節々で、読み手は読者としての現実に引き戻される衝撃を味わうことになるのだ。そうした衝撃のなかでコナン・ドイルやエラリー・クイーンやエドワード・D・ホックと同種の味わいの大胆なトリックが披露され、さらに出来事の裏にあった親の子に対する心が明らかにされ、そのうえで、家族に恵まれながらも孤独な心が示される。ミステリのファンタジーと対比される現実のなんと無慈悲なことか。

「鄙《ひな》」と題された第四話は、ある男が病院のベッドで何十年も前に西日本のとある山のなかで起きた事件を回想するという構造の一篇だ。そこで語られる事件とは、そう、密室での首吊《くびつ》り事件である。自殺ではなかった。警察の調べで、首を絞めた後の不自然さから殺人と判断されたのである。だとすると誰がやったのか。どうやって密室状況を作り出したのか。狭い集落で起きたこの事件の真相に辿《たど》り着《つ》いたのは、語り手の兄だった。

これもまたトリックで読者を魅了しつつ、そこから先の深みで堪能《たんのう》させる一篇である。トリックについていえば、こちらが見ていた構図の逆転がとことん刺激的であり、かつ美しい。真相が明らかになった瞬間、複数の意味で主客が転倒するのである。それほどまでに上等なネタを盛り込みつつも、そこでピリオドとしないのが歌野晶午だ。密室事件の真相を――いささか比喩《ひゆ》めいた言い方になるが――それこそ密室として着地させるのである。その決着の是非や功罪について思考することで、読者もまたこの短篇という密室のなかに取り込まれていく。そうした深みを持ったこの結末を、第一話の結末と比較してみるのも一興だろう。

短篇集の末尾を飾るのが「転居先不明」。実に多面的に味わえる一篇である。

誰かの目を感じるという妻の主張を夫が取り合わず、適当にあしらっていた。だがあるとき夫の態度が変わった。彼もまた視線を感じたというのだ。そして夫は他人が彼等夫婦をじろじろ見る理由を語り始める。そして語りが一段落した段階で、物語の視点とトーンが変化する。ぎくしゃくした夫婦の会話から、残虐な殺人を淡々と語るルポ的な記述に変わるのだ。その記述のなかではダイイングメッセージらしき代物が提示され、また、二重三重のベールに包まれた真相が明かされる。だが、それでもまだ物語は終わらない。そこからたっぷりと続くのだ。それまでの延長線上にありながら、微妙にずれた視点で。そしてその視点だからこそ成立した驚愕があり、結末に至る。その皮肉な結末——単に皮肉というのではなく、伏線をきっちりと伴う皮肉だ——は、軽いといえば軽いし、重いといえば限りなく重い。笑っていいのやら嘆いていいのやら、とにかく多面的であり、記憶に深く残るであろう結末なのである。

■道具

これらの五篇のうち、第一話「人形師の家で」が九八年に発表され、それ以外の四作品は〇二年から〇三年にかけて、《家をめぐる変奏曲》というシリーズとして発表された。第一話も家が題材となっており、全体としても《家をめぐる変奏曲》と読んで差し支えない内容となっている。歌野晶午は、そのそれぞれにトリッキィな仕掛けと驚愕を詰め込み、さらに、それと一歩離したかたちで情に響く物語を押し込んだ。それも前述したように過去と現在、あるいは幻想と現実をまぶしながらだ。とにかく贅沢な造りの短篇集なのである。

歌野晶午が次に発表した短篇集は、〇七年の『ハッピーエンドにさよならを』だ。まさに名は体を表すようにアンハッピーエンドの物語を集めた一冊であり、九八年から〇七年にかけて発表された一一篇を収めている。そのうち六篇が『家守』に先立って、あるいは同時期に発表された作品だが、読み比べてみると、本書ほどにはゴツゴツしていないのである。本書後に発表された『ハッピーエンドにさよならを』の残り五篇や、『舞田ひとみ11歳、ダンスときどき探偵』と『舞田ひとみ14歳、放課後ときどき探偵』、あるいは、つい最近、本格ミステリ作家クラブのアンソロジー『ベスト本格ミステリ2014』に選ばれて刊行された「黄泉路より」にしても、謎の提示や驚愕の演出などに洗練が感じられるものの、本書ほどには物語とトリックが骨と骨でぶつかり合う音が響いてこない。

それもそのはず。歌野晶午は、彼の創作活動を大きな流れで捉《とら》えてみると、トリックを中心に据えた本格ミステリでデビューしながらも、そこから距離を置こうとし続けている作家なのである。著者の言葉にもそれは明らかで、例えば『春から夏、やがて冬』の刊行に際しては、『葉桜の季節に君を想うということ』に先だって「本格ミステリからの撤退を考えていた」と語っているし、また、「黄泉路より」のアンソロジー収録に際して、その作品を本来恋愛小説として企画し、本格ミステリ的な何やらは物語の演出効果として取り入れたに過ぎないと述べたうえで、〝本格ミステリを目的としてではなく手段としてとらえることを「ツールとしての本格」と勝手に呼んでいる〟と記している。本年後半にはそうした「ツール本格」を集めた短篇集も出るという。つまり、本格ミステリを自分のなかではツールとして位置付けたのだ（『密室殺人ゲーム』シリーズは、『葉桜の季節に君を想うということ』が本格ミステリとして評価されてしまったが故に、もう一回本格に戻って仕事をしなければと思って書いたシリーズだというから、歌野の目指す道からすると、本流ではないと考えるのがよさそうだ）。

であるからして、ツールが出しゃばらず、各篇のバランスや流れが洗練されたものになってきたのも自然なことだろう。それは理解しつつも、だ。歌野晶午がいうところのツールが、ツールの役割以上に自己主張してしまった本書において、トリックと物語が真っ向からぶつかり合って生み出す刺激も、正直なところ捨てがたい。それが歌野晶午の騙《かた》りのテクニックで、それぞれに一つの短篇として美しく編み上げられているだけになおさらだ。

「人形師の家で」を除く他の四篇が『葉桜の季節に君を想うということ』と同時期に集中的に書かれたせいなのか、それとも《家をめぐる変奏曲》というテーマが、『長い家の殺人』を書いた血を刺激したのか、とにかくこの『家守』は、歌野晶午が〝道を踏み外して〟生み出してしまった奇跡のような一冊なのである。

この作品集が現実に——幻想のなかにではなく——存在するという幸せを喜びながら、「ツール本格」の短篇集を愉《たの》しみに待つとしよう。

本書は、二〇〇七年一月に光文社文庫より刊行されたものを加筆修正し、再文庫化したものです。

家守《やもり》

歌野晶午《うたのしょうご》

平成26年 7月25日　初版発行
令和5年 4月20日　10版発行

発行者●山下直久

発行●株式会社KADOKAWA
〒102-8177　東京都千代田区富士見2-13-3
電話　0570-002-301（ナビダイヤル）

角川文庫 18653

印刷所●株式会社KADOKAWA
製本所●株式会社KADOKAWA

表紙画●和田三造

●お問い合わせ
https://www.kadokawa.co.jp/（「お問い合わせ」へお進みください）
※内容によっては、お答えできない場合があります。
※サポートは日本国内のみとさせていただきます。
※Japanese text only

ISBN978-4-04-101593-3　C0193

角川文庫発刊に際して

角　川　源　義

第二次世界大戦の敗北は、軍事力の敗北であった以上に、私たちの若い文化力の敗退であった。私たちの文化が戦争に対して如何に無力であり、単なるあだ花に過ぎなかったかを、私たちは身を以て体験し痛感した。西洋近代文化の摂取にとって、明治以後八十年の歳月は決して短かすぎたとは言えない。にもかかわらず、近代文化の伝統を確立し、自由な批判と柔軟な良識に富む文化層として自らを形成することに私たちは失敗して来た。そしてこれは、各層への文化の普及滲透を任務とする出版人の責任でもあった。

一九四五年以来、私たちは再び振出しに戻り、第一歩から踏み出すことを余儀なくされた。これは大きな不幸ではあるが、反面、これまでの混沌・未熟・歪曲の中にあった我が国の文化に秩序と確たる基礎を齎らすためには絶好の機会でもある。角川書店は、このような祖国の文化的危機にあたり、微力をも顧みず再建の礎石たるべき抱負と決意とをもって出発したが、ここに創立以来の念願を果すべく角川文庫を発刊する。これまで刊行されたあらゆる全集叢書文庫類の長所と短所とを検討し、古今東西の不朽の典籍を、良心的編集のもとに、廉価に、そして書架にふさわしい美本として、多くのひとびとに提供しようとする。しかし私たちは徒らに百科全書的な知識のジレッタントを作ることを目的とせず、あくまで祖国の文化に秩序と再建への道を示し、この文庫を角川書店の栄ある事業として、今後永久に継続発展せしめ、学芸と教養との殿堂として大成せんことを期したい。多くの読書子の愛情ある忠言と支持とによって、この希望と抱負とを完遂せしめられんことを願う。

一九四九年五月三日